서유기

일러두기

1. 이 번역은 대만의 이인서국里仁西局에서 나온 이탁오비평본李卓吾批評本『서유기교주西遊記校注』(2000년 초판 2쇄)를 저본底本으로 삼고, 상해고적출판사上海古籍出版社 및 북경인민출판사北京人民出版社 등에서 나온 세 종류의 다른 판본을 참고로 하되, 이탁오의 이름으로 된 평점評點은 생략하고 이야기 본문만 번역한 것이다.

2. 이 번역에서 혹시 발견될 수도 있는 오류는 역자 모두의 책임이다.

3. 기본적인 줄거리를 이해하는 데 반드시 필요한 사항은 각주 형식의 역주를 두어 설명하였고, 그 외에 불교나 도교와 관련된 개념어 등에 대한 설명은 '●'으로 표시하여 각 권의 맨 뒤에 「부록」('불교 · 도교 용어 풀이')으로 실었다.

4. 주석에서 중국 고유명사의 표기는 현행 맞춤법의 규정에 따라 신해혁명(1911)을 분기점으로 하여, 그 이전은 한자 발음대로, 그 이후는 중국어 원음대로 표기하였다. 단, 현행 외래어 표기법이 중국어 원음을 올바로 나타낼 수 없다고 판단되는 경우는 예외로 두었다. 예를 들어, '曲江縣'은 현행 외래어 표기법에 따르면 '취장시앤'이라고 써야 하지만 이 책에서는 '취쟝시앤'으로 표기하였다.

5. 본문 삽화는 청나라 때의 『신설서유기도상新說西遊記圖像』에서 발췌하였다.

6. 책명은 『 』으로, 편명이나 시 등은 「 」으로 표기하였다.

7. 이 책의 「부록」에 포함된 '불교 · 도교 용어 풀이', '등장인물', '현장법사의 서역 여행도'는 서울대학교 서유기 번역 연구회의 역자들이 직접 작성한 것이다.

8. '불교 · 도교 용어 풀이'는 가나다순으로 정리했다.

西遊記

서유기

오승은 지음

홍상훈 외 옮김

2

솔

차례

제11회

당 태종, 불교를 장려하고 수륙대회를 열게 하다

이런 시가 있지요.

백 년의 세월도 흐르는 물과 같고
일생의 사업도 떠도는 거품 같아라.
어제 아침은 얼굴이 복사꽃 빛깔이다가
오늘은 머릿가에 눈송이 떠다니는구나.
흰개미 진영 망가지니 이야말로 환상이었고[1]
두견새 애절한 울음소리 고향 생각 재촉하네.
예로부터 음덕을 베풀면 수명을 늘릴 수 있다 했으니
선한 이는 연민을 구하지 않아도 하늘이 절로 보살펴준다네.

百歲光陰似水流　一生事業等浮漚
昨朝面上桃花色　今日頭邊雪片浮
白蟻陣殘方是幻　子規聲切早回頭
古來陰隲能延壽　善不求憐天自周

1　이 구절은 '남가일몽南柯一夢'이라는 고사를 인용한 것이다.

한편, 당 태종은 최 판관과 주태위를 따라 원수들과 빚쟁이들로부터 벗어나서 한참 동안 앞으로 나아가다 육도윤회六道輪廻• 가 이루어지는 곳에 이르렀어요. 그곳에 모인 영혼 가운데 출세할 이들은 노을빛 조끼를 입었고, 벼슬살이할 이들은 허리에 금빛 물고기 모양의 주머니를 차고 있었어요. 승려와 비구니, 도사, 속인, 들짐승과 날짐승, 요괴와 도깨비들이 모두 우루루 윤회의 수레바퀴 밑으로 내달려 각자의 길로 들어가는 것이었어요.

"이건 뭔가?"

당 태종이 묻자, 최 판관이 대답했어요.

"폐하께서 마음을 맑게 하시고 본성을 깨달으시면 틀림없이 이것들을 기억하실 것이니, 이승 사람들에게 알려주시옵소서. 이곳은 육도윤회라고 부르는 곳인데, 선행을 한 사람들은 신선의 길[仙道]로 올라가고, 충성을 다한 이들은 태어남을 초월하여 고귀한 길[貴道]로 들어가고, 효를 행한 이들은 복스러운 길[福道]로 다시 태어나고, 공평했던 이들은 사람의 길[人道]로 환생하고, 덕을 쌓은 이들은 부유한 길[富道]로 옮겨 태어나며, 악독한 이들은 귀신의 길[鬼道]로 빠져들게 되는 것이옵니다."

당 태종은 그 말을 듣고 머리를 끄덕이며 탄식했어요.

훌륭하도다, 참으로 훌륭하도다!
선업을 지으면 과연 재앙이 없도다!
선한 마음이 항상 간절하면
선의 길이 크게 열리리라.
악한 마음 일어나도록 하지 말지니
그러면 반드시 교활함이 적어지리라.
응보를 받지 않는다고 말하지 말지니

신선과 귀신이 안배해둔 바가 있도다.

善哉眞善哉　作善果無災
善心常切切　善道大開開
莫教興惡念　是必少刁乖
休言不報應　神鬼有安排

최 판관은 '태어남을 초월하여 고귀한 길로 들어가는 문'으로 당 태종을 전송하며 이렇게 말했어요.

"폐하, 이곳이 바로 나가는 곳이옵니다. 저는 이만 작별 인사를 드려야 하옵지만, 나머지 길은 주태위가 전송해드릴 것이옵니다."

"선생, 멀리까지 와주시느라 노고가 많으셨소이다."

"폐하, 이승에 도착하시거든 반드시 수륙대회水陸大會를 열어 주인 없는 억울한 영혼들을 구제해주시고, 이를 절대 잊지 마시옵소서. 저승의 관청에 원망을 호소하는 소리가 들리지 않게 될 때, 비로소 이승은 태평성세의 기쁨을 누리게 됩니다. 선하지 않은 모든 것을 하나하나 모두 고쳐 주시옵소서. 세상 사람들에게 널리 선행을 일깨우셔서, 폐하의 후대가 길이 이어지고 강산이 영원토록 하시옵소서."

당 태종은 일일이 그러겠노라 대답하고 최 판관과 작별한 후, 주태위를 따라 함께 윤회의 문으로 들어섰어요. 주태위는 문안에 안장과 언치[韉][2]가 잘 갖춰진 해류마海騮馬[3] 한 필이 있는 것을 발견하고 급히 당 태종을 말에 태운 뒤, 자신이 옆에서 따라가며 모셨어요. 말은 화살처럼 내달려 금방 위수渭水[4]에 도착했어

2 안장 밑에 깔아서 길바닥의 오물이 묻지 않게 하는 깔개로서 '장니障泥'라고도 부른다.

3 검은 갈기에 몸의 털빛이 붉은 명마를 가리킨다.

4 지금의 산시성陝西省 중부에 있는 것으로, 장안을 지나 황하로 흘러드는 황하의 가장 큰 지류支流이다.

요. 그런데 마침 강 속에서는 한 쌍의 금빛 잉어가 물결을 뒤집으며 다투어 뛰어오르고 있었어요. 당 태종은 그 모습을 보고 재미있어서, 고삐를 당겨 서성이며 정신없이 구경했어요.

"폐하, 조금 빨리 가셔야 시간에 맞춰 성안으로 들어갈 수 있사옵니다."

그러나 당 태종은 구경에 빠져 앞으로 나아가려 하지 않았어요. 그러자 주태위가 당 태종의 다리를 잡아채며 소리쳤어요.

"아직 안 가시고, 뭘 기다리시는 겁니까?"

곧이어 풍덩! 하는 소리와 함께, 주태위는 말 위의 당 태종을 위수의 물속으로 떠밀어버렸어요. 그러자 당 태종은 곧 저승에서 벗어나 이승으로 돌아오게 되었지요.

한편, 당 조정의 서세적徐世勣, 진숙보秦叔寶, 호경덕胡敬德, 단지현段志賢, 마삼보馬三寶, 정교금程咬金, 고사렴高士廉,[5] 장공근張公謹, 방현령房玄齡, 두여회杜如晦, 소우蕭瑀, 부혁傅奕,[6] 장도원張道源,[7] 장사형張士衡,[8] 왕규王珪 등 문무 대신들이 동궁 태자를 호위한 채 황후와 비빈, 궁녀들 및 시종들과 더불어 모두 백호전白虎殿에서 애도 의식을 거행하고 있었어요. 또 한편으로는 애도의 조서를 내려 천하에 황제의 죽음을 알리고, 태자를 보위에 올리는 일을 의

5 이름은 검儉이다. 그는 사람됨이 총명하고 도량이 넓은데다, 책을 한 번 읽으면 바로 외웠다고 한다. 익주대도독장사益州大都督長史와 이부상서吏部尚書를 지냈고, 허국공許國公에 봉해졌다.

6 당나라 초기의 학자로 천문과 역수曆數에 정통하여 태사령太史令을 지냈다. 그는 일찍이 상소문을 통해 불교의 폐해를 지적하며 불교를 없앨 것을 주장한 바 있으며, 위·진 이래 불교에 반대하는 사상가들의 언행을 수집하여 『고식전高識傳』 10권을 편찬하기도 했다.

7 이름은 하河이다. 어린 나이에 부친이 죽자 3년상을 치러 효성이 지극하기로 명망이 높았다. 나중에 벼슬길에 올라 면주자사綿州刺史를 지냈다.

8 경전에 대한 강의로 명성이 높았던 학자이다. 당나라 초기에 태자太子 승건承乾의 존경을 받아 숭현관학사崇賢館學士가 되었으나, 태자가 폐위되면서 그 역시 파직되었다.

논했지요. 그때 위징魏徵이 옆에서 이렇게 말했어요.

"여러분 잠시 멈추시오. 안 됩니다, 안 돼요! 지방에 소식을 알려 놀라게 만들면 무슨 일이 일어날지 모르오. 하루만 더 기다려 보시면 틀림없이 주상의 혼이 돌아오실 것이오."

그러자 아래쪽에서 허경종許敬宗이 불쑥 나서며 이렇게 말했어요.

"위승상께서는 정말 얼토당토않은 말씀을 하십니다. 예로부터 '쏟은 물은 다시 담기 어렵고 가버린 사람은 돌아오지 않는다(潑水難收 人逝不返)'는 말이 있습니다. 어째서 이런 허무맹랑한 말로 인심을 현혹시켜 어지럽히십니까? 이게 대체 무슨 도리란 말씀이십니까?"

"허 선생, 솔직히 말씀드리리다. 나는 어려서부터 신선의 술법을 익혔는데, 그 중에서도 산가지로 점을 치는 데 가장 밝소. 내가 보증컨대 폐하께서는 돌아가시지 않소."

위징이 이렇게 말하고 있던 차에, 관 속에서 연달아 큰 소리가 들리는 것이었어요.

"숨 막혀 죽겠다!"

문무 대신들은 깜짝 놀라 정신을 차리지 못했고, 황후와 비빈들도 간담이 오그라들어 벌벌 떨었어요. 그들의 행색을 볼작시면, 바로 이랬지요.

얼굴은 늦가을 떨어지는 뽕잎처럼 누렇고
허리는 초봄의 여린 버들가지 같다.
태자는 다리가 풀려서
상장 짚고 애도 의식 다하기 어렵다.
시종들은 혼이 빠졌으니

어찌 양관[9] 쓰고 효도의 예를 따를 수 있으랴?
비빈들은 비틀비틀
궁녀들은 휘청휘청
비틀거리는 비빈들은
거센 바람에 나자빠진 부용꽃이요
휘청거리는 궁녀들은
꼭 소낙비 맞아 일그러진 연꽃이로다.
신하들은 겁에 질려
뼈가 흐물흐물, 근육은 굳어졌구나.
벌벌 떨며 어쩔 줄 모르고
멍한 표정으로 벙어리처럼 말도 못 한다.
온 백호전 안이
끊어진 다리 같고
어지러운 상대는
무너져 내리는 절과 같다.

面如秋後黃桑葉　腰似春前嫩柳條
儲君脚軟　難扶喪杖盡哀儀
侍長魂飛　怎戴梁冠遵孝禮
嬪妃打跌　綵女攲斜
嬪妃打跌　卻如狂風吹倒敗芙蓉
綵女攲斜　好似驟雨衝歪嬌菡萏
衆臣悚懼　骨軟筋麻
戰戰兢兢　癡癡瘂瘂
把一座白虎殿　卻像斷梁橋

9 앞이마에서 뒤로 골이 진 관을 가리키는데, 골의 수는 벼슬이 높낮이에 따라 달라진다. 예를 들어서, 한나라 때 공후公侯는 삼량관三梁冠을 쓰고 박사博士는 양량관兩梁冠을 썼다고 한다.

이때 궁중 사람들은 모두 도망쳐버렸으니, 감히 영구靈柩에 가까이 다가서려는 이가 어디 있었겠어요? 다행히 정직한 서세적과 조리 있고 기개 높은 위승상, 대담한 진경秦瓊, 아주 용감한 호경덕만이 앞으로 나아가 관을 붙들고 소리쳤어요.

"폐하! 마음이 어디 불편하시면 저희들에게 말씀하시옵소서. 공연한 귀신 놀음으로 가족들을 놀라게 하지 마시옵소서."

그러자 위징이 말했어요.

"이건 귀신 놀음이 아니라 바로 폐하의 혼이 돌아오신 것이오. 빨리 연장을 가져오시오!"

관 뚜껑을 열자 과연 당 태종이 안에 앉아 호통치고 있는 것이었어요.

"빠져 죽겠다! 누가 날 좀 건져다오!"

서무공 등이 나아가 부축해 일으키며 아뢰었어요.

"폐하, 다시 깨어나셨군요. 놀라지 마시옵소서. 저희들이 모두 여기서 어가御駕를 호위하고 있사옵니다."

당 태종은 눈을 뜨자마자 이렇게 말했어요.

"짐이 정말 고생 많았도다! 저승 관청 악귀들의 재난을 피했더니 또 강물에 빠지는 재앙을 만났도다!"

여러 신하들이 위로했어요.

"폐하, 안심하시고 두려워 마시옵소서. 무슨 물난리가 있었다는 것이옵니까?"

"짐이 말을 타고 막 위수 강가를 지나다가 한 쌍의 물고기가 노는 것을 구경하고 있었다. 그러던 차에 갑자기 주태위가 짐을 떠밀어 강물에 빠뜨려버리는 바람에 하마터면 익사할 뻔했다!"

그러자 위징이 이렇게 말했어요.

"폐하, 귀신의 기운이 아직 씻기지 않은 모양입니다."

그러고는 급히 태의원太醫院에 일러 정신과 혼백을 안정시키는 탕약을 올리게 하고, 죽을 준비하게 했지요. 당 태종은 한두 번 그걸 복용하더니 비로소 본래 모습으로 돌아와 세상사를 알아볼 수 있게 되었어요. 당 태종이 죽고 사흘 밤낮이나 지난 후에 다시 이승에 돌아와 군주 노릇을 한 일을 증명하는 시가 있지요.

> 만고의 세월 동안 강산은 몇 번이나 변했던가?
> 역대로 수많은 왕조가 망하고 다시 세워졌지.
> 주나라, 진秦나라, 한나라, 진晉나라 때 기이한 일도 많았다지만
> 당 태종이 죽었다 다시 살아난 것에 비할 게 어디 있으랴?
>
> 萬古江山幾變更　歷來數代敗和成
> 周秦漢晉多奇事　誰似唐王死復生

그날은 이미 날이 저물어서, 신하들은 당 태종께 집으로 돌아가기를 청하여 뿔뿔이 흩어졌어요.

이튿날 아침, 그들은 상복을 벗어 던지고 화려한 비단옷으로 갈아입은 채 제각기 붉은 도포에 오사모烏紗帽를 쓰고, 자줏빛 끈이 달린 금장金章을 차고, 조정 밖에서 황제의 부르심을 기다렸어요.

한편, 당 태종은 정신을 안정시키는 약을 복용하고 몇 차례 죽을 먹은 뒤에, 신하들의 부축을 받으며 침실로 들어가 밤새 편히 잠들어 정신을 보양한 후, 날이 새자마자 자리에서 일어나 위엄

있는 자태를 떨쳤어요. 자, 당 태종의 차림새를 한번 볼까요?

하늘을 찌를 듯 높은 관을 쓰고
붉은 바탕에 노란 무늬 곤룡포를 걸치셨다.
남전[10]의 옥으로 만든 허리띠 차고
황제의 신을 신으셨다.
당당한 모습은 이 시대의 으뜸이고
빛나는 위풍으로 오늘의 중흥을 이루셨도다.
훌륭하여라, 맑고 공평한 도리 갖춘 위대한 당 태종이시여!
죽음에서 다시 살아난 폐하시여!

戴一頂衝天冠　穿一領赭黃袍
繫一條藍田碧玉帶　踏一對創業無憂履
貌堂堂　賽過當朝
威冽冽　重興今日
好一個清平有道的大唐王　起死回生的李陛下

당 태종은 금란보전金鑾寶殿으로 올라가 문무백관들을 불러모았는데, 신하들은 만세를 세 번 부르고 나자 각기 서열에 따라 대열을 나누어 시립했어요. 곧이어 다음과 같은 황제의 교지가 내려졌어요.

"상주할 일이 있으면 나서서 상주하고, 그렇지 않으면 물러들 가라."

그러자 동쪽 대열의 서세적, 위징, 왕규, 두여회, 방현령, 원천강

10 지금의 산시성 라티앤시앤藍田縣을 가리킨다. 이곳은 예로부터 훌륭한 옥이 많이 생산되는 곳으로 유명했다.

袁天罡, 이순풍李淳風,[11] 허경종許敬宗 등과 서쪽 대열의 은개산殷開山, 유홍기劉洪基, 마삼보, 단지현, 정교금, 진숙보, 호경덕, 설인귀薛仁貴[12] 등이 일제히 앞으로 나서더니, 백옥 계단 앞에 엎드려 이렇게 아뢰었어요.

"폐하, 얼마 전 아침에 꿈속에 들어가시더니, 어찌하여 이토록 오랜 뒤에야 깨어나신 것이옵니까?"

"짐이 저번에 위징의 편지를 받고 정신과 혼이 궁전을 빠져나가는 것을 느꼈다. 우림군羽林軍에서 짐에게 사냥을 나가자고 했는데, 한참 가다 보니 사람이며 말이며 모두 자취를 감추고, 돌아가신 부왕父王과 죽은 형제들이 나타나 다투어 나를 욕하는 것이었다. 그들에게 붙들려 빠져나가지 못하고 있던 차에 검은 옷에 검은 모자를 쓴 사람이 하나 나타났는데, 바로 판관 최각이었다. 그가 죽은 형제들을 꾸짖어 내쳤다.

짐은 위징의 편지를 그에게 전해주었고, 그가 편지를 읽고 있던 차에, 또 푸른 옷을 입은 사람이 길게 늘어진 깃발을 들고 나타나더니, 짐을 인도하여 삼라전森羅殿으로 들어갔다. 그곳에는 염라대왕을 포함한 십대명왕들이 앉아 있었다. 염라대왕이 경하의 용왕이 짐이 '구해주겠다 허락했는데 목이 베이게 한' 일을 고발했다고 하기에, 짐은 지난 일을 자세히 얘기해주었다.

그러자 염라대왕은 이미 삼자 대질을 통해 사건을 조사해보았다고 하면서, 급히 생사부를 가져오라고 해서 짐의 이승 수명을

11 당나라 초기의 학자로서, 태사령을 지냈다. 그는 당 태종 정관(貞觀, 627~649) 초기에 혼천의渾天儀를 제작하고, 천문에 관련된 책 7편을 저술했다고 하며, 또한 길흉을 점치는 데 매우 영험이 있었다고 한다.

12 이름은 예禮이다. 그는 농민 출신으로 기마와 활쏘기에 뛰어나서, 당 태종 때 군대에 자원한 후로 뛰어난 공적을 세워 우령군중장랑右領軍中將郎까지 승진했다. 그의 뛰어난 활약상은 종종 후대의 여러 소설에서 제재로 이용되곤 했는데, 가장 유명한 것으로 원나라 때 나온 장편 화본話本『설인귀정료사략薛仁貴征遼事略』이 있다.

알아보게 했다. 그때 최 판관이 생사부를 가져와 바쳤다. 염라대왕은 장부를 보더니, 과인이 삼십삼 년 동안 하늘이 부여한 황제의 자리에 있을 것인데 이제 십삼 년밖에 지나지 않았으니, 이십 년이 남아 있다고 했다. 그러고는 즉시 주태위와 최 판관으로 하여금 짐을 돌려보내도록 했다. 짐은 십대명왕들과 작별하면서 그들에게 호박을 보내 은혜에 보답하겠노라고 약속했다.

삼라전에서 나오다보니, 저승 관청에는 충효와 예의를 지키지 않은 자들과 오곡五穀을 짓밟아 못 쓰게 만든 자들, 음으로 양으로 남을 속인 자들, 용기와 저울을 속여 남의 돈을 가로챈 자들, 간사하게 도적질과 사기 행위를 한 자들, 음란하고 사악한 짓을 한 자들이 몸이 갈리고, 불태워지며, 찧기고, 칼로 쪼개지고, 기름에 튀겨지거나 불에 구워지고, 뼈와 살이 깎이는 등 수많은 형벌의 고통을 당하고 있었는데, 그 수가 몇천 몇만이나 되는지 끝도 없이 많았다.

또 왕사성枉死城을 지나다가 그 안에 있던 무수한 원혼冤魂들을 보았는데, 모두가 예순네 곳에서 노략질을 일삼던 도적들과 일흔두 곳에서 반란을 일으킨 자들의 혼령들이었다. 그들이 짐의 길을 막았지만, 다행히 최 판관이 보호해주어 하남 땅에 사는 상 아무개라는 노인의 금은 창고 하나를 빌려 귀신들과 원혼들을 매수해 달래고서야 풀려나 길을 계속 갈 수 있었다. 최 판관은 짐더러 이승에 돌아가면 반드시 한바탕 수륙대회를 열어 주인 없는 외로운 영혼들을 구제해달라고 신신당부했다.

저 육도윤회 아래에 이르자 주태위가 짐을 말에 태웠는데, 말은 나는 듯이 달려 위수에 이르렀다. 짐이 수면에서 노는 물고기 한 쌍을 구경하며 즐거워하고 있던 차에, 주태위가 짐의 다리를 잡아채서 물속으로 떠밀어버리니, 비로소 짐의 혼이 돌아올 수 있게 되었다."

신하들은 이 말을 듣고 너나없이 칭송하며 축하했어요. 그리하여 이 이야기를 엮어 널리 알리고, 각 지방의 관리들이 상소문을 올려 축하한 것에 대해서는 더 이상 얘기하지 않겠어요.

한편, 당 태종은 또 교지를 내려 온 세상의 죄인들을 사면하고 감옥에 갇힌 중죄인들을 다시 심리審理하게 했어요. 당시 형부刑部에서 교수형과 참수형을 기다리고 있다가 다시 심사를 받게 된 이들이 사백 명도 넘는다는 보고를 받자, 당 태종은 그들로 하여금 집에 돌아가 부모 형제를 만나고 재산 및 친척과 자손을 부탁하게 한 후 이듬해 오늘까지 관청에 출두하여 받아야 할 벌을 받게 해주셨지요. 여러 범죄자들은 은혜에 감사하며 물러갔어요.

또 '외로운 이들을 구휼한다[恤孤]'는 방문榜文을 내걸고, 궁중의 궁녀 가운데 나이가 많거나 어린 이들 삼천육백 명을 조사하여 군인들과 짝지어주었어요. 이후로 궁중 안팎이 모두 평안해졌으니, 그것을 증명하는 시가 있지요.

위대한 당나라 태종 황제께서 크나큰 은덕 베푸시니
요순보다 훌륭한 치도治道에 만백성이 풍요롭네.
사형수 사백 명이 모두 감옥을 떠났고
노처녀 삼천 명은 궁궐에서 풀려나왔네.
세상의 많은 벼슬아치들 주상의 장수를 칭송하고
조정의 여러 재상들 황제[元龍]에게 축하인사를 드렸네.
오롯한 선심에 하늘이 응하여 도와주니
복된 음덕陰德이 십칠 대 후손까지 전해지리라.

大國唐王恩德洪　道過堯舜萬民豐

死囚四百皆離獄　怨女三千放出宮
天下多官稱上壽　朝中衆宰賀元龍
善心一念天應佑　福蔭應傳十七宗

당 태종은 궁녀들을 풀어주고 사형수들을 내보내자, 또 친히 온 세상에 방문을 내걸었는데, 그 내용은 이러했지요.

하늘과 땅이 아무리 넓고 커도 해와 달이 밝게 비추고, 우주가 아무리 넓고 크다 하나 하늘과 땅은 간사한 무리를 포용하지 않는도다. 마음을 쓰고 술수를 부려도 응보의 결과가 금생今生에 그치지만, 선행을 퍼뜨리고 바라는 게 적다면 얻은 복이 후세에 전해짐은 말할 필요도 없도다. 온갖 기묘한 계책도 사람됨의 본분을 지키는 것만 못하고, 갖가지 강포한 짓을 일삼는 것이 어찌 인연 따라 절약하고 검소하게 사는 것에 비하랴? 마음으로 자비와 선을 행한다면 굳이 경전을 보려 애쓸 필요 있으랴? 남을 해치려는 마음이라면 불경을 다 읽어본들 헛된 일일지라.

이때부터 세상에는 선을 행하지 않는 이들이 없었지요. 당 태종은 한편으로는 현명한 이를 초빙하는 방문을 내걸어 저승 관청에 호박을 진상할 사람을 구하고, 다른 한편으로는 보물 창고의 금은을 꺼내 악국공 호경덕으로 하여금 하남河南 개봉부開封府의 상량相良을 찾아가 빚을 갚게 했어요.

한편 방문이 내걸리고 며칠 후에 황제의 명에 따라 저승 관청에 호박을 바치겠다는 사람이 나타났는데, 그는 균주均州 출신의 유전劉全이라는 사람으로, 집안에 재산이 아주 많았어요. 그러나 유전은 그의 아내 이취련李翠蓮이 대문 앞에서 금비녀를 뽑아 승려에게 시주했다는 이유로 그녀에게 아내의 도리를 지키지 못한다며 욕을 퍼붓고 집안에서 내쫓은 적이 있었어요. 아내 이씨는 화를 참지 못하고 스스로 목을 매서 죽어버렸지요.

졸지에 어미를 잃고 남겨진 어린 아들과 딸이 밤낮으로 슬피 울어대니, 유전은 차마 그 모습을 볼 수 없었어요. 결국 그는 목숨도, 가산家産도, 아들과 딸도 버리고 죽어서 저승에 호박을 가져가겠노라 결심하고 방문을 떼어가지고 당 태종을 찾아오게 된 것이었어요.

당 태종은 교지를 내려 그에게 금정관金亭館에 가서, 머리에는 호박 두 개를 이고, 소매에 누런 지전紙錢을 담고, 입에는 약물을 머금토록 했어요. 유전은 과연 독약을 먹고 죽었는데, 그의 영혼은 머리에 호박을 이고 금방 귀신 세계의 관문으로 올라갔어요. 관문을 지키던 귀신 벼슬아치가 소리쳤어요.

"누군데 감히 여기에 왔느냐?"

"저는 위대한 당나라 태종 황제의 사신으로, 십대명왕께 호박을 바치러 왔습니다."

그러자 귀신 벼슬아치는 기꺼이 그를 맞아들였어요. 유전은 곧 삼라전에 이르러 염라대왕을 알현하고 호박을 진상하며 이렇게 아뢰었어요.

"당나라 황제의 명을 받들어, 열 분 대왕님들이 너그럽게 보살펴주신 은혜에 감사드리고자 멀리서 호박을 바치러 왔사옵니다."

"정말 믿음직하고 후덕한 태종 황제이시로다!"

염라대왕은 아주 기쁘게 호박을 받아들이며 그걸 바치러 온 사람의 성명과 본관을 물었어요.

"저는 균주 출신의 유전이라는 백성입니다. 아내 이씨가 목을 매고 자살하는 바람에 남겨진 자식들을 돌볼 사람이 없어진지라, 집과 자식을 버리고, 몸을 희생하여 나라의 은혜에 보답하기를 제가 자원했습니다. 그래서 이렇게 저희 황제께서 바치는 과일을 가지고 와서 대왕님들의 두터운 은혜에 감사드리게 된 것입니다."

십대명왕들은 그 말을 듣고 유전의 아내 이씨를 데려오라고 명령했어요. 귀신 벼슬아치가 재빨리 그녀를 데려와 삼라전 아래서 부부가 상봉할 수 있게 해주었어요. 그들 부부는 지난 이야기를 모두 나누고 십대명왕의 은혜로운 보살핌에 감사했어요. 그런데 염라대왕이 생사부를 살펴보니 그들 부부 모두 신선만큼 오래 장수한다고 적혀 있는지라, 급히 귀신 벼슬아치를 파견해서 돌려보내라고 지시했어요. 그러자 귀신 벼슬아치가 이렇게 아뢰었지요.

"이취련은 저승에 온 지 오래되어 시신이 남아 있지 않은데, 혼을 어디로 넘길까요?"

"당나라 황제의 여동생 이옥영李玉英이 이제 죽을 때가 되었으니, 너는 그 몸을 빌려 그녀의 혼을 돌아가게 해주어라."

귀신 벼슬아치는 명령을 받고 즉시 유전 부부의 혼을 돌려보냈어요. 그들이 저승 관청을 나서자 음풍陰風이 휘몰아치더니 순식간에 장안에 도착했어요. 귀신 벼슬아치는 유전의 영혼을 금정관에 밀어 넣고, 이취련의 영혼을 데리고 황궁의 내원內院으로 들어갔어요. 마침 옥영궁주玉英宮主가 꽃그늘 아래서 이끼를 밟으며 천천히 산보하고 있었는데, 귀신 벼슬아치는 그녀의 가슴을 쳐서 땅에 쓰러뜨리고 그녀의 영혼을 붙잡은 후, 이취련의 영혼을 옥영궁주의 육신에 밀어 넣었지요. 귀신 벼슬아치가 저승 관청으로 돌아가 그 일을 보고한 것에 대해서는 더 이상 얘기하지 않겠어요.

한편, 내원의 궁녀들은 옥영궁주가 쓰러져 죽는 것을 보고 급히 금란전金鑾殿으로 달려가 삼궁三宮의 황후에게 그 사실을 알렸어요.

"궁주마마께서 쓰러져 돌아가셨습니다!"

황후는 크게 놀라 당 태종에게 이 사실을 알렸어요. 당 태종은 소식을 듣더니 고개를 끄덕이며 탄식했어요.

"이 일이 정말 일어나는구나. 짐이 일찍이 십대명왕에게 황실 가족의 운수를 물었더니, 모두 평안하지만 여동생만은 수명이 얼마 남지 않았다고 했는데, 과연 그 말이 맞았구나."

그런데 궁궐 안의 모든 사람들이 와서 비통해하며 꽃그늘 아래로 달려가 살펴보니, 옥영궁주가 미약하나마 숨을 쉬고 있었어요. 당 태종이 말했어요.

"곡을 멈추어라. 곡을 멈춰! 궁주를 놀라게 하지 말라."

그리고 그는 몸소 다가가 손으로 옥영궁주의 머리를 일으켜 세우며 물었어요.

"누이, 정신차려라, 정신차려!"

그런데 옥영궁주가 갑자기 몸을 벌떡 일으키며 소리쳤어요.

"여보, 천천히 가요. 좀 기다려요!"

당 태종이 말했어요.

"누이야, 우리가 여기 있다!"

옥영궁주는 고개를 들고 눈을 크게 뜨며 말했어요.

"누구세요? 뉘기에 절 붙들고 이러시는 거예요?"

"바로 네 황형皇兄과 황수皇嫂들이야."

"저한테 무슨 황형이니 황수니 하는 게 있다는 거예요! 제 성은 이씨고 어려서 이름은 이취련이라고 불렀어요. 남편의 이름은 유전이에요. 우리 둘 다 균주의 백성이에요. 석 달 전 제가 금비녀를 뽑아 승려에게 시주하자 남편이 아내의 도리를 지키지 못한다고 꾸짖는지라, 저는 기가 막히고 가슴이 답답하여 대들보에 하얀 비단 띠를 걸고 목을 매었어요. 남은 두 어린것들이 밤낮으로 슬피 울어댔지요. 이제 제 남편이 당나라 황제의 사신으로 저승 관청에 호박을 바치러 갔는데, 염라대왕께서 불쌍하게 여기시고 우리 부부를 돌려보내 주신 거예요. 남편이 앞서갔는데, 제가 걸음이 느려 따라잡지 못하다가 발이 걸려 넘어졌던 거예요. 당신들은 정말 무례하군요! 이름도 모르면서 왜 절 붙들고 이러시는 거예요?"

당 태종은 그 말을 듣고 여러 사람들에게 이렇게 말했어요.

"누이가 정신이 나간 모양이다. 말도 안 되는 소리를 하고 있으니!"

그리고 태의원에 교지를 내려서 탕약을 바치게 하고, 옥영궁주를 부축하여 궁궐 안으로 들어가게 했어요.

그런데 당 태종이 어전에 있을 때, 갑자기 어가를 관리하는 벼슬아치가 이렇게 아뢰는 것이었어요.

"폐하, 오늘 호박을 바치러 갔던 유전의 혼이 돌아와서 궁문 밖에서 교지를 기다리고 있사옵니다."

당 태종은 깜짝 놀라서 급히 유전을 불러들이라고 했어요. 그리고 그가 붉은 칠을 한 궁전의 섬돌 앞에 엎드리자, 당 태종이 물었어요.

"호박을 바치는 일은 어찌 되었는고?"

"저는 호박을 이고 곧장 귀신 세계의 관문에 이르렀다가 삼라전으로 인도되어 십대명왕을 뵙고 호박을 바치면서, 황제 폐하의 정성스러운 감사의 뜻을 자세히 말씀드렸습니다. 염라대왕께서는 무척 기뻐하시며, '정말 믿음직하고 후덕한 태종 황제이시로

다!' 하고 황제 폐하께 감사했사옵니다."

"저승 관청에서 무얼 보고 왔는고?"

"저는 멀리 간 적이 없어서 무슨 특별한 것은 보지 못했습니다. 다만 염라대왕께서 제 본관과 성명을 물으시기에, 제 아내가 목을 매고 죽어서 집과 자식을 버리고 과일을 바치는 데 자원한 일을 죽 말씀드렸습니다. 그분께서는 귀신 벼슬아치를 시켜 제 아내를 데려와 삼라전 아래서 만나게 해주셨습니다. 그러면서 한편으로는 생사부를 검사해보시고 저희 부부가 신선만큼 오래 장수한다고 하시면서, 귀신 벼슬아치더러 돌려보내라고 하셨습니다. 그래서 제가 앞서가고 아내가 뒤따라와서, 다행히 혼이 돌아올 수 있었습니다. 하지만 아내의 영혼이 어느 몸으로 들어갔는지는 모르겠습니다."

당 태종은 깜짝 놀라며 다시 물었어요.

"염라대왕이 그대 아내에 대해 뭐라고 말하던고?"

"염라대왕께선 아무 말씀도 없었는데, 귀신 벼슬아치가 '이취련은 저승에 온 지 오래되어 시신이 남아 있지 않습니다'라고 말했습니다. 그러자 염라대왕께서는 '당어매唐御妹 이옥영이 이제 죽을 때가 되었으니, 그 시신을 빌려 이취련의 혼을 돌려보내라'고 하셨습니다. 저는 그 당어매가 어느 고을 어느 집에 있는지 몰라 아직 찾아가지 못하고 있습니다."

당 태종은 그 말을 듣고 무척 기뻐하며, 그 자리에서 여러 관리들에게 말했어요.

"짐이 염라대왕과 헤어질 때 궁중의 일에 대해 물어본 일이 있는데, 그 말이 남녀노소 모두 평안하지만 짐의 여동생은 수명이 촉박하다고 했소. 그런데 방금 어매 옥영이 꽃그늘 아래서 넘어져 죽었는데, 짐이 급히 부축하면서 보니 금방 깨어나면서 '여보,

천천히 가요. 좀 기다려요!' 하고 소리쳤소. 짐은 그저 여동생이 혼절하여 헛소리를 한 것이라고 여기고 자세한 연유를 물었는데, 그 말이 유전의 말과 같았소."

그러자 위징이 아뢰었어요.

"궁주께옵서 수명이 촉박하셨다가 잠시 뒤에 깨어나서 이런 말씀을 하셨다면, 이는 유전의 아내가 시체를 빌어 환생한 것이옵니다. 이런 일도 있을 수 있사오니, 궁주를 모셔 와 그를 보게 하시고 무슨 말씀을 하시는지 들어보시옵소서."

"짐이 방금 태의원에 약을 올리라고 했는데, 어찌 되었는지 모르겠구려."

그리고 곧 비빈들더러 들어가 옥영궁주를 모셔 오라고 지시했어요. 그때 옥영궁주는 궁궐 안에서 요란하게 소리를 지르고 있었어요.

"날더러 무슨 약을 먹으라는 거예요! 여긴 우리 집이 아니에요! 우리 집은 시원한 기와집이라, 이렇게 온통 누런 건물에 울긋불긋 요란하게 칠한 문짝 같은 것도 없다고요! 절 내보내줘요, 내보내줘요!"

그렇게 소리치고 있는 차에 궁녀 네댓 명과 태감太監 서너 명이 그녀를 부축해서 어전으로 왔어요. 그러자 당 태종이 물었어요.

"그대는 남편을 알아볼 수 있겠는가?"

"무슨 말씀이세요? 우리 둘은 어려서 부부가 되었고, 함께 아들딸을 낳았는데, 어떻게 알아보지 못할 수가 있겠어요?"

당 태종은 내관들로 하여금 그녀를 부축해서 내려가게 했어요. 옥영궁주는 어전을 내려가자마자 곧장 백옥 계단 앞에 가서 유전을 보자마자 꽉 붙들고 이렇게 말했어요.

"당신 어디 가느라 절 기다리지도 않은 거예요! 전 발이 걸려 넘어졌다가 일어났는데, 저 말도 안 되는 사람들이 날 둘러싸고 난리를 피우는 거예요. 이게 도대체 어떻게 된 일이에요?"

유전이 들어보니 아내의 말이 분명했지만, 얼굴은 아내의 얼굴이 아닌지라 감히 아는 체하지 못하고 있었어요. 그러자 당 태종이 말했어요.

"이게 바로 '산이 무너지고 땅이 갈라지는 것은 본 사람이 있어도 산 사람을 붙잡아 가고 죽은 사람으로 대신하는 것은 보기 어려운' 경우로다!"

정말 훌륭한 군왕이지요! 당 태종은 즉시 궁주의 화장품과 옷가지, 머리 장식 등을 모두 유전에게 하사했으니, 마치 시집을 보내는 듯했어요. 또한 유전에게 영원히 부역을 면제한다는 어지御旨를 내리고, 그에게 궁주를 데리고 돌아가도록 했어요. 그들 부부는 계단 아래서 황제의 은혜에 감사하고 희희낙락 고향으로 돌아갔지요. 이 일을 증명하는 시가 있지요.

사람이 나고 죽는 것은 이전의 인연 때문이니
길거나 짧거나 각기 정해진 수명이 있다네.
유전은 호박을 바치고 이승으로 돌아왔고
이취련의 영혼은 시체를 빌려 환생했다네.

人生人死是前緣　短短長長各有年
劉全進瓜回陽世　借尸還魂李翠蓮

두 사람이 군왕께 작별 인사를 하고 곧장 균주성으로 돌아와 보니 가업과 자식들은 모두 무사했고, 그들 부부가 선행을 널리 폈음에 대해서 세상에 널리 알렸음은 더 이상 말하지 않겠어요.

한편, 울지경덕尉遲敬德은 수레 하나를 가득 채울 만한 양의 금은을 가지고 하남 개봉부를 찾아갔어요. 알고 보니 상량은 물장수였고, 아내 장씨와 함께 집 문간에서 요강과 토기 같은 것을 팔아 생계를 유지했어요. 그런데 그들 부부는 조금이라도 돈을 벌면 그냥저냥 먹고사는 데 만족하고 나머지는 얼마가 되었건 간에 모두 승려에게 보시하고 금색과 은색으로 만들어진 지전을 사서 저승에서 쓸 재물을 저축하는 셈으로 태웠어요. 그래서 이처럼 선업의 응보를 받게 된 것이지요. 이승에서는 그저 선행을 좋아하는 가난뱅이였지만, 저승에서는 금과 옥을 잔뜩 쌓아놓은 명망가였던 것이지요. 울지경덕이 금은을 집으로 보내자 그들 노부부는 깜짝 놀라 혼비백산했지요. 또한 그 지방의 관리들이 수레와 말을 타고 초가집 앞에 몰려들자, 노부부는 얼빠진 듯 벙어리인 듯 땅바닥에 꿇어앉아 연신 머리만 조아렸어요. 그러자 울지경덕이 말했어요.

"노인장, 일어나십시오. 내 비록 황명을 받들고 온 사신이지만, 우리 황제께서 빚진 금은을 갚으러 온 것입니다."

그러자 상량이 덜덜 떨며 대답했어요.

"소인이 무슨 금은을 빌려준 일이 없는데, 어찌 감히 이렇게 까닭 모를 재물을 받을 수 있겠습니까?"

"저도 여기 와서야 비로소 노인장이 가난한 사람이라는 걸 알았습니다. 하지만 노인장이 승려들에게 보시를 베풀고, 필요한 생활비를 제하면 곧 금은 지전을 사서 불태워 저승 관청에 보냈으니, 저승 관청에는 당신의 재물이 쌓여 있습니다. 우리 태종 황제께서 사흘 동안 돌아가셨다가 혼이 돌아와 다시 살아나셨는데, 저승에 있을 때 당신의 금은 창고 하나를 빌려쓴 일이 있답니다. 이제 그 액수대로 돌려주는 것이니, 모두 받으셔도 됩니다. 그래야 제가 돌아가서 잘 보고할 수 있습니다."

상량 노부부는 그저 하늘을 향해 절만 올릴 뿐, 한사코 그걸 받으려 하지 않았어요.

"소인이 이 금은을 받는다면 금방 죽을 것이옵니다. 비록 지전을 살라 저승으로 보냈다고는 하나, 그건 저승의 일이옵니다. 하물며 황제 폐하께서 저승에서 금은을 빌리셨다지만 무슨 증거가 있습니까? 저는 절대 받을 수 없습니다."

"폐하께서 말씀하시길, 당신의 재물을 빌린 것은 최 판관이 보증한다고 하셨습니다. 받아두시지요."

"죽어도 받지 못하겠습니다."

울지경덕은 그가 한사코 사양하는지라, 황제께 사정을 자세히 아뢰는 수밖에 없었어요. 당 태종은 보고를 받고 상량이 금은을 받으려 하지 않는다는 것을 알자, 이렇게 말씀하셨어요.

"참으로 선량한 분이로다."

그리고 교지를 내려서 호경덕에게 그 금은으로 절을 세우고, 노부부의 사당[生祠]을 지어 승려를 청해 좋은 일을 하도록 해서 그에게 빚을 갚은 거나 진배없도록 하게 했어요. 교지가 도착하던 날 호경덕이 궁궐을 향해 감사의 인사를 올리고, 황제의 이런 뜻을 사람들에게 널리 알렸어요. 그리하여 금은으로 성안의 군인과 백성들에게 아무런 피해가 가지 않는 땅을 샀는데, 둘레가 오십 묘畝[13]나 되었지요. 그 위에 절을 세우고, 절 이름을 칙건상국사勅建相國寺라 했지요. 또한 그 왼편에 상량 노부부의 사당을 세운 후 '울지공의 감독으로 건축하다(尉遲公監造)'라고 새긴 비석

13 옛날에 땅의 면적을 세던 단위로, 사방 여섯 자[尺]를 한 보步라 하고, 백 보를 한 묘라고 했다.

을 세웠지요. 이것이 바로 오늘날의 대상국사大相國寺[14]이지요.

공사가 끝나 보고하자, 당 태종은 무척 기뻐했어요. 그리고 여러 관료들을 불러놓고 승려를 초청해 수륙대회를 개최하여 저승의 외로운 영혼들을 구제하려 한다는 방문을 내걸게 했어요. 그리고 각 지역의 관리들로 하여금 고승高僧들을 추천하여 장안에서 열리는 대회에 참석하게 했지요. 그렇게 한 달 정도 지나자 온 세상의 훌륭한 승려가 모두 모였어요. 당 태종은 교지를 내려서 태사승太史丞 부혁으로 하여금 고승을 선발하여 불사佛事를 이룩하게 했어요. 하지만 부혁은 교지를 받자 즉시 불교를 금지시키라는 상소문을 올려, 부처라는 것은 없다고 주장했어요.

서역西域의 법에는 군주와 신하, 아비와 아들 사이의 관계에 대한 고려도 없고, 삼도三塗•니 육도六道니 하는 것으로 어리석은 자들을 속여 꾀면서, 지난 허물을 추궁해 장래의 복을 기대하고 입으로 범어를 읊조려 응보에서 벗어나려 합니다. 또한 태어나고 죽고 장수하고 요절하는 것은 본래 자연에 달린 것이요, 형벌을 내리고 덕을 베풀고 위엄을 떨치고 복을 내리는 것은 군주에게 달린 일입니다. 지금 듣자 하니, 속된 무리들이 잘못된 생각에 기대어 세상만사가 부처에게서 말미암는다고 얘기합니다. 그러나 오제五帝와 삼황三皇 이래로 부처의 법이라는 것은 없었으며, 그저 군주가 현명하고 신하가 충성스러우면 왕조의 수명이 오래도록 유지되었습니다. 한나라 명제(明帝, 57~75 재위) 때부터 오랑캐 신[胡神]을 세워 모시기 시작했으

14 오늘날 허난성河南省 카이펑스開封市 동북쪽 교외에 있다. 이 절은 원래 북제北齊 문선제文宣帝의 천보天保 6년(555)에 건립되어, 처음 이름은 건국사建國寺라 했는데, 당나라 예종(睿宗, 684 재위) 때 상국사로 이름을 바꿨다. 송나라 태종 지도至道 2년(996)에 중건되면서 '대상국사'라고 쓴 편액이 내걸렸다.

나,[15] 오직 서역의 승려들만이 스스로 그 교의를 전파했습니다. 그것은 사실 오랑캐가 중국을 범한 것이니, 믿을 만한 것이 못 됩니다.

당 태종은 그 말을 듣고 이 상소문을 여러 신하들에게 넘겨 토론하게 했어요. 그때 재상 소우蕭瑀가 대열에서 나와 머리를 조아리며 아뢰었어요.

"부처의 법은 여러 왕조에 걸쳐 일어나서 크게 선을 행하고 악을 물리침으로써 암암리에 국가를 도왔으니, 폐기할 이유가 없사옵니다. 부처는 성인이옵니다. 성인을 비방하는 자는 법을 무시하는 것이니, 엄한 형벌에 처하시옵소서."

그러자 부혁이 소우와 논쟁을 벌였어요.

"예란 어버이와 군주를 모시는 데 바탕을 두고 있는데, 부처는 어버이를 등지고 출가하고, 필부匹夫의 자격으로 천자에게 대항하며, 대를 이어 태어난 몸으로 어버이의 뜻을 거스릅니다. 소우는 아비 없이 태어나지도 않았는데 아비를 무시하는 종교를 따르니, 그야말로 '효도하지 않는 자에게는 어버이도 없다(非孝者無親, 『효경孝經』)'는 꼴입니다."

그러자 소우가 그저 합장하며 이렇게 말했어요.

"지옥이 만들어진 것은 바로 이런 사람 때문일 테지요."

당 태종은 태복경太僕卿[16] 장도원과 중서령中書令[17] 장사형을 불러, 불사를 일으켜 복을 짓고자 하는데 그 효과가 어떠할지 물어보았어요. 그러자 두 신하는 이렇게 대답했지요.

15 그러나 실제로 불교가 중국에 전파된 것은 서한西漢 애제哀帝 원수元壽 1년(기원전 2) 때이다.

16 마차와 말, 가축을 관리하던 벼슬이다.

17 내정內政을 담당하던 중서성中書省의 우두머리에 해당하는 벼슬이다.

"부처는 청정하고 어질게 용서하는 곳에 처하니 업業을 바로 잡는 것이야말로 '공空'에 도달하는 길이라고 하겠습니다. 북주北周의 무제(560~578 재위)는 유교, 불교, 도교의 세 종교를 나누어 차등을 두었사옵니다. 대혜 선사大慧禪師[18]께서는 불법의 심원함에 대해 찬양한 적이 있는데, 역대로 많은 백성들이 공양을 드리면 그 공덕이 드러나지 않은 적이 없었사옵니다. 오조五祖 홍인대사(弘忍大師, 602~675)는 환생하셨으며[19] 보리달마普提達摩는 그 모습을 드러내신 적이 있사옵니다.[20] 예로부터 세 종교는 지극히 존엄하니 훼손해서도 없애서도 안 된다고 하였사옵니다. 엎드려 바라옵건대, 폐하께서는 성스럽게 살피시고 현명하게 판단하시옵소서."

당 태종은 매우 기뻐하며 이렇게 말했어요.

"경들의 말이 이치에 맞도다. 또 다른 얘기를 늘어놓는 자가 있다면 엄벌에 처하리라!"

이리하여 당 태종은 위징과 소우, 장도원으로 하여금 여러 승려들을 초청하여 그 가운데 큰 덕을 갖춘 고승 한 분을 뽑아 단주

18 당나라 때의 고승高僧이자 천문학자인 일행一行을 가리킨다. 그는 장공근張公謹의 후손으로, 무삼사武三思가 그의 학문과 행실을 흠모하여 교유를 맺자고 청하자 도망쳐서 출가해버렸다. 나중에 현종玄宗이 억지로 장안으로 불러들였다가, 죽은 후에 '대혜 선사'라는 시호를 내렸다. 그는 중국 불교 가운데 밀종密宗의 조종祖宗이 되었다.

19 선종禪宗 오대조사五代祖師로 일컬어지는 홍인대사는 속세의 성이 주周씨인데, 일곱 살에 출가하여 사조四祖 도신 선사道信禪師에게 의발을 전수받았다. 나중에 황매黃梅 쌍봉산雙峰山 동산사東山寺에 머물며 제자를 모아 강론했다. 시호諡號는 대만 선사大滿禪師이다. 전설에 의하면, 그는 파두산破頭山의 재송 행자栽松行者였는데, 늙음을 거쳤다가 다시 태어나 도신 선사를 만남으로써 도를 깨달았다고 한다.

20 서천西天(즉 천축天竺) 선종의 제28대 조사이자 중국 선종의 초조初祖로 간주되는 보리달마는 본래 남인도의 승려로서, 남조 송나라 말엽에 바다를 통해 광주廣州로 들어왔고, 다시 북위北魏로 들어가 낙양洛陽과 숭산嵩山 등을 지나며 선종의 가르침을 전파했다. 일설에 따르면, 그는 양나라 보통普通 1년(520) 또는 대통大通 1년(527)에 광주에 도착했으며, 양나라 무제가 친히 그를 영접해서 건강建康(지금의 난징南京)으로 모셨으며, 같은 해에 북위로 들어가 숭산 소림사少林寺에서 9년 동안 면벽수행을 했다고 한다.

壇主로 삼고 도량을 건설하라고 지시했어요. 신하들은 모두 머리를 조아려 황은에 감사하고 물러났지요. 이때부터 법률을 제정하여, 승려에게 해를 끼치거나 불교를 비방하는 자들은 그 팔을 자른다고 공표했어요.

이튿날 세 신하들은 저 산천단山川壇에 승려들을 모아놓고 한 사람씩 심사해서, 그 가운데 덕행을 갖춘 고승 한 분을 뽑았어요. 여러분 그분이 누굴까요?

신통한 그이는 본래 금선이라 불렸는데
오로지 부처님 설법을 듣는 일에 무심했던 탓으로
풍진세상으로 윤회하여 힘겨운 고난을 겪고
속세에 태어나 재앙의 그물에 걸리기도 했지.
환생하여 지상에 떨어져 흉한 꼴을 당했으니
출가하기 전에는 악한 무리를 만나기도 했다네.
부친은 해주 출신으로 장원급제한 진씨요
외조부는 총관으로 조정의 수장首長이라네.
나면서 운명은 떨어진 붉은 별처럼
물결 따라 파도 따라 끝없이 흘러갔다네.
바다 섬 위의 금산사金山寺에 큰 인연 있어
시련에서 건져준 승려가 그를 보살폈다네.
열여덟 살에야 어머니를 알아봤고
장안으로 달려가 외조부께 도움을 구했지.
총관 은개산殷開山은 대군을 지휘하여
홍강의 도적을 소탕하고 흉악한 무리를 처단했지.
장원 진광예陳光蕊도 죽음에서 벗어나서
부자가 상봉하니 축하할 일이로다.

다시 황제를 알현하고 군주의 은혜 받으니
능연각[21]에 현명한 명성 울려 퍼지네.
은혜로 내린 벼슬 받지 않고 승려가 되길 바랐으니
불문에 복을 내려 장차 도를 찾아 나서리.
어릴 적 이름 강류이던 옛 부처,
법명은 진현장이라 부른다네.

靈通本諱號金蟬　只爲無心聽佛講
轉托塵凡苦受磨　降生世俗遭羅網
投胎落地就逢凶　未出之前臨惡黨
父是海州陳狀元　外公總管當朝長
出身命犯落紅星　順水隨波逐浪泱
海島金山有大緣　遷安和尚將他養
年方十八認親娘　特赴京都求外長
總管開山調大軍　洪州勦寇誅凶黨
狀元光蕊脫天羅　子父相逢堪賀獎
復謁當今受主恩　凌烟閣上賢名響
恩官不受願爲僧　洪福沙門將道訪
小字江流古佛兒　法名喚做陳玄奘

그날 대중 앞에서 현장법사를 선출했으니, 이 사람은 어려서 승려가 되었고 어머니의 배 속에서 나오자마자 계戒를 받았지요. 그분의 외조부는 당시 왕조의 총관總管 은개산이요, 부친 진악은 장원급제하여 문연전대학사文淵殿大學士에 임명되셨지요. 하지만

21 당 태종 정관 17년(643)에 개국공신 장손무기長孫無忌, 두여회杜如晦, 위징 등 24명의 초상화를 장안의 능연각에 그리게 했는데, 이 뒤로 능연각은 나라에 공을 세우는 것을 상징하게 되었다.

그분은 한결같은 마음으로 부귀영화를 좋아하지 않고 그저 열반涅槃에 들기 위한 수련만을 좋아하셨어요. 조사해본 결과 그분은 출신도 좋고, 덕행 또한 높은 경지에 이르렀으며, 수많은 경전에 두루 통달한데다 염불[佛號]이든 음악[仙音]이든 못하는 종류가 없었어요. 당시 세 신하들은 그분을 인도하여 어전에 나아가 옷자락을 털고 발을 굴려 황제께 절을 한 다음, 이렇게 아뢰었어요.

"저희들이 성상의 교지를 받들어 진현장이라는 고승 한 분을 선발했사옵니다."

당 태종은 그 이름을 듣고 한참 생각에 잠겨 있다가 이렇게 물었지요.

"혹시 학사 진악의 아들 현장이 아닌가?"

이에 강류(진현장)가 머리를 조아리며 대답했어요.

"바로 그렇사옵니다."

"과연 제대로 추천했도다. 참으로 덕행과 선심禪心을 갖춘 승려로다. 짐은 그대에게 좌승강左僧綱과 우승강右僧綱, 그리고 천하대천도승강天下大闡都僧綱[22]의 직책을 내리노라."

진현장은 머리를 조아려 황제의 은혜에 감사하고 그 벼슬을 받았어요. 당 태종은 또 진현장에게 오색 비단에 금으로 수를 놓은 가사袈裟 한 벌과 승려들이 쓰는 모자인 비로모毘盧帽 하나를 하사했어요. 그리고 그에게 성심을 다해 훌륭한 스님을 모셔다가 순위를 나누어 반열을 만들고 그들의 수장 스님이 되게 했어요. 그리고 교지를 작성하여 화생사化生寺로 가서 좋은 날 좋은 시간을 정해 불경에 담긴 법을 강연하라고 하셨어요.

진현장은 두 번 절하며 황제의 교지를 받들고 나와, 화생사에

22 '승강'은 승관僧官을 가리키며 '도승강'은 세상의 모든 승려들을 관리하는 우두머리 승관이라는 뜻이다.

가서 많은 승려들을 모아놓고 참선에 쓰이는 걸상[禪榻]을 마련한 후, 법회에 필요한 준비를 다 갖추어놓고 음악을 정리했어요. 그리고 훌륭한 스님 천이백 명을 선발하여 상, 중, 하의 세 불당에 나누어 파견했어요. 부처님 앞에 놓을 물건들은 모두 가지런히 정돈되었으며, 하나하나 순서에 맞게 준비되었어요.

그리하여 '황도양신黃道良辰'[23]인 그해 구월 삼일을 택하여 사십구 일 동안의 수륙대회를 거행을 시작하기로 했어요. 그리고 상소문을 올려 당 태종 및 문무 대신들과 황실의 친족들이 모두 정해진 날에 맞춰 이 법회에 나가 향을 사르고 설법을 듣도록 청했어요.

그러나 황제의 뜻이 어떠한지는 아직 모르는데, 그것은 다음 회의 설명을 들어보시라.

23 '황도길일黃道吉日'이라고도 한다. 옛날 중국에서는 간지干支의 음양에 따라 길한 날인 '황도'와 흉한 날인 '흑도黑道'를 나누었다. 대개 청룡青龍, 명당明堂, 금궤金匱, 천덕天德, 왕당王堂, 사명司命의 여섯 별자리는 모두 길한 신神으로 여겨져서, 그 별자리에 해당하는 날은 만사가 잘 풀리고 흉한 일이 일어나지 않는다고 여겨졌다.

제12회
관음보살, 문둥이 중으로 변하여 삼장법사를 만나다

이런 시가 있어요.

용이 모여들던 해 바로 정관 십삼년
왕이 사람들에게 불경을 논하라 선포하도다.
도량에서 불법을 강연하니
운무 감도는 가운데 빛이 감실을 감싸 오르네.
칙명으로 성은을 베풀어 사찰을 지으시니
매미가 허물을 벗고 서천西天으로 불경 구하러 가네.
선업을 베푸니 윤회에 빠지는 것을 초월하고
불경의 교리를 삼세에 널리 알리네.

龍集貞觀正十三　王宣大眾把經談
道場開演無量法　雲霧光乘大願龕
御勅垂恩修上刹　金蟬[1]脱殼化西涵
善施善果超沉沒　秉教宣揚前後三

1 여기서 금선金蟬은 금선존자인 현장법사를 가리킨다.

정관 십삼년(639), 기사년己巳年 구월 갑술甲戌 초사흘 계묘일癸卯日 길시吉時에 대천법사大闡法師 진현장은 천이백 고승들을 모아 장안성 화생사에서 오묘한 불경들을 강연하기 시작했어요. 태종 황제도 아침 조회를 일찌감치 마친 뒤 문무백관을 거느리고 봉황과 용으로 장식한 화려한 어가를 타고서 금란보전金鑾寶殿을 나와 향불을 올리러 곧장 화생사로 갔어요. 그 어가 행차의 모습은 이러했답니다.

하늘 가득 서기 어리고
만 줄기 상서로운 빛 피어나네.
자애로운 바람 잔잔히 불고
따스한 햇살 아름답기 그지없네.
문무백관 패옥 차고 앞뒤로 서고
호위 군사 깃발 들고 양옆에 늘어섰네.
금과 잡고
도끼 들고
쌍쌍이 짝지어 섰는데
진홍색 비단 초롱에
황실 향로의 향
자욱하게 피어나 성대하기 이를 데 없네.
용이 날고 봉황이 춤추듯
수리 같고 매 같은 뛰어난 문무 신하들
현명하신 천자 올바르시고
충성스럽고 의로운 신하들 어질구나.
천 년을 이어간 크나큰 복 순임금 우임금보다 낫고
만대에 걸친 태평성대 요임금 탕임금에 견줄 만하네.

곡병산과
곤룡포
휘황하게 빛을 뿌리고
옥팔찌와
화려한 봉황 부채엔
상서로운 기운 떠도네.
구슬 관과 옥띠
자색 인끈에 금장을 두른
어가 호위군 천여 대오가
두 줄로 늘어서서 천자의 수레 모시네.
태종 황제 목욕재계하고 경건하게 부처님을 경배하니
불문에 귀의하여 기쁘게 향을 올리네.

一天瑞氣　萬道祥光
仁風輕淡蕩　化日麗非常
千官環佩分前後　五衛旌旗列兩旁
執金瓜　擎斧鉞　雙雙對對
絳紗燭　御爐香　靄靄堂堂
龍飛鳳舞　鶚薦鷹揚
聖明天子正　忠義大臣良
介福千年過舜禹　昇平萬代賽堯湯
又見那曲柄傘　滾龍袍　輝光相射
玉連環　彩鳳扇　瑞靄飄揚
珠冠玉帶　紫綬金章
護駕軍千隊　扶輿將兩行
這皇帝沐浴虔誠尊敬佛　皈依善果喜拈香

당 태종은 어가가 절 앞에 이르자 음악과 악기 소리를 멈추게 하고, 수레에서 내려 백관을 거느리고 부처님께 절한 뒤 향을 올렸어요. 연화대蓮花臺를 세 번 돌아 예를 갖추고 고개 들어 둘러보니, 아니나 다를까 정말 훌륭한 도량이었지요!

깃발이 춤을 추고
보개[2]가 높이 빛나네.
깃발이 춤을 추니
허공을 가르며 펄럭펄럭 아름다운 놀 위로 흔들리고
보개가 높이 빛나니
햇빛 받아 번뜩번뜩 붉은 섬광 내쏘네.
석가세존 황금 존체 그 용모 장엄하고
나한의 옥 같은 얼굴 그 위엄 대단하네.
화병엔 선계의 꽃 꽂고
화로엔 단향과 강향을 사르네.
화병에 선계의 꽃 꽂으니
비단나무 반짝반짝 절 안에 가득하고
화로에 단향과 강향을 사르니
향연은 뭉게뭉게 하늘로 스며드네.
갓 나온 제철 과실, 붉은 쟁반 가득 쌓이고
진기한 모양의 사탕과 과자, 채색 소반 켜켜이 쌓였네.
고승들 늘어서서 불경을 낭송하며
외로운 영혼들 고난에서 벗어나길 기원하네.

幢幡飄舞　寶蓋飛輝
幢幡飄舞　凝空道道綵霞搖

2 도사나 승려가 쓰는 양산을 일컫는 말이다.

寶蓋飛輝　映日翩翩紅電徹
世尊金象貌臻臻　羅漢玉容威烈烈
瓶插仙花　罏焚檀降
瓶插仙花　錦樹輝輝漫寶刹
罏焚檀降　香雲靄靄透清霄
時新果品砌朱盤　奇樣糖酥堆綵案
高僧羅列誦眞經　願拔孤魂離苦難

당 태종과 문무 대신들 모두 각자 향을 사르고 부처님의 존체에 절하고 나한을 참배했어요. 그러자 대천도강大闡都綱 진현장 법사가 여러 승려들을 이끌고 일제히 당 황제에게 절을 올렸어요. 예가 끝나자 나뉘어 제각기 자리로 돌아갔어요. 법사는 외로운 혼을 구제하는 방문을 올려 당 태종에게 보여드렸어요. 방문에는 이렇게 씌어 있었지요.

지극한 덕은 아득히 넓고
선종은 적멸의 경지로다.
청정하고 신통하여
삼계에 두루 미치도다.
천변만화하여
음양을 모두 아우르도다.
본체와 작용을 아우르는 불변의 진리
지극히 무궁하도다.
저 외로운 영혼들을 보매
심히 가엾고 슬프도다.
이에 태종대왕의 존명을 받자와

승려들을 선발하여
참선하고 불법을 강론하게 하노니
불도佛道의 문을 활짝 열고
자비의 배를 널리 띄워
고해의 중생 두루 구하고
육취[3]의 깊은 고통에서 벗어나게 하노라.
참된 길로 가게 이끌어
널리 천지자연의 원기를 즐기게 하며
언제나 무위하여
순수한 본성을 이루게 하노라.
이 좋은 인연으로
맑고 아름다운 신선 세계로 초대되고
우리 이 성대한 법회를 계기로
지옥의 뭇 속박을 벗어나
극락에 올라 마음껏 소요하며
서방을 오가며 한껏 자유롭도록 하라.
이제 이런 뜻을 시로 노래하노라.

화로에는 영수향
초생록[4] 한 권
끝없는 묘법을 베푸니
한없는 천은을 입는다.
죄와 한이 다 소멸되니

3 육도六道, 육계六界라고도 하는데, 지옥, 아귀餓鬼, 축생畜生의 삼악도三惡道와 수라修羅, 인간, 천상의 삼계를 일컫는다.

4 윤회에서 벗어난 사람들의 명단이 적힌 장부를 가리킨다.

외로운 영혼 모두 지옥을 나오다.
우리나라 보호하사
평온하고 복되게 하소서.

至德渺茫　禪宗寂滅
清淨靈通　周流三界
千變萬化　統攝陰陽
體用眞常　無窮極矣
觀彼孤魂　深宜哀愍
此是奉太宗聖命　選集諸僧　參禪講法
大開方便門庭　廣運慈悲舟楫
普濟苦海群生　脱免沉痾六趣
引歸眞路　普翫鴻濛
動止無爲　混成純素
仗此良因　邀賞清都絳闕
乘吾勝會　脱離地獄凡籠
早登極樂任逍遙　求往西方隨自在
詩曰
一鑪永壽香　一卷超生籙
無邊妙法宣　無際天恩沐
冤孽盡消除　孤魂皆出獄
願保我邦家　清平萬咸福

당 태종이 보고 기뻐 어쩔 줄 모르며 승려들에게 말했어요.
"그대들은 충성스런 마음으로 절대 불사佛事를 게을리하지 말라. 이후 대회가 성공적으로 끝나면 각자에게 돌아갈 복이 있으리니, 짐이 후한 상을 내려 결코 그대들의 노고가 헛되게 하지 않겠노라."

그러자 천이백 승려가 일제히 머리를 조아려 감사드렸어요. 그날 세 번의 재齋가 끝나자 황제는 환궁하고, 이레 뒤 정회正會에 다시 와서 향을 올렸어요. 날이 저물 무렵이 되어서야 백관이 모두 물러갔지요. 이날 저녁은 그야말로 장관이었답니다.

만 리 창공에 옅게 드리워진 저녁 햇살
둥지로 돌아가는 까마귀 몇 마리 천천히 날아 앉네.
성 가득 등불 켜지고 인적이 고요하니
바로 선승이 좌선에 들 시간이로구나.

萬里長空淡落暉　歸鴉數點下棲遲
滿城燈火人烟靜　正是禪僧入定時

저녁 풍경은 이미 말씀드렸고, 다음 날 아침 법사가 다시 자리에 올라 승려들을 모아놓고 경을 읽었음은 더 얘기하지 않겠어요.

한편, 남해 보타산普陀山의 관세음보살은 석가여래의 법지法旨를 받아 장안성에서 불경을 가지러 갈 적임자를 찾고 있었는데, 오랫동안 참으로 덕행을 갖춘 이를 만나지 못하고 있었어요. 그러던 어느 날 당 태종이 불교를 선양宣揚하고자 고승을 선발하여 수륙대회를 연다는 소식을 들었어요. 그리고 단주壇主로 뽑힌 법사가 바로 강류라는 스님이었어요. 그는 바로 극락세계에서 내려온 불제자요, 또 원래 자신이 인도하여 환생시킨 스님이었던 거예요.

관음보살은 무척 기뻐하며 목차目叉 혜안慧岸과 함께 큰길로 나가 부처님이 내려주신 보물을 팔려고 했어요. 그건 어떤 보물들이었을까요? 바로 금란가사金襴袈裟와 구환석장九環錫杖이었지요. 금고金箍, 긴고緊箍, 금고禁箍의 세 가지 테는 깊이 감춰두었다가 나중에 쓰기로 하고, 가사와 석장만 내어 팔았어요. 장안성에는 이번 대회에 선발되지 못한 데데한 중이 있었는데, 구린 돈 몇 푼을 갖고 있었어요. 관음보살이 문둥이 모습으로 변신하여 너덜너덜한 승복을 걸치고, 맨발에 빡빡머리를 드러내고, 번쩍번쩍 빛을 뿜는 가사를 두 손으로 받쳐 들고 있는 것을 보자, 그가 다가와 물었어요.

"거기 문둥이 중, 그 가사는 얼마에 파는 거냐?"

"가사는 오천 냥이고, 석장은 이천 냥이올시다."

데데한 중이 웃으며 말했어요.

"저 두 문둥이 중이 미쳤거나 바보로구먼! 이따위 물건 두 개를 은 칠천 냥에 팔겠다고? 몸에 걸치면 불로장생하거나 부처님이 된다 해도 그렇게 비싸진 않을 거다. 가지고 가! 안 사!"

보살은 더 실랑이를 벌이지 않고 목차와 함께 앞으로 또 걸었어요. 그렇게 한참을 가다 동화문東華門 앞에 이르러 마침 퇴청하던 재상 소우와 맞닥뜨렸어요. 앞에 선 갈도喝道[5]군이 길을 비키라 외치는데도 관음보살은 공공연히 비키지 않고 길 한복판에서 가사를 들고 곧장 재상을 맞이했어요. 재상이 말을 멈추고 살펴보니 가사가 번쩍번쩍 빛을 뿌리는 것이었지요. 그래서 하인을 시켜 가사 파는 이에게 값을 물어보라 하니, 관음보살이 대답했어요.

"가사는 오천 냥이고, 석장은 이천 냥이옵니다."

소우가 말했어요.

5 관리가 행차할 때 길을 인도하는 사람이 길을 비키라고 소리치는 일을 가리킨다.

관음보살이 소우를 따라가 당 태종에게 금란가사와 석장을 바치다

"무슨 좋은 점이 있길래 그리 비싸단 말인가?"

"이 가사는 좋은 점도 있고 좋지 않은 점도 있습지요. 또 돈을 받을 수도 있고 받지 않을 수도 있습니다."

"좋은 점은 무엇이고, 좋지 않은 점은 무엇이오?"

"제 가사를 입으면 타락에 빠지지 않고, 지옥에 떨어지지 않으며, 혹독한 재난을 만나지 않으며, 범과 이리의 횡액을 입지 않으니, 이것이 바로 좋은 점이올시다. 다만 탐욕스럽고 음탕하며 남의 재앙을 즐기는 어리석은 중, 재계齋戒[6]하지 않는 승려, 경전을 훼손하고 부처를 욕되게 하는 평범한 자는 이 가사를 알아보지 못한다는 것이 바로 좋지 않은 점이지요."

"그렇다면 돈을 받을 수도 있고 아닐 수도 있다는 건 또 무슨 말이냐?"

"불법을 따르지 않고 삼보三寶[7]를 공경하지 않으면서 억지로 가사와 석장을 사려 한다면 반드시 칠천 냥을 받을 것이니, 이것이 바로 돈을 받는다는 것입니다. 하지만 삼보를 공경하고, 인연 따라 선업을 지으며, 부처님께 귀의하여 이 가사를 받을 수 있다면 그런 분에게 이 가사와 석장을 기꺼이 선사하여 선한 인연을 맺을 것이니, 이것이 바로 돈이 필요 없다는 말입니다."

소우가 이 말을 듣더니 희색이 만면했지요. 그가 예사 인물이 아닌 줄 알아보고, 곧 말에서 내려 관음보살에게 예를 갖추고 말했어요.

"큰스님, 제 죄를 용서하십시오. 저희 위대한 당나라 황제께서 선행을 매우 좋아하시고, 조정 문무 대신 모두 본받아 따르지 않

6 제祭를 드리는 사람이 마음을 가다듬고 심신을 깨끗이 하여 음식과 행동을 삼가고 부정을 피하는 일을 일컫는 말이다.

7 불보佛寶와 승보僧寶, 법보法寶를 가리킨다.

는 이가 없습니다. 그래서 지금 수륙대회를 열고 있는데, 이 가사를 대도천大都闡 진현장 법사가 입도록 하면 딱 좋을 것 같습니다. 저와 함께 조정에 들어 주상을 알현하십시다."

보살은 흔쾌히 그를 따라 발걸음을 옮겨 곧장 동화문으로 들어갔어요. 궁궐 문을 지키던 황문관黃門官이 황제에게 상주하자 안으로 들라는 윤허가 내렸어요. 소우가 문둥이 중 둘을 데리고 들어와 계단 아래 시립하자, 태종이 물었어요.

"무슨 일을 상주하려 하는고?"

소우가 계단 앞에 꿇어 엎드려 아뢰었어요.

"제가 동화문을 나서다가 이 두 스님을 만났는데, 가사와 석장을 팔고 있었사옵니다. 현장법사가 입으면 좋겠다는 생각이 들어 스님들을 모시고 들어왔나이다."

당 태종이 무척 기뻐하며 가사가 얼마나 하는지 물었어요. 관음보살과 목차는 계단 아래 시립해 있으면서 예는 올리지도 않고 가사 값을 묻는 데 대답만 했어요.

"가사는 오천 냥, 석장은 이천 냥이옵니다."

"그 가사가 무슨 좋은 점이 있기에 그리 비싸단 말인고?"

그러자 관음보살이 이렇게 말했지요.

이 가사는
용이 한 가닥만 걸치면
대붕에게 먹히는 재앙을 피할 수 있고
학이 한 올만 걸쳐도
범속함을 벗어나 성인의 오묘한 경지로 들어설 수 있지요.
입고 앉는 곳마다
모든 신들이 와서 절을 올리고

움직일 때마다
칠불[8]이 뒤를 따르지요.

이 가사는
빙잠[9]의 고치에서 뽑은 생실로
솜씨 좋은 장인이 끓는 물에 익혀 실을 만들고
선녀가 그 실을 잣고
신녀가 베틀로 천을 짜서
테두리마다 꽃수를 놓고
조각마다 비단 바디로 곱게 다졌지요.
영롱한 빛 산산이 부서지며 아름다운 꽃과 다투고
선명한 색채에 광채가 나 보석 같은 아름다움을 내뿜지요.
입으면 온몸에 붉은 연무 감돌고
벗으면 한 떨기 오색구름이 날아오르지요.
삼천문 밖까지 밝은 빛 비쳐들고
오악산 앞에 상서로운 기운 피어나지요.
겹겹이 달리아를 새겨넣고
반짝반짝 구슬 달아 별처럼 반짝이지요.
네 귀에는 밤을 밝히는 야명주요
꼭대기에는 희귀한 보석 조모록 한 알
전체를 다 펴 비춰보지 않아도

8 『장아함경長阿含經』에 의하면 칠불은 비파시불毗婆尸佛, 시기불尸棄佛, 비사부불毗舍浮佛, 구류손불拘留孫佛, 구나함모니불拘那含牟尼佛, 가섭불迦葉佛, 석가모니불釋迦牟尼佛 이렇게 일곱 부처이다. 일곱 부처가 몸을 따르면 모든 악이 끊어지고 선행만을 하게 된다고 한다.

9 신화 속의 곤충이다. 진晋 왕가王嘉의 『습유기拾遺記』 10권에 의하면, 원교산員嶠山에 길이는 일곱 마디, 검은색에 뿔과 비늘이 있는 곤충이 있는데, 눈과 서리가 덮인 뒤 고치를 만든다. 그 고치는 길이가 한 자나 되고 오색찬란하며, 그것으로 실을 자아 천을 짜면 무늬가 아름답고 물에 들어가도 젖지 않고, 불에 던져도 오그라들거나 그을리지 않는다고 한다.

여덟 가지 보석이 모인 듯 찬란하게 빛을 뿜지요.

이 가사는
주인을 못 만나 한가할 때는 접혀 있고
성인을 만나야 비로소 입을 수 있지요.
한가하게 접혀 있을 때는
천 겹으로 싸두어도 붉은 무지개 스며 나오고
성인을 만나 입게 되면
하늘도 놀라고 귀신들도 두려워하지요.
위쪽엔 여의주, 마니주, 피진주, 정풍주가 달렸고
또 홍마노, 자산호, 야명주와 사리가 박혀 있지요.
달에서 스며 나오는 흰빛을 훔치고
해와 붉은빛을 다툴 정도지요.
줄기줄기 선기가 하늘 가득 어리고
송이송이 상서로운 빛 성인을 받들지요.
줄기줄기 선기가 하늘 가득 어리니
하늘 관문까지 샅샅이 비추고
송이송이 상서로운 빛 성인을 받드니
그 그림자 온 세상 널리 펼치지요.
산과 내를 두루 비춰
범과 표범 놀라게 하고
바다와 섬에 그림자 드리워
용과 물고기를 움직이지요.
가장자리엔 두 줄 금테 녹여 넣고

옷깃엔 빙 돌려 하얀 옥 종[10]을 달았지요.

這袈裟
龍披一縷　免大鵬呑噬之災
鶴掛一絲　得超凡入聖之妙
但坐處　有萬神朝禮
凡舉動　有七佛隨身

這袈裟
是冰蠶造繭抽絲　巧匠翻騰爲線
仙娥織就　神女機成
方方簇幅綉花縫　片片相幇堆錦簆
玲瓏散碎鬬粧花　色亮飄光噴寶豔
穿上滿身紅霧遶　脱來一段綵雲飛
三天門外透元光　五岳山前生寶氣
重重嵌就西番蓮　灼灼懸珠星斗象
四角上有夜明珠　攢頂間一顆祖母綠
雖無全照原本體　也有生光八寶攢

這袈裟
閑時折疊　遇聖纔穿
閑時折疊　千層包裹透虹霓
遇聖纔穿　驚動諸天神鬼怕
上邊有如意珠　摩尼珠　辟塵珠　定風珠
又有那紅瑪瑙　紫珊瑚　夜明珠　舍利子

10 고대 옥기玉器의 이름. 은나라와 주나라 무덤에서 발견되는데, 정사각 혹은 직사각 형태에 가운데 둥근 구멍이 나 있다.

偷月沁白　與日爭紅
條條仙氣盈空　朶朶祥光捧聖
條條仙氣盈空　照徹了天關
朶朶祥光捧聖　影徧了世界
照山川　驚虎豹
影海島　動魚龍
沿邊兩道銷金鎖　叩領連環白玉琮

이런 시가 있지요.

삼보는 높디높고 그 진리 존엄하니
사생육도를 낱낱이 논하도다.
마음을 밝혀 성불하는 법을 알아 수행하고
불성佛性을 깨우쳐 지혜의 등불[11] 전하는구나.
육신을 지키니 엄숙한 황금 세계요
맑고 깨끗한 심신 옥 항아리의 얼음[12]이로다.
부처님이 가사를 만드신 후로
만겁이 지난들 누가 감히 승려를 없앨 수 있으랴?

三寶巍巍道可尊　四生六道盡評論
明心解養人天法　見情能傳智慧燈
護體莊嚴金世界　身心清淨玉壺冰
自從佛製袈裟後　萬劫誰能敢斷僧

11 불교에서는 불법을 길을 밝히는 밝은 등에 비유한다. 지혜는 불교 용어로 불법을 공부하고 깨달아 시비, 선악을 판별할 수 있는 능력을 가리킨다.

12 고대에는 옥 항아리에 얼음을 담아 더위를 식혔다. 남조南朝 송의 포조鮑照는 「대백두음代白頭吟」이란 시에서 "맑기가 옥 항아리의 얼음 같다(清如玉壺冰)"고 했고, 당의 왕창령王昌齡은 "한 조각 얼음 같은 마음 옥 항아리에 담겼네(一片冰心在玉壺)"라고 했으니, 모두 고결한 뜻을 비유하고 있다.

당 태종은 보전에서 이 말을 듣고 기뻐 어쩔 줄 모르며 또 물었어요.

"그럼 스님, 구환석장은 어떤 좋은 점이 있소?

관음보살이 말했어요.

"제 석장은 이런 것입니다."

동양철로 아홉 개 연환을 만들고
아홉 마디 선계의 등나무 길이 푸름을 유지하지요.
손에 들면 배고픔도 잊고 구경하느라 몸 야위는 줄 모르고
산을 내려올 적엔 흰 구름을 데리고 가벼이 돌아오지요.
위대한 오조 선사께선 하늘궁전에서 노닐고
나복[13]은 어머니를 찾아 지옥 관문을 깨뜨렸다오.
홍진의 더러움에 한 점 물들지 않고
즐거이 신승 따라 옥산에 오르려네.

銅鑲鐵造九連環　九節仙藤永注顏
入手厭看青骨瘦　下山輕帶白雲還
摩訶五祖遊天闕　羅卜尋娘破地關
不染紅塵些子穢　喜伴神僧上玉山

당 태종은 얘기를 듣자마자 가사를 펴보라 명하고 위에서부터 세세히 살펴보니, 과연 훌륭한 물건이었어요. 그래서 말했지요.

"큰스님, 솔직히 말씀드리리다. 짐이 오늘, 불교를 널리 선양하고 복된 땅에 널리 불문의 씨앗을 뿌리고자 화생사에 승려들을

13 민간 전설 가운데 목련木連이 어머니를 구하러 가는 이야기가 있는데, 나복이 곧 목련이다. 부처의 제자 가운데 가장 신통력이 높다고 하며, 어머니가 아귀 지옥에 떨어진 걸 알고 무한한 법력으로 어머니를 구해 온다는 이야기가 전해지고 있다.

모아 경전을 강연하게 하고 있소. 그중에 법명이 현장이고 덕행이 아주 높은 스님 한 분이 있어서 짐이 그 두 가지 보물을 사서 그에게 주고 싶은데, 도대체 얼마를 받아야 되겠소?"

관음보살이 이 말을 듣더니 목차와 더불어 합장한 채, 불호佛號를 염송하며 허리 굽혀 절하고 말했어요.

"덕행이 높은 분이라면 기꺼이 드리지요. 돈은 필요 없습니다."

관음보살이 말을 마치기 바쁘게 자리를 뜨려 하자, 당 태종은 급히 소우를 시켜 붙잡게 하고 몸을 숙여 경의를 표하며 선 채로 물었어요.

"처음에는 가사가 오천 냥, 석장이 이천 냥이라고 하더니, 짐이 사려 하자 돈을 안 받겠다 하면, 짐이 군주의 지위를 이용해 그대의 물건을 강제로 빼앗는 셈이 아닌가? 그럴 순 없지. 원래 불렀던 가격대로 드릴 테니, 사양하지 마시오."

관음보살이 합장한 채 말했어요.

"저는 전부터 마음에 작정한 바가 있었기에 애초에 말씀드리길, 삼보를 공경하고, 인연 따라 선업을 지으며, 우리 부처께 귀의하는 자라면 돈은 필요 없고 그냥 드릴 것이라 했습니다. 폐하께서 덕을 밝히시고 지극한 선에 머물며 저희 불문을 공경하시는 데다, 또 덕행 높은 고승이 위대한 불법을 널리 전하고 있다 하니, 헌납하는 게 당연하지요. 돈이라니, 당치 않습니다. 그럼 저는 이 물건을 놓아두고 그만 돌아가겠나이다."

당 태종은 그가 이렇게 간곡히 말하는 걸 보고 매우 기뻐, 광록시光祿寺에 명을 내려 비린 찬 없이 정갈한 음식으로 잔치를 크게 베풀어 대접하라 했어요. 하지만 관음보살이 그것마저 굳이 사양하고 그 자리를 훌쩍 떠나, 예전처럼 장안의 토지묘에 몸을 숨겼음은 더 이상 말하지 않겠어요.

한편, 당 태종은 점심 조회를 열어 위징을 시켜 현장을 조정에 들어오게 했어요. 그때 현장법사는 여러 사람들을 모아놓고 경전을 강론하고 게偈를 읊다가, 황제의 전갈을 듣고 단을 내려와 옷차림을 바로 하고 위징과 함께 황제를 배알하러 들어갔어요. 당 태종이 말했지요.

"불사를 모시느라 수고하는 법사에게 달리 보답할 것이 없던 차에, 아침나절 소우가 두 스님을 모시고 왔는데, 그분들이 금란가사와 구환석장을 바치겠다고 했소. 그래서 오늘 특별히 법사에게 하사하고자 하오."

현장이 머리를 조아려 성은에 감사했어요. 그러자 당 태종이 말했어요.

"괜찮다면 그걸 입고 짐에게 한번 보여줄 수 있겠소?"

삼장법사가 가사를 툭 털어 펼쳐서 몸에 걸치고 손에 석장을 들고 계단 앞에 시립하니, 임금과 신하 모두 기뻐했어요. 석가여래의 제자다웠으니, 이러했지요.

늠름하다, 위엄 있는 얼굴 얼마나 고상하고 수려한지!
가사가 재단하여 맞춘 듯 몸에 맞는구나.
햇살은 아름답게 온 천지를 가득 채우고
장식 등롱들 무수하게 하늘을 뒤덮고 있네.
반짝반짝 구슬들 위아래로 달려 있고
층층이 금실 앞뒤로 이어졌네.
사면에 아름다운 비단으로 테를 둘렀고
갖가지 진귀하고 고운 비단을 깔았네.
팔보 꽃 장식이 단추 끈에 달렸고
옷깃 여민 금고리가 융모 단추 위로 붙어 있네.

불국佛國의 식구들 아래위로 늘어서 있고
높고 낮은 별자리 좌우로 나뉘어 있네.
현장법사는 크나큰 인연이 있어
지금 이 물건을 받을 수 있다네.
꼭 십팔 아라한 같고
서방의 진각수보다 뛰어나네.
석장은 딸랑딸랑 아홉 고리 부딪히고
비로모는 또 얼마나 두툼하고 훌륭한지!
실로 부처의 제자란 말 헛되지 않고
보리보다 낫단 말도 하나 그르지 않네.

凜凜威顏多雅秀　佛衣可體如裁就
暉光豔豔滿乾坤　結綵紛紛凝宇宙
朗朗明珠上下排　層層金線穿前後
兜羅四面錦沿邊　萬樣希奇鋪綺繡
八寶粧花縛鈕絲　金環束領攀絨扣
佛天大小列高低　星象尊卑分左右
玄奘法師大有緣　現前此物堪承受
渾如十八阿羅漢　賽過西方眞覺秀
錫杖叮噹鬭九環　毘盧帽映多豐厚
誠爲佛子不虛傳　勝似菩提無詐謬

계단 앞에 서 있던 문무백관들 감탄해 마지않았고, 당 태종도 기뻐 어쩔 줄 몰랐어요. 그는 즉시 법사에게 가사를 입은 채 석장을 짚게 하고 의장병 두 대오를 내려, 백관으로 하여금 조정문 밖까지 전송해서 장안의 큰 거리를 행진하여 절로 돌아가게 하니, 마치 장원급제하여 거리를 도는 모습 같았어요. 현장법사는 두 번 절하여 성은에 감사드리고 물러나와, 큰 거리를 기세도 드높게 당당히 걸어갔어요. 보세요! 장안성에 있던 행상이나 점포 상인들, 왕손王孫 공자公子에 시인 묵객들, 남녀노소 가릴 것 없이 모두 앞다퉈 보러 나와 칭찬해 마지않았어요. 그들 모두 이렇게 말했지요.

"정말 훌륭한 법사님일세! 그야말로 나한이 내려오고 산보살이 속세에 오신 게야."

현장이 곧장 절로 돌아가니 승려들이 나와 맞이하는데, 그가 가사를 입고 석장을 짚은 모습을 보고 모두 지장地藏보살님이 오셨다고 칭찬하며 각자 자리로 돌아가 좌우로 시립했어요. 현장법사는 단에 올라 향을 사르고 부처님께 절을 올렸어요. 그리고 스님들에게 황제의 은덕을 두루 전하고 나자, 모두들 자기 자리로 돌아갔어요. 어느덧 붉은 해가 서산으로 넘어갔으니 그야말로 이런 모습이었답니다.

해 떨어지고 초목에 연기 자욱하게 깔리자
제국의 도읍에 종과 북이 첫 소리를 내네.
둥둥둥 세 번 울리자 인적이 끊기고
앞뒤 거리마다 적막함이 깔리네.
사찰엔 등롱 휘황한데
외로운 마을은 쓸쓸히 고요하기만 하네.
선승이 참선에 들어 닳은 경을 손보니
바로 마귀를 제압하고 천성을 기르는 수행의 시간이라네.

日落烟迷草樹　帝都鍾鼓初鳴
叮叮三響斷人行　前後街前寂靜
上刹暉煌燈火　孤村冷落無聲

禪僧入定理殘經　正好錬魔養性

시간은 금방 흘러 어느덧 사십구 일 정회 날이 되었어요. 현장법사는 다시 상소문을 올려 당 태종에게 향을 올리러 오라 청했어요. 이때는 불문에 귀의하는 소리가 온 천하에 가득했지요. 당 태종은 어가를 준비하고 많은 문무 관리들과 비빈, 황실의 친척들을 이끌고서 일찌감치 절로 향했어요. 장안성 사람들도 나이와 신분 고하를 막론하고 모두 절에 와서 불경 강론을 들었어요. 그때 관음보살이 목차에게 말했어요.

"오늘은 수륙대회의 정회로서 이레씩 일곱 번을 이어와 이제 마지막 말이구나. 내 너와 함께 사람들 틈에 섞여 첫째로는 이 대회가 어떻게 열리는지 보고, 둘째로는 금선자金蟬子 현장이 내 보물을 입을 만한 복이 있나 보고, 셋째로는 그가 강론하는 것이 어느 문파의 경법經法인지 봐야겠구나."

두 사람은 그 길로 절에 들어갔으니, 이게 바로 "인연이 닿으면 예전에 알았던 사람을 만나고, 반야는 자기 본래 도량으로 돌아간다(有緣得遇舊相識 般若還歸本道場)"는 얘기지요. 절에 들어가 살펴보니 과연 천자가 다스리는 큰 나라인지라, 보통 사바세계에 비길 바가 아니었어요. 사위성舍衛城의 기원정사祇園精舍[14]보다 낫고, 어떤 유명 사찰에 비해도 하나 손색이 없었어요. 선계의 음악이 낭랑하게 울리자 불호를 외는 소리가 드높이 울렸어요. 관음보살이 곧장 다보대多寶臺 앞으로 가서 보니, 삼장법사의 모습은 정말 현명하고 지혜로운 금선존자金蟬尊者의 얼굴이 분명했어요.

14 '사위성'은 고대 인도의 도시 이름으로 산스크리트어 '슈라바스티śrāvastī', 팔리어 '사바티śāvatthī'의 음역이다. 북인도 코살라Kosala국의 수도로, 석가모니가 이곳에 25년 동안 거주했다고 한다. 기원정사는 외로운 노인들을 보살펴주던 절로, 그 유적이 지금도 남아 있다.

여기 이런 시가 있지요.

모든 것이 맑고 밝아 한 점 티끌조차 끊어 없애고
큰 의식 주관하여 현장법사 높은 대에 올라앉았네.
환생하고 싶은 외로운 영혼들 보이지 않게 찾아오고
설법 듣고자 고귀한 사람들 거리로 찾아오네.
만물에 베풀고 변화의 조짐에 대응하는 마음의 길은 멀어도
온몸 바쳐 마음껏 불경의 문을 열도다.
마주보고 광대무변의 불법을 강론하니
남녀노소 누구나 즐거워하네.

萬象澄明絕點埃　大典玄奘坐高臺
超生孤魂暗中到　聽法高流市上來
施物應機心路遠　出生隨意藏門開
對看講出無量法　老幼人人放喜懷

또 이런 시도 있답니다.

법계*의 설법장 돌아다니던 차에
알던 이 만나보니 속되지 않음이 같도다.
눈앞에 펼쳐진 온갖 일을 이야기하고
또 영겁 세월 동안의 수많은 공덕 논하노라.
불법의 구름 길게 끌리며 뭇 산 위로 드리우고
교법의 핵심 그물처럼 펼쳐져 하늘 가득 덮었네.
사람들 삶을 단속하여 자비심으로 돌아가도록 하니
하늘이 내리신 비 자욱한데 낙화 송이 붉구나.

因遊法界講堂中　逢見相知不俗同

盡說目前千萬事　又談塵劫許多功
法雲容曳舒群岳　教網張羅滿太空
檢點人生歸善念　紛紛天雨落花紅

현장법사는 다보대에서 『수생도망경受生度亡經』을 한 번 외고, 『안방천보전安邦天寶篆』을 논한 뒤 다시 『권수공권勸修功卷』을 풀이했어요. 그러자 관음보살이 앞으로 다가와 다보대를 툭 치면서 목청을 높여 말했어요.

“그 화상 참, 자네는 지금 오로지 소승교법小乘敎法만 애기하고 있는데, 대승교법大乘敎法*은 논할 줄 아는 겐가?”

현장법사는 이 말을 듣고 기쁜 마음에 몸을 돌려 다보대에서 뛰어 내려와 관음보살에게 합장하여 절하고 말했어요.

“스승님, 미처 알아뵙지 못한 죄 용서하십시오. 여기 있는 여러 스님들 모두 소승교법은 강설할 줄 알지만 대승교법은 무엇인지 모르고 있사옵니다.”

“자네의 그 소승교법으로는 죽은 자를 구제하여 승천시킬 수 없고, 그저 그럭저럭 속세와 어울려 지낼 수 있을 뿐일세. 내가 가진 대승 불법 삼장三藏은 죽은 자를 구제하여 승천시키고, 어려움에 빠진 사람을 괴로움에서 벗어나게 하며, 끝없는 수명을 누리는 몸을 만들도록 수양하여 공空의 이치를 깨달은 존재가 되게 할 수 있지.”

이렇게 이야기를 나누고 있던 차에, 절 안을 순찰하며 향불을 살피던 벼슬아치가 그 모습을 보고 급히 당 태종에게 아뢰었어요.

“현장법사가 불법을 강론하다가 문둥이 중 둘에게 끌려 내려와 허튼소리를 듣고 있사옵니다.”

당 태종이 당장 놈들을 붙잡아 들이라 명령을 내리니, 여러 사람들이 승려 둘을 에워싸고 밀치면서 법당으로 들어왔어요. 그 승려들은 당 태종을 보고도 합장이나 절도 하지 않고 얼굴을 꼿꼿이 쳐들고 말했어요.

"제게 무엇을 묻고자 하십니까?"

당 태종은 그의 얼굴을 알아보고 말했어요.

"저번에 가사를 주었던 승려가 아닌가?"

"바로 그렇습니다."

"기왕 설법을 들으러 왔으면 공양이나 자시고 가면 될걸, 어째서 우리 법사께 허튼소릴 늘어놓고 법당을 소란스럽게 만들어 짐의 불사를 그르친단 말이오?"

"저 법사가 강론하는 것은 소승교법으로서, 망자를 구제하여 승천시킬 수 없나이다. 제게 대승 불법 삼장이 있는데, 망자를 고통에서 구하고 무한한 수명을 누리게 할 수 있사옵니다."

당 태종이 기쁨에 차 정색을 하고 물었어요.

"그대가 말하는 대승 불법은 어디에 있는고?"

"대서천大西天 천축국天竺國 대뇌음사大雷音寺의 우리 부처 석가여래께서 계신 곳에 있사오니, 온갖 원한의 매듭을 풀 수 있고 뜻하지 않은 재앙을 전부 소멸시킬 수 있나이다."

"그럼 그것을 기억하고 있는가?"

"그렇사옵니다."

당 태종은 크게 기뻐하며 말했어요.

"법사로 하여금 저들을 데려다가 다보대에 올라가 설법하도록 청하게 하라."

관음보살은 목차를 데리고 높은 누대로 날아올랐다가, 마침내 상서로운 구름을 타고 저 하늘 멀리 올라가 자비로운 본모습을 드러내니, 손에는 정병淨甁과 버들가지를 들고 있었어요. 오른편엔 목차 혜안이 몽둥이를 쥐고 위용을 떨치며 서 있었지요. 기쁨에 겨운 당 태종은 하늘을 우러러 절을 올렸고, 문무백관들도 꿇어 엎드려 향을 살랐어요. 절 가득 모인 승려와 도사들, 선비, 장인, 상인들 모두 어느 하나 "훌륭한 보살님이시여! 보살님이시여!" 하며 절을 올리지 않는 자가 없었지요. 여기 그 모습을 증명하는 시가 있네요.

길한 안개 찬란히 흩어지며
상서로운 빛이 불신佛身을 보호하네.
하늘 꼭대기 아름다운 은하수에서
여인처럼 고운 진인이 나타나셨도다.
보살님 머리 위에 얹은 것은
잎사귀 모양 금단추에
비취 꽃 깔고
황금빛 내쏘며
상서로운 기운 피워내는 구슬 늘어뜨린 띠
몸에 걸친 것은
담담한 빛깔
옅은 무늬에
황금 용이 서리고
화려한 봉황이 날아오르는 푸른 비단 도포
가슴에 걸친 것은
달빛 받아 반짝이고
맑은 바람 따라 춤추며
진주를 엮고
푸른 옥을 깎아 꿴 향기로운 환패

허리에 동여맨 것은
빙잠이 뽑은 실에
금으로 테두리 짜
꽃구름에 오른 듯
신선 바다에 다가선 듯 수놓은 비단 치마
또 얼굴 앞에 거느린 것은
동해 바다를 날아
온 세상을 유람하며
보은하고 효도할 줄 아는
노란 털 붉은 부리의 노래하는 흰 앵무새
손에는 은혜를 베풀고 세상을 구하는 보배로운 병을 들고
그 병엔 푸른 하늘을 씻어내고
큰 죄악 흩어버리며
남아 있는 안개를 쓸어버리는 버들가지 하나 꽂혀 있네.
옥팔찌 수실로 꿰어 묶고
연꽃 같은 신 깊이 신었네.
소천小天, 중천中天, 대천大天의 모든 세계를 드나들 수 있는
이분이 바로 고통과 재난에서 중생을 구하는 관세음이시네.

瑞靄散繽紛　祥光護法身
九霄華漢裡　現出女眞人
那菩薩頭上戴一頂
金葉紐　翠花鋪　放金光
生瑞氣的垂珠纓絡
身上穿一領
淡淡色　淺淺粧　盤金龍
飛綵鳳的結素藍袍

胸前掛一面
對月明　舞清風　襍寶珠
攢翠玉的砌香環珮
腰間繫一條
氷蠶絲　織金邊　登綵雲
促瑤海的錦繡絨裙
面前又領一箇
飛東洋　遊普世　感恩行孝
黃毛紅嘴白鸚歌
手內托着一箇施恩濟世的寶瓶　瓶內插着一枝洒青霄
撒大惡　掃開殘霧垂楊柳
玉環穿繡扣　金蓮足下深
三天許出入　這纔是救苦救難觀世音

기쁨에 찬 당 태종은 천하강산을 잊을 지경이었고, 도취한 문무 관리들은 조례 올릴 생각조차 잊었으며, 그 자리의 사람들은 '나무관세음보살'을 외었지요. 당 태종은 교지를 내려 솜씨 좋은 화공을 불러 보살의 참모습을 그리게 했어요. 교지가 내리자마자 신성神聖을 그리는 재주에 탁월한 식견을 가진 오도자吳道子[15]—이 사람이 바로 후에 능연각에 공신들의 초상화를 그린 사람이지요—가 선발되어 그 자리에서 신묘한 붓을 휘둘러 보살의 참모습을 그렸어요. 관음보살이 탄 상서로운 구름은 점차 멀어지더니 눈깜짝할 사이 황금빛이 사라졌어요. 그리고 공중에서 종이 한 장이 너풀너풀 떨어졌는데, 그 위엔 노래 몇 구절이 또렷하게

15　당나라의 저명한 화가로 불교와 도교의 유명한 인물상을 그리는 데 뛰어났다. 장안과 낙양의 절이나 도관에 그린 벽화가 3백여 점 남아 있다.

적혀 있었어요.

대당 군주께 삼가 올리나니
서방에 오묘한 책이 있나이다.
길은 멀어 십만팔천 리이지만
대승불법을 간절히 권하나이다.
그 경전이 귀국에 전해지면
귀신을 구제하여 지옥의 무리에서 빠져나오게 할 수 있나이다.
기꺼이 가려는 자 있다면
정과를 구하여 부처가 될 것이옵니다.

禮上大唐君　西方有妙文
程途十萬八千里　大乘進慇懃
此經回上國　能超鬼出羣
若有肯去者　求正果金身

당 태종이 그 글귀를 읽고 승려들에게 명했어요.

"잠시 이 법회를 중지하라. 짐이 사람을 보내 『대승경전』을 가져온 후 다시 정성을 다해 선업을 닦고자 하노라."

관리들도 모두 그 말을 따랐어요. 당 태종이 당장에 물었지요.

"누가 짐의 뜻을 받들어 서천으로 가 부처님을 뵙고 불경을 구해 오려는가?"

말이 채 끝나기도 전에 옆에 있던 현장법사가 선뜻 나서더니 황제 앞에 예를 갖추고 말했어요.

"제가 비록 재주는 없사오나 견마지로犬馬之勞를 다하여 폐하께 진경眞經을 가져다드려, 폐하의 강산이 영원히 반석 같도록 빌고 싶사옵니다."

당 태종은 매우 기뻐하며 앞으로 나와 친히 그를 부축해 일으키며 말했어요.

"그대가 진정 그같이 충성을 다하여 멀고 험한 길도 마다않고 산과 강을 건너겠다면, 짐은 그대와 형제의 의를 맺고 싶구려."

현장법사는 머리를 조아려 성은에 감복했어요. 당 태종은 그야말로 어질고 덕망 있는 성군이라, 즉시 그 절의 불전佛前에 나가 현장법사와 함께 네 번 절하고 그를 '황제의 동생인 성승[御弟聖僧]'이라 불렀어요. 그러자 감격에 넘친 현장법사가 말했지요.

"폐하, 제가 무슨 덕이 있고 능력이 있어 감히 이런 하늘 같은 은혜를 받자오리까? 이번에 가면 목숨을 걸고라도 노력하여 바로 서천에 가겠나이다. 만약 서천에 닿지 못해 진경을 구하지 못한다면, 죽어도 이 땅으로 돌아오지 못하고 지옥 나락으로 떨어질 것이옵니다."

이어 불전에서 향을 사르며 맹세했어요. 당 태종은 아주 흡족하여 즉시 어가를 돌려 황궁으로 돌아갈 것을 명하며, 다시 길일을 골라 문첩을 내리면 그때 출발하라고 일렀어요. 그리하여 황제는 황궁으로 돌아가고, 다른 이들도 모두 흩어졌지요.

현장법사 역시 홍복사로 돌아오니, 그 절의 많은 승려들과 몇몇 제자가 벌써 불경을 가지러 간다는 소식을 듣고 몰려나와 인사를 했어요.

"서천으로 가겠노라고 맹세를 했다는데, 정말이십니까?"

"사실이오."

제자가 물었어요.

"스승님, 예전부터 듣기로 서천은 가는 길이 멀 뿐더러, 범과 표범, 요괴들이 들끓는다 하더이다. 가신 뒤에 영영 돌아오지 못하고 목숨조차 부지하지 못하실까 봐 걱정스럽사옵니다."

"내 이미 진경을 구해 오지 못하면 영원히 지옥에 떨어지겠노라고 황제께 굳은 맹세를 했다. 폐하께 크나큰 은총을 입었으니 모름지기 충성을 다해 보답하는 길만이 있을 뿐이다. 이번에 가는 길은 실로 멀고 아득하니, 그 길흉에 대해 뭐라 말할 수는 없구나."

그리고 이어서 말했어요.

"얘들아, 내가 떠난 후 이삼 년이 될지 오륙 년이 될지 모르나, 저 산문山門의 소나무 가지가 동쪽을 향하면 내가 조만간 돌아오는 것이고, 그렇지 않으면 틀림없이 돌아오지 못하는 것이리라."

여러 제자들은 이 말을 가슴 깊이 새겨두었어요.

다음 날 아침, 당 태종은 조회를 열어 문무 대신을 소집한 뒤, 불경을 가지러 간다는 문첩文牒을 작성하고 통행 허가의 보인寶印을 찍었어요. 이때 천문을 살피는 흠천감欽天監이 이렇게 아뢰었어요.

"오늘이 누구에게나 길한 날이오니 먼 길을 떠나기에 안성맞춤이옵니다."

당 태종이 몹시 기뻐하던 차에, 또 궁궐 문을 지키는 황문관이 들어와 아뢰었어요.

"폐하, 아우님이신 현장법사께서 조문朝門 밖에 와 교지를 기다리고 있나이다."

당 태종은 즉시 그를 대전으로 들라 했지요.

"아우, 오늘이 출발하기에 좋은 길일이라 하네. 이것이 관문을 통과할 수 있는 문첩일세. 내 또 자금紫金으로 만든 바리때도 하나 줄 터이니, 도중에 탁발할 때 쓰시게. 그리고 먼 길을 함께할 시종 둘을 선발하고 먼 길에 다리품을 좀 덜어줄 날쌘 백마 한 필을 내려주겠네. 그럼 지금 이 길로 떠나도록 하시게."

현장법사는 크게 기뻐하며 성은에 감사하고 물건들을 받고 나자, 조금도 지체하지 않았어요. 당 태종는 어가를 준비하고 여러 관리들과 관문 밖까지 전송을 나왔어요. 홍복사의 승려들과 여러 제자도 현장법사의 여름옷과 겨울옷을 준비해가지고 나와 그곳에서 기다리고 있었지요. 당 태종은 그 모습을 보고서 우선 행장을 잘 꾸리고 말도 잘 준비하라 일렀어요. 그리고나서 관리를 시켜 술을 따르게 하고 잔을 들며 다시 물었어요.

"아우는 아호雅號를 뭐라 하는가?"

"빈승은 출가한 사람인데 어찌 감히 그런 호를 부르겠습니까?"

"그때 보살께서 서천에 가면 삼장이 있다고 말씀하셨으니까, 그 경전의 이름을 따 '삼장'이라고 호를 지으면 어떻겠는가?"

현장법사가 다시 한 번 성은에 감읍하고 황제가 내리는 술을 받으며 말했어요.

"폐하, 술은 불문에서 첫 번째로 금하는 것이옵니다. 빈승은 사람으로 태어난 이래 한 방울도 마셔본 적이 없나이다."

"오늘 떠나는 길은 다른 일과는 다르지 않은가? 이건 소주素酒일세. 한 잔만 들어 그대를 떠나보내는 짐의 마음을 받아줬으면 하네."

이러니 삼장법사가 받지 않을 수 없어서 술을 받아 막 마시려고 하는데, 당 태종이 고개를 숙이더니 친히 손으로 흙을 한 줌 집어 술잔에 털어 넣는 것이었어요. 삼장법사가 그 뜻을 미처 헤아리지 못하자, 태종이 웃으며 말했어요.

"이보게 아우, 이 길로 서천에 가면 언제나 돌아올 수 있을까?"

"삼 년 안에 꼭 돌아오겠나이다."

"시일은 오래 걸릴 것이요, 갈 길은 멀고 험할 터이니, 내가 이 술을 권한 것일세. 고향의 한 줌 흙을 그리워할지언정 타향의 황금 만 냥을 탐하지 마시라는 뜻일세."

삼장법사는 비로소 당 태종이 흙을 집어 술잔에 넣은 뜻을 깨닫고, 다시 한 번 성은에 감사하며 술잔을 비웠어요. 그리고 작별 인사를 나눈 뒤 관문을 나섰지요. 당 태종도 황궁으로 돌아갔어요.

이번에 가는 일이 결국 어떻게 될지는 아직 모르는데, 이에 대해서는 다음 회를 들어보시라.

제13회
삼장법사, 쌍차령에서 첫 번째 고난을 당하다

이런 시가 있지요.

위대한 당나라 황제 칙령을 내려
현장을 파견하여 선종의 법문法文을 묻게 하셨네.
굳은 마음 갈고닦아 용의 굴을 찾고
흔들리지 않는 마음으로 수리처럼 높고 험한 산에 올랐네.
먼 변방을 향해 나서서 몇 나라를 지났던가?
구름 덮인 산 앞길은 천만 겹
이제부터 장안 떠나 서역으로 향하니
석가의 가르침 붙들고 위대한 공의 도를 깨달으리라.

大有唐王降勅封　欽差玄奘問禪宗
堅心磨琢尋龍穴　着意修持上鷲峰
邊界遠遊多少國　雲山前度萬千重
自今別駕投西去　秉敎迦持悟大空

한편, 삼장법사는 정관 십삼년 구월 십이일에 당 태종과 만조

백관들의 전송을 받으며 장안 교외로 나섰어요. 그리고 하루 이틀 동안 쉬지 않고 말을 몰아 법운사法雲寺에 도착했어요. 이 절에는 주지를 비롯해서 오백여 명의 스님들이 머물고 있었는데, 이들은 두 줄로 늘어서서 삼장법사를 안으로 맞이하고 인사를 하며 차를 대접했어요. 그리고 차를 마시고 나자 공양을 올렸지요. 공양을 마치니, 어느새 날이 저물어 있었어요.

그림자 움직여 은하수 다가오고
달은 밝아 티끌 하나 없네.
기러기 소리 은하수 멀리 퍼지고
다듬이 소리 서쪽 이웃에서 울리네.
둥지로 돌아온 새 마른 나뭇가지에 깃드는데
선승은 부처님 말씀 강설講說하며
부들방석 얹은 걸상 위에
밤 깊도록 앉아 있네.

影動星河近　月明無點塵
雁聲鳴遠漢　砧韻響西鄰
歸鳥棲枯樹　禪僧講梵音
蒲團一榻上　坐到夜將分

여러 승려들은 등불 아래서 불문의 법지와 서천으로 불경을 가지러 가는 까닭에 대해 의론이 분분했어요. 물길이 멀고 산이 높다고 하는 이도 있고, 길에 호랑이나 표범처럼 사나운 짐승이 많다는 이, 험한 고개와 가파른 벼랑을 건너기 어려울 거라는 이, 독한 마귀와 악한 괴물들을 물리치기 어려울 거라는 이도 있었어요. 하지만 삼장법사는 입을 다문 채 말이 없다가 그저 손으로 자기 가슴을 가리키며 고개를 몇 번 끄덕일 뿐이었어요. 승려들은 그 뜻을 이해하지 못하고, 합장하며 가르침을 청했어요.

"법사님께서 가슴을 가리키며 고개를 끄덕이신 것은 무엇 때문입니까?"

"마음이 생기면 온갖 마귀도 생겨나고, 마음이 사라지면 온갖 마귀도 사라지는 법입니다. 저는 이미 화생사에서 부처님 앞에 큰 바람을 이루겠노라고 철석같이 맹세했으니, 무슨 일이 있어도 성심을 다할 것입니다. 이번에 가면 반드시 서천에 이르러 부처님을 뵙고 경전을 구해서 우리 불법의 수레바퀴[法輪]가 돌아가고, 성왕이 다스리는 우리 강토가 영원히 견고하게 하고자 하나이다."

승려들은 이 말을 듣고 모두들 칭송해 마지않으며 함께 소리쳤어요.

"정말 충성스러운 법사님이십니다!"

이렇게 칭찬해 마지않으며 그들은 삼장법사를 편안한 잠자리로 안내해주었어요.

새벽이 되자 딱따기 소리에 남은 달도 떨어지고, 닭 울음소리에 새벽 구름이 피어났어요. 승려들이 자리에서 일어나 찻물과 아침 공양을 준비하는 동안 현장법사는 가사를 입고 대웅전 부처님 앞에 나아가 절을 올렸어요.

"제자 진현장이 서천으로 불경을 가지러 가는데, 육신의 눈이 어두워 살아 계신 부처님의 참모습을 알아보지 못합니다. 이제 맹세하옵건대, 가는 도중에 사당을 만나면 향을 피우고, 부처님을 만나면 절을 올리고, 불탑이 있으면 청소하겠습니다. 그저 바라옵건대, 우리 부처님께서 귀하신 몸[金身]을 속히 나타내시고 진경眞經을 내려주셔서, 제가 동녘 땅에 전하여 남기도록 해주시옵소서."

축원을 마치자 그는 스님들이 거처하는 방장方丈으로 돌아와 공양을 들었어요. 공양을 마치자 두 시종들은 말 안장을 정돈하고 길을 재촉했지요. 삼장법사는 산문을 나서며 승려들과 작별 인사를 했어요. 승려들은 차마 떠나보내지 못하고 십 리나 전송을 나왔다가 눈물을 흘리며 돌아갔어요.

삼장법사는 곧장 서쪽으로 나아갔는데, 때는 마침 가을이었지요.

몇몇 마을에 낙엽 지고 갈대꽃 날리는데
몇 그루 단풍나무와 버드나무 붉은 잎 떨구네.
길에는 안개비 뿌리고 아는 이도 드문데
노란 국화 아름답게 피었고
산의 모습도 야윈 듯하네.
물이 차가워 연꽃도 시들고 사람도 초췌해지네.
흰 마름 붉은 여뀌에 눈 같은 서리 내리고
지는 노을 속 외로운 집오리 먼 하늘에서 떨어지네.
들판엔 어둡침침하게 구름이 나는데
제비 떠나고
기러기 찾아와
조잘조잘 짹짹 새소리 밤하늘에 흩어지네.

數村木落蘆花碎　幾樹楓楊紅葉墜
路途烟雨故人稀　黃菊麗　山骨細　水寒荷破人憔悴
白蘋紅蓼霜天雪　落霞孤鶩長空墜
依稀黯淡野雲飛　玄鳥去　賓鴻至　嘹嘹嚦嚦聲宵碎

스승과 제자들은 며칠을 가서 공주성鞏州城(지금의 간쑤성甘肅省 룽시셴隴西縣)에 도착했어요. 그곳에는 여러 관리들이 미리 나와 있다가 그들 일행을 맞이하여 성안으로 들어갔어요. 하룻밤을 편히 쉬고 다음 날 아침 성을 나와 길을 떠났지요.

길을 가는 동안 배고프면 먹고, 목마르면 물을 마시고, 밤이면 쉬었다가 새벽이 되면 다시 길을 걷기를 사흘. 이번에는 하주위河州衛(지금의 간쑤성 다오허셴導河縣)에 도착했으니, 이곳이 바로 위대한 당나라 산천의 경계 지역이었지요. 그곳에는 이미 국경 주둔군의 지휘관인 총병總兵과 그 지역의 승려들이 흠차 사신으로 파견된 황제의 아우 삼장법사가 부처를 뵈러 서역으로 간다는 소문을 듣고 나와 기다리다가, 모두들 공경스러운 태도로 삼장 일행을 맞이하여 안으로 모시고 들어가 복원사福原寺에서 편히 쉬게 해드렸어요.

절의 승려들은 하나하나 그에게 찾아와 인사드리고, 저녁 공양을 준비했어요. 공양을 마치자 삼장법사는 두 시종에게 분부하여 말을 배불리 먹이고, 날이 채 밝지도 않아 길을 떠나려 했어요. 닭이 울자마자 시종들을 부르니, 깜짝 놀란 절의 승려들은 차를 끓여 올리고 공양을 준비해 바쳤어요. 공양을 마치자 삼장법사 일행은 국경을 벗어나 길을 떠났어요.

그런데 이 스님은 어찌나 마음이 바빴던지 너무 일찍 일어났던 거예요. 원래 이 무렵은 가을이 깊어진 때였는지라 닭도 빨리 울어서, 겨우 새벽 두 시밖에 안 된 꼭두새벽이었던 것이지요. 사람 셋에 말까지 포함해서 넷인 일행이 맑은 서리를 맞고 밝은 달을 보며 수십 리를 가노라니 고갯길이 나타났는데, 풀을 베면서 길을 찾아야 했고, 길이 말할 수 없이 험해서 걷기도 힘들었어요. 게다가 길까지 잘못 들어선 듯했어요.

막 그런 생각이 들던 차에 갑자기 발을 헛디뎌 세 사람은 물론 말까지 모두 구덩이로 떨어지고 말았어요. 삼장법사는 당황해서 어쩔 줄 모르고 시종들은 겁에 질려 떨었어요. 그런데 그렇게 겁에 질려 있을 때, 구덩이 안에서 누군가 소리치는 것이 들렸어요.

"잡아 와라, 잡아 와!"

그러자 광풍이 몰아치더니 오륙십 마리의 요사한 무리가 나타나 삼장법사와 시종들을 잡아 올렸어요. 삼장법사가 부들부들 떨며 몰래 훔쳐보니, 윗자리에 앉은 마왕은 흉악하기 그지없었어요.

위풍당당 장대한 몸집 늠름하고
사나운 분위기 풍기는 모습 당당하다.
번개 같은 눈에서 빛이 반짝이고
우레 같은 목소리 사방을 울린다.
톱니 같은 어금니 입 밖으로 삐져나왔고
송곳 같은 이빨 볼 옆에 드러났다.
수놓은 비단옷 몸에 둘렀고
얼룩무늬 등을 감싸고 있다.
강철 같은 수염 덥수룩하여 살은 잘 보이지 않고
갈고리 같은 손톱 서릿발처럼 날카롭다.
동해의 황공[1]도 무서워하는
남산의 이마 흰 호랑이 백액왕이로다.

1 『서경잡기西京雜記』에 따르면, 동해 황공은 어려서 도술을 배워 뱀을 제압하고 호랑이를 몰고 다녔으며, 허리에는 적금도赤金刀를 차고 머리에는 붉은 비단을 묶고서 구름과 안개를 일으키고 앉은 채 산과 바다를 만들어낼 수 있었다. 그러나 나이가 들어 기력이 쇠약해지고 술을 지나치게 많이 마셔서 더 이상 영험한 도술을 부릴 수 없게 되었다. 진秦나라 말엽에 동해에 흰 호랑이가 나타났는데, 황공이 적금도로 제압하려다 도술이 통하지 않아서 잡아먹히고 말았다고 한다.

雄威身凜凜　猛氣貌堂堂
電目飛光豔　雷聲振四方
鋸牙舒口外　鑿齒露腮傍
錦繡圍身體　文斑裹脊梁
鋼鬚稀見肉　鉤爪利如霜
東海黃公懼　南山白額王

삼장법사는 놀라서 혼비백산, 두 시종들은 뼈가 흐물흐물해지고 근육이 마비되어버렸어요. 마왕이 소리쳐 묶으라고 명령하자 요괴들은 일제히 달려들어 세 사람을 밧줄로 꽁꽁 묶어버렸어요. 마왕이 막 세 사람을 잡아먹으려고 할 때, 갑자기 바깥이 시끌벅적하더니 누군가 와서 이렇게 보고하는 것이었어요.

"웅산군熊山君과 특처사特處士 두 분께서 오셨습니다."

삼장이 그 말을 듣고 고개 들어 쳐다보니, 앞에 오는 이는 시커멓게 생긴 장정이었는데, 세상에 그 모습 좀 보라지요.

우락부락 씩씩하고 대담해 보이고
날쌔고 건장하여 몸집도 단단하다.
물을 건널 때는 흉악한 힘을 쓰고
숲을 달릴 때는 성난 위세 드러낸다.
예로부터 길몽의 상징으로 여겨졌는데[2]
이제 홀로 그 빼어난 자태 드러내었다.

2 『시경』「소아小雅」의 사간斯干에는 "좋은 꿈이란 무엇이냐? 곰이나 큰 곰 꿈이지. 살무사나 뱀 꿈이지. 점쟁이 태인이 점을 쳤네. 곰이나 큰 곰은 상서로운 남자를 뜻하고, 살무사나 뱀은 상서로운 여자를 뜻한다네(吉夢維何 維熊維羆 維虺維蛇 大人占之 維熊維羆 男子之祥 維虺維蛇 女子之祥)"라는 구절이 있다. 전설에 따르면 주나라 문왕文王이 꿈에 날아가는 곰을 보고 강태공姜太公을 만났다고 한다.

푸른 나무도 부여잡아 꺾어버릴 수 있고
추위를 알고 계절을 논하는 데 뛰어나다.
영험하게도 나타날 곳에만 맞춰 나타나니
이 때문에 이를 일러 산속의 군주라 한다.

雄豪多膽量　輕健夯身軀
涉水惟兇力　跑林逞怒威
向來符吉夢　今獨露英姿
綠樹能攀折　知寒善論時
準靈惟顯處　故此號山君

또 뒤따라오는 이는 뚱보였는데, 그 생김새를 볼작시면,

높다랗게 두 뿔 돋은 모자를 썼고
어깨와 등이 단정하고 엄숙하게 솟아 있네.
천성적으로 푸른 옷 점잖게 입길 좋아하고
뚜벅뚜벅 걸음은 느리고 머뭇거릴 때가 많네.
족보에 아비 이름은 고牯(수소)라 했고
원래 어미는 자牸(암소)라 불렀지.
농사짓는 데 공로가 많아서
이름을 특처사라 했다네.

嵯峨雙角冠　端肅聳肩背
性服青衣穩　蹄步多遲滯
宗名父作牯　原號母稱牸
能爲田者功　因名特處士

이 둘이 휘적휘적 안으로 들어오니 당황한 마왕은 달려나가

그들을 맞아들였어요. 그러자 웅산군이 말했어요.

"인寅 장군, 요즘 일이 잘 풀린다니 축하합니다, 축하해요!"

특처사도 이렇게 말했지요.

"인 장군, 갈수록 풍채가 좋아지시니 정말 반가운 일입니다, 반가운 일이에요!"

"두 분께서는 어떻게 지내십니까?"

그러자 웅산군이 대답했어요.

"그저 본분을 지키며 지낼 뿐이지요."

또한 특처사는 이렇게 대답했어요.

"그저 때에 맞추면서 살 뿐이지요."

셋은 인사를 나누고, 각기 자리에 앉아 담소를 나눴어요. 그때 삼장법사의 시종 하나가 묶인 곳이 너무 아파 비명을 질렀어요. 그러자 시커먼 놈이 물었지요.

"이 셋은 어디서 온 겁니까?"

"저절로 문으로 굴러온 것들이라오."

그러자 특처사가 웃으며 말했어요.

"우리한테도 좀 줄 수 있겠소?"

"당연히 드려야지요!"

그러자 웅산군이 말했어요.

"한 번에 다 먹어선 안 되지, 그 가운데 둘만 먹고 하나는 남겨두시는 게 좋겠습니다."

마왕은 그러마 하고 즉시 부하들을 불러 두 시종의 배를 가르고, 심장을 도려내고, 그 시체를 조각조각 자르게 했어요. 그러고는 머리와 심장, 간을 두 손님에게 주고, 사지는 자신이 먹고, 나머지 뼈와 살은 각 요괴들에게 나눠 주었어요. 쩝쩝 씹는 소리가 들리더니, 참으로 호랑이가 어린 양을 먹듯이 순식간에 다 먹어치워버렸어요. 그 꼴을 보고 삼장법사는 놀라 죽을 뻔했으니, 이것이 바로 장안을 나서서 겪은 첫 번째 고난이었어요.

삼장법사가 슬픔과 두려움에 휩싸여 어쩔 줄 모르고 있는 사이에 점점 동녘이 밝아왔어요. 두 요괴는 날이 밝아서야 돌아가면서 이렇게 말했어요.

"오늘 크게 대접받았으니, 훗날 정성껏 보답하겠습니다."

그들이 한꺼번에 물러가고 얼마 되지 않아 붉은 해가 높이 떠올랐어요. 삼장법사는 얼이 빠져서 동서남북도 구별할 수 없었어요.

그렇게 한참을 어쩔 줄 모르고 있을 때, 갑자기 웬 노인 하나가 지팡이를 짚고 나타났어요. 노인이 앞으로 걸어와 손을 한 번 흔드니, 삼장법사를 묶고 있던 밧줄이 모두 끊어졌어요. 그리고 노인이 얼굴을 향해 입김을 한 번 불자 삼장법사는 비로소 정신이 돌아와 땅에 무릎을 꿇고 절을 올리며 말했어요.

"노인장, 정말 감사합니다. 제 목숨을 구해주셨군요."

"일어나시구려. 잃어버린 물건은 없소?"

"제 시종들은 이미 요괴들에게 먹혀버렸습니다. 그런데 짐과 말이 어디 있는지 모르겠군요."

그러자 노인이 지팡이를 들어 가리키며 말했어요.

"저기 있는 말 한 필과 보따리 두 개가 아니오?"

삼장법사가 고개를 돌려 바라보니 과연 자신의 물건들이 그대로 있는지라, 비로소 마음이 조금 놓였어요.

"노인장, 여기는 어디입니까? 노인장께서는 어떻게 이곳에 오셨습니까?"

"이곳은 쌍차령雙叉嶺이란 곳으로, 호랑이와 이리들의 소굴이라오. 당신은 어쩌다가 여기에 빠졌소?"

"저는 새벽닭이 울 때 하주위의 국경을 나섰는데, 뜻밖에 너무 일찍 일어나서 서리를 무릅쓰고 이슬을 털며 길을 가다가, 갑자기 길을 잃어 여기로 오게 되었습니다. 어떤 마왕 하나를 만났는데, 정말 너무 흉악하더군요. 그놈이 저와 시종 둘을 밧줄로 묶어 버렸습니다. 또 웅산군이라 하는 시커멓게 생긴 놈과 특처사라 하는 뚱보를 보았는데, 그놈들이 들어오더니 그 마왕을 인 장군이라 부르더군요. 그 세 놈이 제 두 시종을 먹어치우고, 날이 밝아서야 흩어졌습니다. 뜻밖에도 저는 이런 큰 인연이 있어서 고맙게도 노인장께서 이렇게 구해주셨습니다."

"처사라는 놈은 들소 요괴고, 산군이란 놈은 곰 요괴고, 인 장군이라는 놈은 호랑이 요괴라오. 그리고 그 졸개 요괴들은 모두 산의 요괴나 나무 귀신, 괴상한 짐승들이오. 그놈들은 당신의 본성이 온전하고 밝아서 잡아먹지 못한 것이지요. 저를 따라오시구려. 길을 안내해드리리다."

삼장은 감격해 마지않으며, 짐보따리들을 말에 싣고 고삐를 끌며 노인을 따라 구덩이를 빠져나왔어요. 큰길로 들어서자 그는 말을 길가의 풀밭에 매어놓고 몸을 돌려 그 노인에게 감사의 절을 올렸어요. 그런데 그 노인은 한 줄기 맑은 바람으로 변해 머리가 붉은 백학을 타더니 공중으로 치솟아 떠나버렸어요. 그 자리엔 편지 한 장만이 바람에 실려 팔랑팔랑 떨어졌는데, 거기에는 다음과 같은 네 구절의 노래가 적혀 있었어요.

나는 서천의 태백성
그대의 생명과 영혼을 구하러 특별히 왔노라.
나아갈 길에도 절로 신령한 제자들의 도움이 있을 터

곤란한 재앙 때문에 경전 구하는 일 원망 말지라.

吾乃西天太白星　特來搭救汝生靈
前行自有神徒助　莫爲艱難報怨經

삼장법사는 편지를 읽고 나서 하늘을 향해 절하며 말했어요.

"정말 감사합니다, 태백금성님. 이 어려움에서 벗어나게 해주셨군요."

절을 마치자 그는 말을 끌고 혼자 외롭고 쓸쓸하게 험한 길을 나아갔는데, 그가 고개를 넘는 모습은 그야말로 이러했어요.

쌩쌩 숲에는 쌀쌀한 비바람 몰아치고
졸졸 개울에 물소리 울리네.
진한 향기 풍기며 들꽃이 피었고
빽빽이 쌓인 돌무더기 어지럽네.
요란하게 울어대는 사슴과 원숭이
떼 지어 내달리는 노루와 고라니
저 스님은 벌벌 떨며 불안해하고
이 말은 겁에 질려 걸음이 꼬이네.

寒颯颯雨林風　響潺潺澗下水
香馥馥野花開　密叢叢亂石磊
鬧嚷嚷鹿與猿　一隊隊獐和麂
喧雜雜鳥聲多　靜悄悄人事靡
那長老　戰兢兢心不寧
這馬兒　力怯怯蹄難追

삼장법사는 필사적으로 그 험한 고개를 올라갔지만, 반나절이 지나도록 사람 사는 마을 하나 보이지 않았어요. 배도 고프고 길도 평탄치 않아 위태로운 지경에 빠져 있을 때, 앞에는 사나운 호랑이 두 마리가 포효하고 뒤에는 큰 뱀 몇 마리가 똬리를 틀고 있었어요. 왼쪽에는 맹수가 우글거리고, 오른쪽엔 괴상한 짐승들이 도사리고 있었어요. 삼장법사는 혈혈단신 아무런 수도 없는지라 그저 마음을 몸과 마음을 천운에 맡기고 하늘의 명을 따를 수밖에 없었어요.

엎친 데 덮친 격으로 말까지 허리에 힘이 빠지고 다리가 꺾이더니 똥오줌을 싸며 땅에 쓰러져버렸어요. 때려도 일어나지 않고 잡아끌어도 꼼짝도 하지 않았어요. 삼장법사는 몸 둘 곳도 없이 정말 처량하기 그지없는 지경에 빠져서 이젠 꼼짝없이 죽었구나, 어쩔 도리가 없다고 생각했어요.

하지만 그는 재난을 당했어도 구해줄 사람이 있었어요. 그가 어찌할 바를 모르고 있을 때, 갑자기 맹수들이 도망치고, 요사한 짐승들이 날아가버리고, 사나운 호랑이가 종적을 감추고, 큰 뱀들이 흔적을 숨겼어요. 삼장법사가 고개를 들고 살펴보니, 한 사람이 손에 쇠갈퀴를 들고, 허리에는 활과 화살을 차고서 산비탈을 돌아오고 있었어요. 그 모습이 과연 훌륭한 대장부였으니, 바로 이러했지요.

머리에는 쑥잎으로 위장한 얼룩무늬 표범 가죽 모자를 썼고
몸에는 양털로 곱게 짠 반달 모양으로 목이 파인 웃옷을 입었다.
허리에는 사자 가죽으로 띠를 삼아 질끈 동여맸고
발에는 고라니 가죽으로 만든 장화를 신었다.

둥근 눈 둥근 눈동자는 조객성弔客星[3]의 신 같고
어지럽게 엉킨 덥수룩한 수염은 하규[4]의 신 같다.
활과 살촉에 독약 바른 화살 자루에 담아 걸고
강철 두드려 만든 큰 갈퀴 하나를 들었다.
우레 같은 목소리는 산짐승들 간담을 흔들어 떨어지게 하고
용맹함은 들꿩이 놀라 혼이 빠지게 한다.

頭上戴一頂艾葉花斑豹皮帽　身上穿一領羊絨織錦叵羅衣
腰間束一條獅蠻帶　脚下躧一對麂皮靴
環眼圓睛如弔客　圈鬚亂擾似河奎
懸一囊藥弓矢　拿一桿點鋼大叉
雷聲震破山蟲膽　勇猛驚殘野雉魂

삼장법사는 그가 점점 다가오자 길가에 무릎을 꿇고 합장한 채 큰 소리로 말했어요.

"대왕님, 살려주세요! 살려주세요!"

그 사내는 삼장법사 앞에 오더니 쇠갈퀴를 내려놓고 손으로 부축해 일으키며 말했어요.

"스님, 겁내지 마십시오. 저는 나쁜 놈이 아니라 이 산속에 사는 사냥꾼입니다요. 성은 유劉가이고 이름은 백흠伯欽이며, 별호는 진산태보鎭山太保라 합니다. 방금 먹거리로 쓸 만한 산짐승 두 마리를 잡으러 왔다가 뜻밖에 스님을 만난 건데, 그만 스님을 많이 놀라시게 해드렸나 봅니다."

"저는 당나라 황제의 명을 받고 서천으로 가서 부처를 뵙고 불

3 『협기변방서協紀辨方書』「의례義例」에 따르면, 조객성은 질병과 슬픔을 가져다주는 흉한 별자리이다.

4 '하괴河魁'라고도 한다. 옛날 점성술사들은 한 사람의 운명에 이 별자리가 침범하면 물난리를 만나고, 그 별자리가 침범한 날은 혼례를 치르기에 부적당하다고 생각했다.

경을 구하려는 승려입니다. 마침 이곳에 왔다가 사나운 짐승들에게 사방으로 포위되어 앞으로 나아가지 못하고 있었습니다. 그러다가 갑자기 진산태보께서 오시는 바람에 짐승들이 모두 달아나서 제 목숨을 구하게 되었습니다. 정말 감사합니다, 감사합니다!"

"저는 여기 살면서 이리나 호랑이, 뱀 따위를 잡아 생계를 유지하고 있기 때문에 이 짐승들이 저를 무서워하여 도망친 것입지요. 당나라에서 오셨다면 저와 동향同鄕 분이군요. 여기도 당나라 땅에 속하니, 저도 당 왕조의 백성입지요. 스님과 저는 당나라 황제의 물과 흙에서 나는 것을 함께 먹는, 그야말로 한 나라의 백성이 아니겠습니까? 무서워 마시고 저와 함께 가시지요. 저희 집에서 말을 쉬게 하시면, 제가 내일 아침에 길까지 배웅해 드립지요."

삼장법사는 그 말을 듣고 무척 기뻐서, 유백흠에게 감사하고 말을 끌고 따라갔어요.

산비탈을 지나자 다시 휘휘 바람 소리가 들려왔어요.

"스님, 더 가시지 말고 잠깐 여기서 기다리십시오. 바람 소리가 나는 것은 호랑이가 나타났기 때문입지요. 제가 저놈을 잡아 스님께 대접해드리겠습니다."

삼장법사는 그 말을 들으니 다시 간담이 떨리고 놀라서 걸음을 옮기지 못할 지경이었어요. 진산태보는 쇠갈퀴를 들고 발걸음을 떼더니 호랑이 쪽으로 다가갔어요. 그때 얼룩무늬 호랑이 한 마리가 눈앞에 불쑥 나타났는데, 유백흠을 보자 급히 머리를 돌려 달아나기 시작했어요. 그러자 이 진산태보는 벽력같이 소리를 내질렀어요.

"못된 짐승아, 어딜 도망치려고!"

그러자 호랑이도 다급해져서 몸을 돌리고 발톱을 휘두르며 달려들었어요. 진산태보는 세 갈래 갈퀴를 들어 그놈과 맞섰어요.

삼장법사는 깜짝 놀라서 풀밭에 축 늘어져버렸어요. 이 스님이 어머니 배 속에서 나온 뒤로 어디 이처럼 사납고 위험한 싸움을 본 적이나 있었겠어요? 진산태보와 호랑이는 산비탈 아래에서 서로 대치해 정말 대단한 격투를 벌였어요.

성난 기운 어지럽게 일고
미친 바람 휘몰아친다.
성난 기운 어지럽게 일어나는 것은
진산태보가 모자 꿰뚫을 기세로 힘센 근육을 쓰기 때문이요
미친 바람 휘몰아치는 것은
얼룩무늬 표범이 기세부리며 붉은 먼지 뿜어내기 때문이지.
저놈이 이빨 드러내고 발톱을 휘두르면
이쪽에선 걸음 옮기며 몸을 돌린다.
세 갈래 갈퀴 하늘 높이 들려 해를 가리고
천 개의 꽃송이 같은 꼬리 안개를 뒤흔들고 구름을 날린다.
이쪽에서 가슴을 향해 어지럽게 찌르면
저놈은 얼굴을 삼키려 달려든다.
슬쩍 피하면 다시 사람의 길로 가겠지만,
마주 부딪쳤다간 염라대왕을 만나게 될 터
들리는 것이라곤 저 얼룩무늬 범의 포효 소리와
진산태보의 사나운 호통 소리뿐
얼룩무늬 범의 포효는
산천을 흔들어 찢고 들짐승과 날짐승들을 놀라게 하고
진산태보의 사나운 호통은
하늘 관청을 열어 별의 신들이 나타나게 한다.
저놈이 금빛 눈동자로 분노를 터뜨리면

태백금성이 쌍차령에서 위기에 빠진 삼장법사를 구해주다

이쪽은 대담하게 성내며 받아친다.
멋지구나, 진산태보여!
땅을 차지하고 짐승들의 군주가 될 만하구나.
사람과 호랑이가 서로 살려고 승부를 다투니
조금이라도 태만하면 세 혼•을 잃을지라.

怒氣紛紛　狂風滾滾
怒氣紛紛　太保衝冠多膂力
狂風滾滾　斑彪逞勢噴紅塵
那一個張牙舞爪　這一個轉步回身
三股叉擎天幌日　千花尾擾霧飛雲
這一個當胸亂刺　那一個劈面來吞
閃過的再生人道　撞着的定見閻君
只聽得那斑彪哮吼　太保聲哏
斑彪哮吼　振裂山川驚鳥獸
太保聲哏　喝開天府現星辰
那一個金睛怒出　這一個壯膽生嗔
可愛鎮山劉太保　堪誇據地獸之君
人虎貪生爭勝負　些兒有慢喪三魂

둘은 거의 두 시간 동안 싸웠는데, 호랑이의 발톱이 느려지고 허리에 힘이 빠져서 마침내 진산태보의 쇠갈퀴에 가슴을 찔려 쓰러지고 말았어요. 불쌍하게도! 쇠갈퀴 날이 심장과 간을 꿰뚫어 순식간에 피가 땅바닥에 홍건하게 흘렀어요. 진산태보는 그놈의 귀를 잡아 쥐고 땅에 질질 끌고 왔어요. 멋진 사나이! 그는 숨도 헐떡거리지 않고 얼굴색도 바뀌지 않은 채, 삼장법사에게 이렇게 말했어요.

"운이 좋군요! 운이 좋아요! 이 살쾡이면 스님께서 며칠 동안 잡숴도 되겠습니다요."

삼장법사는 연방 칭찬해 마지않았어요.

"진산태보께선 정말 산신이십니다!"

"재주랄 것도 없는데요, 과찬이십니다! 이건 스님의 큰 복입지요. 가십시다! 얼른 가죽을 벗기고 고기를 삶아 대접해드립지요."

그는 한 손에 쇠갈퀴를 들고, 다른 한 손으로 호랑이를 끌며 앞서 길을 인도했어요. 삼장법사는 말을 끌고 뒤따라갔어요. 구불구불 산비탈을 지나자 산장이 하나 나타났는데, 그 문 앞의 풍경이 정말 볼 만했어요.

하늘까지 치솟은 오래된 나무들
길을 덮은 거친 등나무 넝쿨
온 골짝에 먼지바람 차갑게 불고
천 길 벼랑 분위기 기이하네.
샛길 가득한 들꽃 향기 몸에 스미고
몇 줄기 그윽한 대나무 푸른 잎 한들한들
풀로 엮은 대문에
대나무 울타리
정말 그림 같고
돌판 엮어 만든 다리와
백토 바른 벽
정말 멋지고 보기 드문 모습일세.
적막한 가을날
상쾌한 공기만 고고하네.
길가엔 노란 국화 떨어지고

고개 위엔 흰 구름 떠가네.
성긴 숲 산속에선 날짐승들 울어대고
산장 문 밖에선 작은 개가 짖어대네.

參天古樹　漫路荒籐
萬壑風塵冷　千崖氣象奇
一徑野花香襲體　數竿幽竹綠依依
卓門樓　籬笆院　堪描堪畫
石板橋　白土壁　眞樂眞稀
秋容蕭索　爽氣孤高
道傍黃葉落　嶺上白雲飄
疎林内　山禽聒聒　庄門外　細犬嘹嘹

유백흠은 문 앞에 이르자 죽은 호랑이를 내던지며 소리쳤어요.

"애들아, 어디 있냐?"

그러자 서너 명의 어린 심부름꾼들이 달려 나왔는데, 모두들 생긴 것도 이상하고 인상도 험악했어요. 그들은 앞으로 달려 나와 호랑이를 질질 끌어다 번쩍 메고 안으로 들어갔어요.

"빨리 껍질을 벗기고 손님께 대접할 수 있도록 준비해 오너라."

유백흠은 이렇게 분부하고 다시 고개를 돌려 삼장법사를 안으로 맞아들였어요. 서로 인사를 마치고서 삼장법사가 다시금 절을 올리며 유백흠에게 두터운 은혜를 베풀어 불쌍한 목숨을 구해준 데 감사하자, 유백흠이 이렇게 말했어요.

"동향 사람끼리 무슨 감사 인사가 필요하겠습니까?"

자리에 앉아 차를 마시고 나자, 노파가 며느리를 데리고 나와 함께 삼장법사에게 인사를 올렸어요. 그러자 유백흠이 두 사람을 소개했어요.

"제 어머님과 아내입니다."

"어머님께선 윗자리에 앉으셔서 제 절을 받으십시오."

"스님께선 멀리서 오신 손님이시라 피곤하실 테니, 번거로운 절 같은 건 생략하도록 하십시다."

그러자 유백흠이 참견했어요.

"어머니, 이분은 당나라 황제의 명을 받고 서천에 가서 불경을 구하려는 분이구만요. 마침 이 고개 머리에서 저와 만났는데, 같은 나라 분인 걸 생각해 집으로 청하여 말을 쉬게 하고 내일 전송해드리겠다고 했어요."

노파는 그 말을 듣고 무척 기뻐하며 말했어요.

"잘했구나, 아주 잘했어! 어쩜 이렇게 때맞춰 이분을 모셨느냐? 내일이 바로 네 아버님이 돌아가시고 일 년 되는 기일이니, 스님더러 좋은 일 좀 하실 겸 경문經文을 외어달라고 청하고, 모레 전송해드리자꾸나."

이 유백흠은 비록 호랑이도 때려잡는 산의 우두머리지만 효성도 제법 지극하여 어머님의 말씀을 듣고는 바로 향과 지전을 준비하고, 삼장법사에게 하루 더 머물러 달라고 청했어요.

이렇게 얘기를 나누는 동안 어느새 날이 저물어가고 있었어요. 어린 심부름꾼들은 식탁과 걸상을 늘어놓고 잘 익혀 김이 펄펄 나는 호랑이 고기 몇 접시를 식탁 위에 올렸어요. 유백흠은 삼장법사에게 마음대로 잡수라고 권하면서, 밥을 또 준비시켰어요. 삼장법사는 가슴에 합장을 하고 말했어요.

"푸짐하네요! 그런데 솔직히 말씀드리자면, 저는 어머니 배 속에서 나오면서부터 승려가 되었는지라 육식을 할 줄 모릅니다."

유백흠은 이 말을 듣고 한참 생각에 잠기더니 이렇게 말했어요.

"스님, 저희 집은 대대로 채소를 먹을 줄 모릅니다. 죽순하고 목이버섯, 마른 채소, 그리고 두부가 조금 있긴 한데, 이것들도 모두 노루나 사슴, 호랑이, 표범 따위의 기름에 볶은 것들인지라 그다지 정갈하지 않습지요. 두 개의 아궁이에 솥이 걸쳐져 있습니다만, 여기에도 모두 기름이 배어 있습지요. 허니 이 일을 어쩌면 좋습니까? 괜히 제가 스님을 청해 왔나 봅니다."

"진산태보께선 마음 쓰지 마십시오. 괜찮습니다. 저는 사나흘 밥을 먹지 않아도 허기를 참을 수 있습니다. 하지만, 감히 음식의 계율을 어길 수는 없습니다."

"그러다 굶어 죽으면 어쩌게요?"

"고맙게도 당신의 하늘 같은 은혜를 입어 호랑이와 이리들의 숲에서 구출되었습니다. 굶어 죽더라도 호랑이에게 잡아먹히는 것보다는 훨씬 낫지요."

그러자 옆에 듣고 있던 유백흠의 모친이 갑자기 큰 소리로 말했어요.

"얘야, 스님께 쓸데없는 소리 하지 말거라! 나한테 소찬素餐이 좀 있으니, 대접해드릴 만할 게다."

"우리 집에 소찬이 어디 있다고 그러셔요?"

"내 일에 상관 말아라. 어쨌든 내게 소찬이 조금 있다."

그러고는 며느리를 불러 작은 솥을 가져오라고 하더니 불을 붙여서 기름기를 태워버리고 잘 닦아내어 씻은 다음, 다시 아궁이에 얹었어요. 먼저 솥에 반쯤 물을 끓였다가 부어버리고, 다시 산에서 딴 느릅나무 잎에 물을 부어 차탕[茶湯]을 끓였어요. 그런 뒤에 좁쌀을 삶아 밥을 짓고, 또 마른 채소를 삶아서, 그릇 두 개에 담아 식탁 위에 차려놓았어요. 그리고 노파는 삼장법사에게 말했어요.

"스님 잡수십시오. 이건 저하고 며느리가 직접 준비한 아주 정갈한 음식입니다."

삼장법사는 다가와 감사 인사를 하고 비로소 식탁 앞에 앉았어요. 유백흠은 따로 상을 마련하더니, 소금도 간장도 없이 호랑이 고기며 노루 고기, 뱀 고기, 여우 고기, 토끼 고기 등을 늘어놓고, 잘라서 말린 사슴 고기까지 곁들여 쟁반 가득, 그릇 가득 담아 삼장법사와 함께 밥을 먹으려 했지요. 그러나 그가 막 자리에 앉아 젓가락을 들려던 차에 삼장법사가 합장하고 경전을 외기 시작하니, 유백흠은 깜짝 놀라 감히 젓가락을 놀리지 못하고 급히 일어나 삼장법사 곁에 섰어요. 삼장법사는 몇 마디 안 되는 염불을 하고서 "그럼, 드시지요"라고 말했어요.

"스님께선 염불을 아주 짧게 하시네요?"

"이건 불경을 왼 것이 아니라 공양할 때 외는 주문이랍니다."

"댁처럼 출가한 양반들은 따지는 것도 정말 많네요. 밥을 먹는데도 염불을 하시니 말씀입지요."

공양을 하고 접시와 그릇을 치우자 점점 날이 저물어, 유백흠은 삼장법사를 인도하여 가운데 채를 나와 뒤쪽으로 걸어갔어요. 좁은 길을 지나자 초가로 지붕을 엮은 정자가 하나 나타났어요. 문을 열고 안으로 들어가니, 사방 벽에는 튼튼한 활과 억센 쇠뇌가 몇 개 걸렸고, 화살통도 몇 개 꽂혀 있었어요. 들보 위에는 피비린내 나는 호랑이 가죽 두 장이 걸렸고, 벽 발치에는 많은 창과 칼, 갈퀴, 몽둥이 따위가 수두룩이 꽂혀 있었어요. 그리고 방 한가운데에는 의자가 몇 개 놓여 있었어요.

유백흠은 삼장법사에게 의자에 앉으라고 청했으나, 삼장법사는 이처럼 살벌하고 고기 비린내 풍기는 곳에 오래 앉아 있을 수 없어, 곧 정자 밖으로 나왔어요. 다시 뒤로 걸어 들어가자 큰 뜰이 나타났는데, 거기에는 노란 국화들이 무리 지어 만발하고, 수많은 단풍나무와 버드나무들이 붉은 잎을 매단 채 서 있었어요. 그리고 뭔가 부스럭거리는 소리가 들리더니 십여 마리의 살찐 사슴들과 한 무리 누런 노루 떼가 뛰쳐나왔는데, 사람을 보고도 온순하게 따르며 겁내지 않는 것이었어요.

"이 사슴과 노루들은 진산태보께서 집에서 기르는 것들인 모양이군요."

"스님이 계셨던 장안성이라면, 돈이 있는 치들은 재물과 보화를 모으고, 장원莊園이 있는 치들은 벼와 식량을 모으겠지만, 저희 같은 사냥꾼들이야 그저 이런 들짐승들을 조금 길러서 사냥하지 못하는 때를 대비하는 것일 따름입지요."

둘이 이야기를 나누며 한가롭게 걷다 보니 어느새 황혼이 내린지라, 다시 앞채로 돌아와 쉬었어요.

이튿날 아침, 그 집안 식구들이 모두 일어나 야채로 정갈한 음식을 장만하여 스님께 대접하고 염불을 청했어요. 스님은 손을 깨끗이 씻고 진산태보의 모친과 함께 사당에 나아가 향을 피우고 절을 올렸어요. 삼장법사는 목탁을 두드리며 먼저 구업口業[5]을 씻는 진언을 외고, 다시 몸과 마음을 깨끗이 하는 주문을 외운 뒤, 죽은 사람의 영혼을 제도濟度하는 경전인 『도망경度亡經』을 낭송하기 시작했어요.

낭송이 끝나자 유백흠이 죽은 사람의 영혼이 극락에 가게 해달라고 청하는 글[薦亡疏]을 한 편 써달라고 청했어요. 그 뒤에 다시 『금강경金剛經』과 『관음경觀音經』을 일일이 낭랑하고 높은 소리로 암송하고, 그것이 끝나자 점심 공양을 들었어요. 그다음에는 『법화경法華經』과 『미타경彌陀經』을 몇 권씩 낭송하고, 또 『공

5 남을 욕하거나 요망하고 간사한 말을 하는 것을 가리킨다.

작경孔雀經』 한 권을 왼 다음, 필추세업苾蒭洗業[6]의 이야기를 들려주었어요.

그러는 사이에 어느덧 또 날이 저물었어요. 갖가지 향불을 올리고 여러 신들의 종이 말[紙馬][7]을 만들어 태우고, 죽은 사람의 영혼이 극락에 가게 해달라고 청하는 글을 태워서 불공을 모두 마친 후, 각자 편안히 잠자리에 들었어요.

한편, 유백흠 부친의 영혼은 저승 지옥에서 천도를 받아 벌써 자기 집에 돌아왔고 집안 식구들의 꿈에 나타나 이렇게 말했어요.

"나는 그동안 저승의 지옥에서 고통 받으며 오랫동안 환생하지 못한 채 지냈다. 그런데 이제 다행히도 성승께서 불경을 외어 내 죄업을 씻어주시니, 염라대왕께서 사자를 보내 나를 복된 중국 땅의 높은 분의 집에 다시 태어나게 해주셨다. 너희 모두 스님께 깊이 감사하고 정성껏 전송해드려야 한다. 절대 소홀히 하지 마라. 알겠느냐! 그럼, 난 간다."

이야말로,

> 모든 법은 장엄하여 진실로 의미가 깊으니
> 죽은 이의 영혼 고통에서 벗어나 구렁텅이를 나오게 했도다.

6 출가한 승려가 과거의 죄업을 씻는 것을 가리킨다. '필추'는 범어 비구比丘, 즉 '비쿠bhiksu'의 음역으로 출가한 이를 가리킨다. 이야기의 내용은 다음과 같다. 석가여래가 어느 탑 밑에서 혼자 고민하고 있는 수행자를 보고 그 이유를 물었더니, 그는 병이 들었는데도 돌봐줄 사람이 없어서 그런다고 대답했다. 그러자 석가여래가 그의 몸을 손으로 어루만졌더니 당장에 병이 나았고, 또 그를 밖으로 데리고 나가 손발을 씻기고 새 옷을 입혀주며 더욱 수행에 힘쓰라고 격려해주었다. 이는 곧 그 수행자의 지난 죄업을 씻어주어 몸과 마음이 상쾌하게 되었다는 뜻이다.

7 옛날에 제사를 지낼 때 종이로 신의 모습을 만들어 태운 것을 가리킨다. 마치 말을 타듯이 이 종이에 신령과 부처가 깃들기를 바라는 마음에서, 이런 종이를 '종이 말'이라고 불렀다.

라는 것이 아니겠어요?

어쨌든 집안사람들이 모두 꿈에서 깨어나니 벌써 해가 동쪽에 떠올라 있었어요. 유백흠의 아내가 말했어요.

"여보, 엊저녁 꿈에 아버님이 찾아오셔서, 당신께서 저승의 지옥에서 벗어나지 못한 채 오랫동안 더 좋은 곳에 다시 태어나지 못하고 계셨는데, 이제 다행히 성승께서 불경을 외어 당신의 죄업을 씻어주신 덕분에 염라대왕께서 사자를 보내 당신을 복된 중국 땅의 높은 분의 집에 다시 태어나게 해주셨다고 하셨어요. 그러고는 우리더러 스님께 단단히 감사하고 전송해드리라고 신신당부하시더니 곧장 문밖으로 유유히 떠나셨어요. 불러도 대답도 안 하시고 붙들 수도 없었어요. 그런데 깨어보니 한바탕 꿈이었지 뭐예요."

"나도 그런 꿈을 꾸었어. 가서 어머니께 말씀드려보자고."

그런데 그들 부부가 막 말을 꺼내려 하는데, 노모가 이렇게 말했어요.

"얘야, 이리 좀 오너라. 할 말이 있다."

두 사람이 다가오자 노모가 침상에 앉아 이렇게 말했어요.

"얘야, 내 엊저녁에 기쁜 꿈을 꿨다. 꿈에 네 아버지가 찾아와, 다행히 스님께서 천도해주셔서 죄업이 없어진 덕분에 복된 중국 땅의 높은 분의 집에 다시 태어나게 되었다고 하시더구나."

그들 부부는 모두 하하 웃으며 말했어요.

"저희들도 그런 꿈을 꿔서 막 말씀드리려던 참이었어요. 그런데 뜻밖에 어머니께서 부르시더니 역시 똑같은 꿈 이야기를 하시네요."

이리하여 온 집안 식구들을 다 깨워서 삼장법사께 감사의 마음을 전할 준비를 하고 말 채비도 해놓았어요. 그리고 온 가족이 삼장법사께 감사 인사를 드렸지요.

"스님, 정말 감사합니다. 돌아가신 아버님이 고난에서 벗어나 다시 태어날 수 있게 천도해주셨으니, 어떻게 보답해야 할는지 모르겠습니다요."

"제가 무얼 한 게 있다고 그러십니까! 몸 둘 바를 모르겠습니다!"

유백흠이 삼장법사에게 세 사람의 꿈 이야기를 죽 들려주자, 삼장법사도 기뻐했지요.

그들은 삼장법사께 정갈한 공양을 바치고, 사례금으로 은 한 냥을 드렸지만, 삼장법사는 한 푼도 받지 않았어요. 온 식구가 간절히 받아달라고 청했지만, 삼장법사는 끝내 한 푼도 받지 않고 그저 이렇게 말했어요.

"여러분이 진정 자비를 베푸시려거든 제 길이나 전송해주십시오. 그러면 충분합니다."

유백흠 부부와 그의 어머니는 더 이상 어쩔 수가 없었어요. 그들은 급히 밀가루 빵과 말린 식량을 준비했고, 모친은 유백흠에게 멀리까지 전송해드리게 했어요. 삼장법사도 그것들을 기꺼이 받았어요. 진산태보는 어머니의 명에 따라, 두세 명의 어린 심부름꾼들을 불러 각기 사냥할 도구들을 지니고 따르게 하고는, 함께 큰길로 나섰어요. 눈앞에는 산속의 경치와 고개 위의 풍경이 끝없이 펼쳐졌지요.

한나절을 가자 맞은편에 큰 산이 나타났는데, 정말 푸른 하늘에 닿을 듯 높고 험준했어요. 삼장법사는 한참만에야 산기슭에 도착했어요. 진산태보는 그 산을 마치 평지를 걷듯 올라가더니, 중턱쯤에서 몸을 돌려 길 아래로 비켜서며 말했어요.

"스님, 이제 혼자 가십시오. 저는 이만 돌아가야겠습니다."

삼장법사는 그 말을 듣고 훌쩍 말 안장에서 내렸어요.

"수고스러우시겠지만 제발 조금만 더 바래다주시구려!"

"스님께선 모르시겠지만, 이 산은 양계산兩界山이라 합지요. 동쪽 절반은 우리 위대한 당나라 관할이고, 서쪽 절반은 바로 달단韃靼[8]의 땅입니다. 저쪽의 이리와 호랑이들은 제게 굴복하지 않으니, 저로서도 경계를 넘을 수 없습니다. 그래서 여기서 작별 인사를 드리는 것이오니, 이제 가십시오."

삼장법사는 질겁하며 손을 내젓다가 유백흠의 옷소매를 붙들고 눈물을 흘리며 헤어짐을 아쉬워했어요. 그렇게 서로 신신당부하며 작별 인사를 하던 차에, 갑자기 산기슭에서 우레 같은 고함 소리가 들려왔어요.

"사부님이 오신다, 사부님이 오셔!"

삼장법사는 깜짝 놀라서 넋이 나갔고, 유백흠도 얼떨떨한 모습이었어요. 결국 누가 고함을 질렀는지는 알 수 없는데, 이에 대해서는 다음 회를 들어보시라.

8 타타르를 가리킨다. 옛날에는 한족漢族의 입장에서 북방의 유목민족을 총칭하는 뜻으로 자주 쓰였다. 다만 명나라 때는 지금의 내몽고와 몽고인민공화국 동쪽에 거주하던 동몽고인들을 가리켰다.

제14회

손오공, 삼장법사의 제자가 되다

다음과 같은 시가 있지요.

부처는 마음이요 마음은 부처니
마음과 부처는 본래 모두 중요한 것이었지.
사물도 없고 또 마음도 없다는 것을 안다면
그것이 바로 진여법신불이라.
법신불은
모양이 없지만
한 덩이 둥근 빛에 모든 모습 품고 있구나.
몸이 없는 몸이 진정한 몸이고
모습 없는 모습이 진실한 모습이니라.
찬 것도 빈 것도 비지 않은 것도 아니며
오는 것도 가는 것도 돌아오는 것도 아니라.
다름도 같음도 있음과 없음도 없으며
버리기도 취하기도 바라는 것도 어렵도다.
신령스런 빛 안과 밖 어디나 같고

온 불국토佛國土가 모래 한 알에 있구나.
한 알 모래가 온 세상을 머금고 있고
일개 심신이 만 가지 이치와 같구나.
이를 알려거든 무심결을 알아야 하니
물들지도 않고 멈추지도 않고 죄업을 깨끗이 해야 하리.
착한 일도 나쁜 일도 전혀 행한 바 없으니
이것이 바로 나무석가섭이라.

佛卽心兮心卽佛　心佛從來皆要物
若知無物又無心　便是眞如法身佛
法身佛　沒模樣　一顆圓光涵萬象
無體之體卽眞體　無相之相卽實相
非色非空非不空　不來不向不回向
無異無同無有無　難捨難取難聽望
內外靈光到處同　一佛國在一沙中
一粒沙含大千界　一個身心萬法同
知之須會無心訣　不染不滯爲淨業
善惡千端無所爲　便是南無釋迦葉

한편, 유백흠과 삼장법사가 놀라서 당황해 있는데, 어디선가 또 "사부님께서 오셨다"라는 소리가 들렸지요. 심부름꾼들이 말했어요.

"이 소리는 저 산자락 아래 돌 상자에 갇혀 있는 늙은 원숭이가 내는 게 틀림없어요."

유백흠이 말했지요.

"그렇지! 바로 그자입니다. 바로 그자예요!"

삼장법사가 물었어요.

"늙은 원숭이니, 그게 무어요?"

"이 산의 옛 이름이 오행산五行山인데, 우리 위대한 당나라가 서쪽을 정벌해 국경을 정하면서 양계산이라고 이름을 고쳤습지요. 예전에 마을 어른들께서 하시는 말씀이, 왕망王莽이 한나라를 찬탈했을 때 하늘에서 이 산을 떨어뜨려 그 밑에 신령한 원숭이 한 마리를 눌러 놓았다고 했어요. 그 원숭이는 추위나 더위도 아랑곳하지 않고 먹거나 마시지도 않는데, 토지신이 이 원숭이를 감시하면서 배고프면 쇠구슬을 먹게 하고 목마르면 구리물을 마시게 한다더군요. 해서 그때부터 지금까지 굶어 죽지도 않고 얼어 죽지도 않고 있다는 거예요. 지금 이 소리는 그 원숭이가 내는 게 확실해요. 스님, 너무 무서워 마시고, 같이 내려가서 한번 보시지요!"

삼장법사는 하는 수 없이 그의 말을 따라 말을 이끌고 산을 내려왔어요. 몇 리 가지 않아서 과연 돌 상자에 갇힌 원숭이 한 마리가 보였어요. 원숭이는 머리를 내놓고 손을 뻗어 어서 오라고 정신없이 손짓하며 말했지요.

"사부님, 왜 이제야 오십니까? 잘 오셨습니다, 정말 잘 오셨어요! 저를 구해주시면 서역으로 가시는 길에 사부님을 보호해드리겠습니다."

삼장법사가 가까이 가서 자세히 살펴보았는데, 그 생김새가 어땠는지 아세요?

뾰족한 입과 좁은 뺨
불같은 눈에 금빛 눈동자
머리 위에는 이끼가 쌓여 있고
귓속에는 넝쿨풀이 자라네.

살쩍 대신 푸른 풀만 무성하고
턱 밑에 수염은 없고 푸른 향부자香附子만 자라네.
미간에도 흙이요
콧속에도 진흙이니
어찌나 지저분한 몰골인지!
손가락 굵고
손바닥 두꺼운 것도
흙먼지가 쌓여서라네.
그래도 기뻐하며 눈동자 이리저리 굴리고
목구멍과 혀는 말소리를 내는구나.
비록 말은 잘할 수 있으나
몸은 전혀 움직이지 못하네.
이것이 바로 오백 년 전의 제천대성이니
이제야 고난의 수數를 다 채우고 하늘의 그물에서 벗어나네.

尖嘴槊腮　金睛火眼
頭上堆苔蘚　耳中生薜蘿
鬢邊少髮多青草　頷下無鬚有綠莎
眉間土　鼻凹泥　十分狼狽
指頭粗　手掌厚　塵垢餘多
還喜得眼珠轉動　喉舌聲和
語言雖利便　身體莫能挪
正是五百年前孫大聖　今朝難滿脱天羅

유백흠은 정말 용감하게도 앞으로 다가가서 손오공의 귀밑머리 옆에 난 풀과 턱 밑에 난 향부자를 뽑아주면서 물었어요.
"무슨 말을 하려는 거냐?"

"당신에게 할 말은 없고……. 저기 사부님 좀 이리 오시라고 해. 한 가지 여쭤볼 게 있거든."

삼장법사가 말했어요.

"나한테 물어볼 게 무엇이냐?"

"사부님께서는 동녘 땅 황제의 명령을 받아 서역으로 불경을 가지러 가시는 분이 아닙니까?"

"맞다만, 왜 묻는 게냐?"

"저는 오백 년 전 하늘궁전을 소란스럽게 했던 제천대성입니다. 하늘을 능멸한 죄를 저질러서 부처님께서 저를 여기에 눌러 놓으셨지요. 전번에 관음보살께서 부처님의 뜻을 받들어 불경을 가지러 갈 사람을 찾아 동쪽으로 간다길래 제가 좀 구해달라고 했더니, 그분이 저더러 다시는 나쁜 짓 하지 말고 불법에 귀의하라고 권하면서, 끈기 있게 불경을 가지러 갈 사람을 도와 서역에 가서 부처님을 뵙는 일에 성공하면 좋은 일이 있을 거라고 하더군요. 그래서 그때부터 밤낮으로 빌고 아침저녁으로 기도하며 그저 사부님께서 오셔서 저를 여기서 빼주시기만을 기다렸습니다. 제가 사부님께서 불경을 가지러 가는 길을 보호해드리겠으니, 제발 저를 제자로 삼아주세요."

삼장법사가 그 말을 듣고 무척 기뻐하며 말했지요.

"네가 이런 착한 마음이 있고 관음보살의 가르침을 받아 불문에 들어오고 싶다 해도, 도끼나 정 같은 게 없으니 어떻게 널 구할 수 있단 말이냐?"

"그런 거라면 필요 없습니다. 단지 사부님께서 저를 구하려 하시기만 하면 저는 저절로 빠져나갈 수 있습니다."

"내가 너를 구해주마. 어떻게 하면 네가 빠져나올 수 있느냐?"

"이 산꼭대기에는 석가여래께서 붙여놓은 금 글씨로 된 부적이 있습니다. 사부님께서 올라가셔서 그 부적을 떼어내기만 하면, 저는 바로 나올 수 있습니다."

삼장법사가 그 말을 따라 고개를 돌려 유백흠을 바라보며 말했어요.

"여보게, 나랑 한 번 산 위에 올라가 보세."

"진짜인지 거짓말인지도 모르는데요."

그러자 원숭이가 소리를 질렀어요.

"진짜야! 절대 거짓말이 아니라고!"

유백흠은 어쩔 수 없이 하인들을 불러 말을 끌어오게 하고, 삼장법사를 도와 다시 산 위에 올라갔지요. 등나무나 칡뿌리 같은 걸 잡고 가까스로 산꼭대기에 올라가 보니, 과연 만 갈래 금빛과 천 갈래 상서로운 기운을 뿜어내는, 네 면 반듯한 큰 돌이 하나 있었지요. 그 돌 위에는 봉인지封印紙가 한 장 붙어 있었는데, 금으로 '옴, 마, 니, 반, 메, 훔'이라는 여섯 글자가 씌어 있었어요. 삼장법사는 앞으로 다가가 무릎을 꿇고 바위의 글자들을 향해 몇 번 절을 올리고 서쪽을 바라보며 축원했어요.

"부처님의 제자 진현장이, 특별히 명을 받들어 불경을 구하고자 합니다. 이 원숭이에게 제자 될 인연이 있다면 제가 금 글씨가 적힌 부적을 떼어내 그를 구하여 함께 영취산靈鷲山에 오를 수 있게 해주시고, 만약 그런 인연이 없고 그저 사납고 흉악한 괴물이 절 속여 경사스런 일을 방해하려는 것이라면 이 부적이 떼어지지 않게 해주소서."

삼장법사는 기도를 마치고 다시 한 번 절을 올린 후에, 여섯 글자 앞으로 다가가 가볍게 떼어보았어요. 그때 한 줄기 향기로운 바람이 불더니 삼장법사가 손에 쥐고 있던 부적을 허공으로 쓸어가면서, 이런 말소리가 들렸어요.

"나는 제천대성을 감시하는 신이오. 오늘로써 그의 고난의 기한이 다 찼기에, 우리는 돌아가서 여래를 찾아뵙고 이 봉인 부적을 그분께 바칠 것이오."

삼장법사와 유백흠 일행은 놀라서 허공을 향해 절을 올렸지요. 그들은 곧장 산을 내려와 다시 돌 상자 근처에 이르러 그 원숭이에게 말했어요.

"부적을 떼어냈으니, 나오너라."

원숭이가 기뻐서 소리쳤지요.

"사부님, 제가 나가게 조금만 떨어져 계세요. 놀라시면 안 되니까요."

유백흠이 그 말을 듣고 삼장법사 일행을 데리고 동쪽으로 돌아갔어요. 오륙 리 정도 갔을 때, 다시금 그 원숭이가 크게 소리치는 것이 들렸어요.

"더 가세요! 더!"

삼장법사는 다시 한참을 걸어서 산을 내려왔지요. 그때 우르릉하는 소리와 함께 정말 땅이 갈라지고 산이 무너져 내리니, 모두들 놀라서 벌벌 떨었어요. 그 원숭이는 어느새 삼장법사의 말 앞으로 와서 벌거벗은 몸으로 무릎을 꿇고 말했지요.

"사부님, 저 나왔습니다!"

그는 삼장법사에게 네 번 절을 올리고서, 급히 몸을 일으켜 유백흠에게도 정중히 허리를 숙이며 소리쳤어요.

"형씨, 사부님을 모셔다 주느라 수고가 많았소. 또 내 얼굴에 난 풀을 뽑아주셔서 정말 고맙소."

감사의 인사가 끝나자 그는 바로 짐을 꾸리고 말 등에 비끄러맸어요. 말은 손오공을 보자 허리에 맥이 풀리고 무릎이 꺾여 벌벌 떨며 제대로 서지도 못했어요. 아마도 이 원숭이가 원래 필마온으로서 하늘나라에서 용마를 돌보고 기르던 가닥이 있었기 때문에, 이 평범한 말은 그를 보고 두려웠던 것일 테지요. 삼장법사가 보아하니 그의 마음 씀씀이가 실로 착한지라 진정 부처님 제자로 손색이 없기에 이렇게 말했어요.

"얘야, 너는 성이 무엇이냐?"

원숭이 왕이 말했어요.

"손가입니다."

"내가 부르기 편하게 너에게 법명을 하나 지어주마."

"그렇게까지 하지 않으셔도 됩니다. 저는 원래 법명이 있습니다. 손오공이라고 하옵지요."

삼장법사가 기뻐서 말했지요.

"그 역시 우리 종파에 맞는구나. 네 모습이 어린 행각승行脚僧 비슷하니, 너에게 쉽게 부를 이름을 지어주마. '행자'라고 부르면 어떻겠느냐?"

"좋습니다, 좋아요!"

이때부터 손오공을 또 손행자라고 부르게 되었지요.

저 유백흠은 손오공이 진심으로 삼장법사를 모시고 떠나려하는 것을 보고, 몸을 돌려 삼장법사에게 정중히 절하며 말했지요.

"스님, 다행히 여기서 아주 훌륭한 제자를 얻으셨습니다. 정말 축하드립니다! 이 양반이라면 정말 스님을 모시고 갈 만한 것 같으니, 저는 이만 작별 인사를 드리겠습니다."

삼장법사도 몸을 굽혀 인사하며 감사했어요.

"이렇게 멀리까지 전송해주시니, 어찌 감사를 드려야 좋을지요. 집으로 돌아가시면 어머님과 부인께도 인사 전해주십시오. 제가 댁에 폐를 많이 끼쳤는데, 돌아오는 길에 찾아뵙고 인사드리겠습니다."

유백흠이 답례하고 두 사람은 여기서 헤어졌지요.

한편, 손오공은 삼장법사에게 말에 오르시라 하고는 앞장을 서서 등에는 짐을 메고 벌거벗은 채 휘적휘적 걸어갔어요. 한참을 걸어서 양계산을 지나가는데, 갑자기 무서운 호랑이 한 마리가 으르렁거리며 꼬리를 휘두르면서 다가오는 것이었어요. 말 위에 있던 삼장법사는 기겁을 했지요. 하지만 손오공은 길가에 서서 기뻐하며 말했어요.

"사부님, 겁내지 마세요. 저놈은 제게 옷을 가져다주려고 온 거예요."

손오공이 짐을 내려놓고 귀에서 바늘을 하나 꺼내더니 바람을 향해 한 번 휘두르자 사발 굵기만 한 철봉으로 변했지요. 손오공이 그걸 손에 들고 웃으면서 말했어요.

"이 보물을 오백 년 넘게 써보지 못했군! 오늘 너를 꺼내 옷이나 한 벌 뺏어 입어야겠다."

이것 좀 보세요. 손오공은 어슬렁어슬렁 걸어가더니 호랑이에게 소리쳤지요.

"이놈아! 어딜 가느냐!"

호랑이는 몸을 웅크리고서 땅바닥에 딱 엎드려 감히 움직이지도 못했지요. 손오공이 호랑이의 머리를 한 번 내리치자, 머리가 박살나 사방으로 붉은 피가 튀고 이빨도 몇 개가 튀어나왔지요. 그 모습에 놀란 삼장법사가 말에서 굴러떨어져 손가락을 깨물고서 중얼거렸어요.

"세, 세상에! 유태보가 그저께 얼룩 호랑이랑 싸울 때도 한나절이나 싸웠는데, 오늘 손오공은 싸우지도 않고 한 방에 호랑이를 박살 냈구나. 정말 '센 놈 중에 더 센 놈이 있다(强中更有强中手)' 더니."

삼장법사가 유백흠이 지켜보는 가운데 손오공을 제자로 거둬들이다

손오공은 죽은 호랑이를 질질 끌고 오면서 말했어요.

"사부님, 잠시 앉아 계셔요. 제가 이놈의 옷을 벗겨 그걸 입고 떠나기로 하지요."

"그 호랑이한테 옷이 어디 있느냐?"

"사부님께서는 신경쓰지 않으셔도 됩니다. 제가 알아서 하지요."

멋진 원숭이 왕! 그가 털을 한 가닥 뽑아서 입으로 신선의 기운을 불어 넣으면서 "변해라!" 하고 외치니, 쇠귀처럼 생긴 뾰족한 칼로 변했지요. 그는 그 칼로 호랑이 배를 가르고 가죽을 완전히 벗겨냈어요. 이어 발톱을 잘라내고 머리 부분을 잘라내서 호랑이 가죽을 네모반듯하게 만들더니 손에 들고 무게를 재어보더니 말했어요.

"조금 크네. 두 장으로 만들어도 되겠군."

그리고 다시 칼을 들고 두 장으로 재단하여, 한 장을 잘 갈무리하고 한 장은 허리에 두르더니, 길가에서 칡넝쿨을 끊어다가 단단히 묶어 아랫도리를 가렸지요.

"사부님, 이제 가시지요! 마을이 나오면 실과 바늘을 빌려 꿰매면 돼요."

손오공은 철봉을 쥐고 한 번 흔들어 다시 예전처럼 바늘 모양으로 변하게 하여 귓속에 갈무리하더니, 등에 짐을 지고 삼장법사를 말에 오르도록 했어요. 둘이서 길을 가는데, 삼장법사가 말 위에서 물었지요.

"오공아, 네가 좀 전에 호랑이를 때려잡던 쇠몽둥이는 어째서 보이지 않느냐?"

손오공이 웃으며 말했지요.

"사부님께서 잘 모르시는군요. 제 이 몽둥이는 원래 동해의 용궁에서 얻어 온 것입니다. '천하진저신진철天河鎭底神珍鐵'이라 하기도 하고, '여의금고봉如意金箍棒'이라고도 합지요. 옛날 하늘나라 궁전을 시끄럽게 할 때, 이놈 덕을 좀 봤지요. 자유자재로 변해서 크게 하고 싶으면 커지고 작게 하고 싶으면 작아지지요. 방금 전에 수놓는 바늘 모양으로 변하게 해서 귓속에 넣어두었습니다. 필요할 때 꺼내 쓰면 돼요."

삼장법사가 그 말을 듣고 속으로 기뻐하면서 다시 물었지요.

"방금 전에 그 호랑이가 너를 보고는 어째서 꼼짝도 하지 못한 게냐? 네가 마음대로 자길 때려잡도록 내버려두다니, 이게 어찌 된 일이냐?"

"사부님, 사실대로 말씀드리자면, 호랑이가 아니라 용이었어도 저를 보고는 감히 덤빌 수 없었을 겁니다. 이 몸에겐 용과 호랑이를 꼼짝 못 하게 하는 수단이 있고, 강이나 바다를 뒤집어놓을 만한 신통력도 있지요. 겉모습만 봐도 속을 알 수 있고 소리만 듣고도 이치를 살필 수 있어요. 또 우주만큼 커질 수도 있고 터럭만큼 작아질 수도 있지요. 자유자재로 변할 수도 있고, 몸을 숨기고 나타나는 것은 예측할 수도 없지요. 그런데 이깟 호랑이 가죽 벗기기가 뭐 어렵겠습니까? 어떤 어려운 일이 닥치면 제 진짜 능력을 보여드립지요."

삼장법사가 이 말을 듣고 더욱 안심이 되어 말을 채찍질하며 앞으로 나아갔지요. 스승과 제자 두 사람이 길을 가면서 이런저런 애기를 나누다보니, 어느덧 해가 저물고 있었어요.

> 기우는 해는 붉은빛을 뿌리고
> 하늘 끝 먼 바다로 구름이 돌아가네.
> 뭇 산에는 새들이 재잘거리며

무리 지어 숲속 보금자리에 깃드네.
들짐승들도 짝을 지어
끼리끼리 집으로 돌아가고
낚싯바늘 같은 초승달 황혼 속에 떠오르면
수많은 밝은 별 빛을 뿌리네.

餤餤斜暉返照　天涯海角歸雲
千山鳥雀噪聲頻　覓宿投林成陣
野獸雙雙對對　回窩族族群群
一鉤新月破黃昏　萬點明星光暈

손오공이 말했어요.

"사부님, 조금 서두르지요. 날이 저물고 있어요. 저쪽 숲이 우거진 곳에 틀림없이 인가가 있을 것 같으니, 좀 서둘러 가서 거기서 묵도록 해요."

삼장법사는 말에 채찍질을 하여 금방 인가로 내달려, 어느 큰 저택 앞에 도착해서 말에서 내렸어요. 손오공이 짐을 내려놓고 앞으로 다가가서 소리쳤지요.

"문 열어라! 문 열어!"

안쪽에서 어떤 노인이 지팡이를 짚고 나와 끼익 소리를 내며 문을 열었어요. 하지만 손오공이 흉악한 인상으로 허리에 호랑이 가죽을 두른 채 마치 벼락신[1] 같은 모습으로 서 있는 것을 보자, 노인은 깜짝 놀라 다리에 맥이 풀리고 몸이 굳어져서, 정신 나간 사람처럼 소리를 질렀어요.

"귀신이다! 귀신이야!"

삼장법사가 가까이 다가가 노인을 부축하며 말했지요.

1 중국 고대 신화에서 벼락을 관장하는 신으로, 입이 튀어나온 못생긴 얼굴을 하고 있다.

"시주님, 놀라지 마십시오. 저자는 제 제자입니다. 귀신이 아니에요."

노인이 고개를 들어 맑고 수려한 삼장법사의 얼굴을 보더니, 그제야 몸을 가누었어요.

"어느 절에서 오신 스님이기에 저런 흉측한 놈을 데리고 오셨소?"

"저는 당나라에서 왔는데, 서역으로 불경을 구하러 가는 중입니다. 이곳을 지나다 날이 저물어 시주님 댁에서 하룻밤 묵어갈까 합니다. 내일 아침 해가 뜨기 전에 길을 떠날 테니 자비를 베풀어주십시오."

"당신은 당나라 사람이라지만, 저 흉측한 놈은 당나라 사람이 아니잖소?"

그러자 손오공이 사납게 소리를 질렀어요.

"이 늙은이가 보는 눈도 없나 보군! 당나라 사람은 우리 사부님이고 나는 그분의 제자라니까! 나는 설탕 인형[糖人]도 아니고, 꿀로 만든 미라[密人]도 아니고,[2] 바로 제천대성이야! 이곳 사람들 중엔 날 아는 이가 있을 텐데? 나도 전에 당신을 본 적이 있고."

"어디서 나를 보았다는 게냐?"

"당신이 어렸을 때 내 앞에서 땔감을 하고 내 얼굴에 돋은 나물도 캐 갔잖아?"

"이놈이 무슨 헛소리를! 네가 어디 살았고, 나는 또 어디 사는데 네놈 앞에서 땔감을 하고 나물을 캐?"

"이놈이 그래도 헛소리일세! 나를 알아보지 못하는 모양인데, 내가 바로 양계산 돌 상자에 갇혀 있던 제천대성이야. 이제 알아보겠어?"

2 '당唐'(당나라)과 '당糖'(설탕)의 소리가 비슷하기 때문에 이런 말을 하는 것이다.

노인은 그제야 손오공을 알아보고 말했지요.

"그놈과 닮긴 했군. 하지만 어떻게 거기서 나왔지?"

손오공은 관음보살께서 선행을 권유하면서 삼장법사가 부적을 떼어줄 때까지 기다리고 있으라 했던 그간의 사연을 자세히 말해주었어요. 노인은 그제야 비로소 절을 올리고 삼장법사에게 안으로 들라 청했지요. 그리고 아내와 아이들을 불러 인사를 시키고서 지금까지의 일을 설명해주자 모두들 즐거워했지요. 차를 내오게 해서 마시고 나자, 노인이 손오공에게 물었어요.

"제천대성, 대성님도 나이가 상당하시겠소?"

"너는 올해 몇이냐?"

"헛되이 나이만 먹어 백삼십 살입니다."

"그래봤자 내 증손자의 증손자뻘이나 될까! 내가 태어난 때는 이제 생각도 나지 않아. 하지만 산에 갇혀 있던 시간만 해도 이미 오백 년이 넘었지."

"그랬군요. 그랬어요! 저희 할아버지께서 하늘에서 이 양계산이 내려와 신령한 원숭이 한 마리를 눌러놓았다고 말씀하셨던 게 기억나는데, 지금에서야 벗어나셨군요. 제가 어렸을 때 보았던 제천대성님은 머리에 풀이 나고 얼굴은 흙투성이였지만, 무섭진 않았습니다. 그런데 지금은 얼굴에 흙도 없고 머리에 풀도 없지만 조금 야윈 것 같은데다 허리에 호랑이 가죽까지 두르고 있으니 귀신 괴물과 다를 바 없네요."

집안사람들은 이 말을 듣고 모두 껄껄 크게 웃었지요. 이 노인은 매우 현명해서, 곧 공양을 준비하게 했지요. 공양을 마치자 손오공이 말했지요.

"너희 집안은 성이 뭐냐?"

"저희는 진가입니다."

삼장법사가 그 말을 듣고서 손을 들고 말했어요.

"시주께서는 저랑 종씨이시군요."

손오공이 말했지요.

"사부님, 사부님께서는 당씨이실 텐데, 어째서 이 사람과 종씨라고 하십니까?"

"내 속성俗姓도 진씨란다. 당나라 해주海州 홍농군弘農郡 취현장聚賢莊 사람으로, 법명은 진현장이라고 하고. 그런데 위대한 당나라 태종 황제께서 나에게 어제삼장御弟三藏이라는 이름을 내려주셔서 당을 성으로 한 거지. 그래서 당승唐僧이라고 하는 거야."

노인은 삼장법사가 종씨라는 사실을 알고 더욱 기뻤지요. 손오공이 말했어요.

"진 영감, 여러모로 자네 식구들을 귀찮게 하네만, 내가 오백 년 넘게 씻질 못해서 그러니, 우리 목욕물을 좀 끓여주시게. 떠날 때 꼭 사례하겠네."

노인은 물을 끓여 대야에 담아 오라 시키고서 등불을 가져왔지요. 스승과 제자가 목욕을 마치고 등불 앞에 앉자, 손오공이 말했어요.

"진 영감, 미안하지만, 실하고 바늘 좀 빌려주시게."

"그러지요, 네!"

노인은 아내에게 실과 바늘을 가져오게 해서 손오공에게 건네주었어요. 손오공은 눈썰미가 좋아, 삼장법사가 목욕할 때 벗어놓은 짧은 하얀 무명 승복을 아직 입지 않은 것을 눈여겨보고 즉시 그 옷을 집어다 꿰입었어요. 그리고 호랑이 가죽을 벗더니 한데 잇대어 붙여 성글게 주름을 잡아 품이 넉넉한 치마 모양으로 만들어 허리에 두르고 등나무 줄기로 동여맨 뒤 삼장법사 앞으로 갔어요.

"저의 지금 이 차림새가 어제와 비교해 어떻습니까?"

"좋구나, 좋아! 이렇게 차려입으니 이제야 행자다워 보이는구나!"

그러면서 또 말했어요.

"얘야, 해지고 오래된 것이라도 괜찮다면, 그 승복은 네가 입어라."

손오공은 허리를 넙죽 숙이며 말했어요.

"감사합니다, 잘 입을게요!"

손오공은 풀을 찾아 말에게 먹였어요. 모든 일을 끝내고서 삼장법사와 손오공, 진 노인은 모두 잠자리에 들었지요.

다음 날 아침 손오공은 잠자리에서 일어나자 스승에게 길을 떠나자고 청했어요. 삼장법사가 옷을 입으며 손오공에게 짐을 꾸리라고 했지요. 작별 인사를 하려 하니, 진 노인은 벌써 세숫물과 아침 공양을 준비해놓았어요. 공양을 마치자 바로 일어나, 삼장법사는 말에 오르고 손오공은 길을 인도했지요. 허기도 갈증도 모른 채, 밤이면 자고 새벽이면 길을 떠나니, 어느덧 초겨울이 되었어요.

서리 맞아 붉은 낙엽, 모든 숲이 야위어 있고
고개 위에는 몇 그루 소나무 잣나무만 푸르구나.
매화꽃은 피지도 않았는데 그윽한 향기 풍기네.
짧지만 따뜻한 낮은
봄 날씨 같고
국화꽃 시들고 연꽃 져도 온 산에 찻잎 무성하네.
쓸쓸한 다리 옆 고목들이 다투어 가지 뻗고,

굽은 시내에 졸졸졸 물이 흐르네.
눈을 내릴 듯한 엷은 구름 하늘 가득하고
찬바람 불어와
옷깃을 여미니
저물녘 추위의 위세 누가 견딜 수 있으랴?

霜凋紅葉千林瘦　嶺上幾株松柏秀
未開梅蕋散香幽　暖短晝　小春候　菊殘荷盡山茶茂
寒橋古樹爭枝鬪　曲澗涓涓泉水溜
淡雲欲雪滿天浮　朔風驟　牽衣袖　向晚寒威人怎受

삼장법사와 손오공이 길을 가고 있는데, 갑자기 길가에서 날카로운 휘파람 소리가 들리더니, 여섯 사람이 튀어나왔어요. 그들은 저마다 손에 긴 창, 짧은 검, 날카로운 칼, 강력한 활을 들고서 크게 소리쳤지요.

"거기 중놈들, 어딜 가느냐? 빨리 말을 그 자리에 두고 짐도 내려놓는다면, 목숨만은 살려주마!"

놀란 삼장법사는 혼비백산하여 말에서 떨어진 채 아무 말도 할 수 없었어요. 그러자 손오공이 부축해 일으키며 말했지요.

"사부님, 안심하세요. 아무 일도 없을 거예요. 이놈들은 우리에게 옷이랑 노잣돈을 주려고 온 거예요."

삼장법사가 말했어요.

"애야, 너 귓구멍이 막혔느냐? 저놈들이 우리한테 말도 짐도 내놓으라 하는데, 너는 오히려 저들한테 무슨 옷이며 노잣돈을 바란단 말이냐?"

"사부님께서는 옷과 짐이랑 말을 지키고 계세요. 제가 저놈들과 한바탕할 테니, 구경이나 하시죠?"

"싸움을 아무리 잘해도 혼자서 둘을 상대할 수 없고, 둘이 넷을 이길 수 없는 법, 저쪽은 장정이 여섯이나 되는데, 너처럼 이렇게 작은 몸으로 어떻게 저놈들을 감당한단 말이냐?"

손오공은 원래 대담하니, 그런 말이 귀에나 들어오겠어요? 그는 앞으로 걸어 나가 팔짱을 끼고 여섯 도적들에게 인사를 건넸어요.

"여러분, 무슨 이유로 우리 길을 가로막으시오?"

"우리는 길손을 터는 산중대왕, 자비심 베푸는 산채 주인이시다. 우리의 오랜 명성을 너만 모르는구나. 얼른 짐을 내려놓는다면 지나가게 해주마. 만약 '싫다'라는 말의 '싫' 자만 나와도 아주 박살을 내주마!"

"나 역시 조상 대대로 산중대왕, 오래도록 산채 주인이었다만, 여러분의 명성 따윈 들어보지 못했는걸."

"네가 모르고 있다니 설명해주지. 우리는 각각 안간희眼看喜, 이청노耳聽怒, 비후애鼻嗅愛, 설상사舌嘗思, 의견욕意見慾, 신본우身本憂라고 한다."

손오공이 웃으며 말했어요.

"알고 보니 좀도둑 여섯이었군! 이 몸이 네놈들 주인어른이란 것도 알아보지 못하고 길을 막아서! 저기 저 강탈한 보물들을 냉큼 가져오너라. 내가 정확히 일곱 등분해서 나누어주고 목숨은 살려줄 테니!"

그 말을 듣자 안간희는 즐거워하고, 이청노는 화를 내고, 비취애는 아까워하고, 설상사는 생각에 잠기고, 의견욕은 욕심을 내고, 신본우는 걱정을 하면서 일제히 소리쳤어요.

"이놈의 중이 버르장머리가 없구나! 가진 건 쥐뿔도 없으면서 우리랑 나누어 갖자고?"

여섯 도둑이 창을 돌리고 칼을 휘두르며 앞으로 달려 나와 손오공의 머리를 통탕통탕 칠팔십 번 내리쳤지요. 손오공이 한복판에 우뚝 서서 아무 일도 없다는 듯 태연하자 도둑들이 말했지요.

"대단한 중놈이로구나! 머리가 정말 단단해!"

손오공이 웃으며 말했어요.

"그럭저럭 볼만은 했겠지! 너희도 이 몸을 때리느라 손에 힘이 풀렸으렷다! 자, 그럼 이번엔 이 어르신께서 바늘 갖고 한번 놀아 보실까!"

"침놓고 뜸 뜨는 의원하다 중놈이 된 모양이군. 우리는 아무 데도 아픈 데가 없는데, 무슨 침?"

손오공이 귀에서 수놓는 바늘을 꺼내들고 바람을 향해 한 번 휘두르니, 긴 쇠몽둥이로 변했는데 굵기가 사발만 했지요. 그는 그걸 손에 들고 말했어요.

"도망가지 마라! 이 손 어르신의 몽둥이 솜씨를 한번 보여줄 테니."

놀란 여섯 도둑은 사방으로 도망갔지요. 하지만 손오공은 성큼 뒤쫓아서 한 놈 한 놈씩 모조리 때려죽였어요. 그리고 도둑들의 옷을 벗기고 돈을 빼앗아 껄껄 웃으며 돌아와 삼장법사에게 말했어요.

"사부님, 가시지요. 그 도둑놈들은 이 몸이 다 처치했습니다."

"너 정말 재앙덩어리로구나! 저들이 비록 길손을 터는 강도지만, 잡아서 관아에 넘기더라도 죽을죄를 받진 않을 게다. 네가 재주가 있다 해도 그냥 쫓아버리면 될걸 어째서 다 때려죽여 버렸단 말이냐? 이건 무고하게 남의 목숨을 해친 것이니, 그래 가지고 어찌 승려가 될 수 있단 말이냐? 출가한 사람은 '땅을 쓸 때도 개미의 목숨이 다칠까 걱정하고, 등불에 뛰어드는 나방이 안타까워 등갓을 씌우는(掃地恐傷螻蟻命 愛惜飛蛾紗罩燈)' 법이거늘, 너는 어찌 흑백도 가리지 않고 단번에 다 때려죽인단 말이냐? 자비롭고 착한 마음일랑 눈곱만큼도 없구나! 여기가 산중이라 조사할 사람이 없어서 그렇지, 만약 성내에서 누가 네 비윌 거슬렀다고 지금처럼 흉폭하게 몽둥이를 들고 사람을 마구 때려죽인다면 죄 없는 나까지 처벌받게 되지 않겠느냐?"

"사부님, 제가 그놈들을 때려죽이지 않았다면, 그놈들이 사부님을 때려죽였을 겁니다!"

"나는 출가한 사람이라, 죽을지언정 흉포한 짓은 안 한다. 내가 죽으면 단지 내 한몸만 죽을 뿐이지만, 너는 여섯 사람이나 죽였으니, 어찌 이치에 맞다 하겠느냐? 이 일을 관아에 고하면, 설사 네 녀석이 판관이라 하더라도 그냥 넘어갈 수는 없을 것이다."

"솔직히 말씀드리자면, 제가 오백 년 전 화과산에서 왕 노릇을 하던 때는 몇 명을 때려죽였는지도 알지 못합니다. 만약 사부님께서 이런 일로 저를 관아에 고발하신다면, 이것도 같이 밝히셔야 할 겁니다."

"네가 스스로를 잘 제어하지 못하고 남들에게 흉포한 짓을 하며 하늘을 속이고 능멸했기 때문에 오백 년 전에 벌을 받은 것이다. 이제 불문에 들어왔는데도 예전처럼 흉포한 짓을 해서 계속 살생을 한다면, 서역으로 갈 수도 없을 뿐더러 승려도 될 수 없다. 너무도 흉악하구나, 흉악해!"

원래 이 원숭이는 남이 자기에게 싫은 소리 하는걸 절대 참지 못하는 성질이라 이렇게 삼장법사가 구구절절 따지는 것을 듣자 불같이 솟구치는 화를 억누르지 못하고 말했지요.

"당신은 이미 내가 중이 될 수 없고 서역에도 가지 못할 거라 했으니, 나한테 이래라저래라 잔소리하며 욕할 필요도 없겠지.

내가 돌아가면 그만 아니오!"

삼장법사가 대꾸할 겨를도 없이 손오공은 근두운에 껑충 뛰어 오르면서 "손 어르신은 떠나신다!" 하고 외쳤어요. 삼장법사가 급히 고개를 들었을 때는 이미 그의 모습이 보이지 않았지요. 쉭! 하는 소리만 남기고 동쪽으로 돌아가 버린 거예요. 홀로 버려진 삼장법사는 외롭게 고개를 떨구고 탄식하며 한없이 슬퍼하고 원망했지요.

"저렇게 말을 안 들을 줄이야! 내 그놈한테 몇 마디 하지도 않았는데, 어떻게 저리 그림자도 안 남기고 훌쩍 돌아가 버린단 말인가? 관둬라! 됐다, 됐어! 아마 내 팔자에 제자 같은 건 둘 수 없나보구나. 이제 그놈을 찾을 데도 없고 불러봐야 대답도 없으니……. 그래, 잘 가라! 잘 가!"

이야말로 몸 바쳐 목숨 걸고 서역으로 가는 길, 옆 사람에게 의지하지 않고 스스로 헤쳐 나가야 했지요.

삼장법사는 짐을 꾸려 말 위에 올려놓고 자신은 말도 타지 않은 채, 한 손에는 석장을 들고 다른 한 손에는 채찍을 든 채로 처량하게 서쪽으로 나아갔어요. 얼마 가지 않았을 때, 산길에서 어떤 나이 많은 노파를 만났어요. 그 노파는 비단옷을 한 벌 받쳐 들고 있었는데, 옷 위에는 꽃무늬 모자가 하나 얹혀 있었어요. 삼장법사는 노파가 가까이 다가오는 것을 보고, 급히 말을 끌어 오른쪽으로 비켜서며 길을 양보했지요. 그 노파가 물었어요.

"어디서 오시는 스님이기에 홀로 외롭게 여기까지 오셨나요?"

"저는 동녘 땅 위대한 당나라 황제의 명을 받들어 서역으로 가 부처님을 뵙고 불경을 구하러 가는 중입니다."

"서쪽의 부처라면 바로 대뇌음사 천축국에 계신데, 여기서 거기까지는 십만팔천 리나 되오. 이렇게 혼자서 말 한 마리만 끌고, 동행도 제자도 없이 어떻게 간다는 말이오?"

"제자라면 일전에 하나 거뒀는데, 그놈 성격이 급하고 포악해서 제가 몇 마디 했더니 듣지도 않고 결국 어디론가 떠나버리더군요."

"이 무명 승복과 금꽃 수놓은 모자는 원래 내 아들이 사용하던 거라오. 그 애는 단 사흘 동안 중노릇을 하고 불행히도 명이 짧아 죽고 말았소. 내 좀 전에 그 애가 있던 절에 가서 한바탕 곡을 하고, 그 애의 스승께 작별 인사하면서 아들 생각나면 보려고 이 옷과 모자를 가져왔소. 스님, 스님에게 제자가 있다 하니 이걸 스님께 드리겠소."

"할머니 마음은 감사히 받겠습니다. 하지만 제 제자는 이미 떠나버렸으니 받을 수 없습니다."

"어느 쪽으로 갑디까?"

"쉭! 하는 소리만 남기고 동쪽으로 돌아가는 것 같았습니다."

"동쪽 멀지 않은 곳에 우리 집이 있소. 아무래도 우리 집으로 간 모양이오. 여기 '정심진언定心眞言'이라고도 하고 '긴고아주緊箍兒咒'라고도 하는 주문이 하나 있소. 스님께서는 그걸 잘 암송하여 머리 속에 담아두고 아무한테도 가르쳐주지 마시구려. 내가 그 제자를 쫓아가 돌려보낼 테니, 스님께서는 이 옷과 모자를 그 제자에게 입혀주고, 만약 제자가 말을 듣지 않으면 조용히 이 주문을 암송해보시오. 그러면 그놈이 다시는 나쁜 짓을 못하고, 또 감히 도망가지도 못할 거요."

삼장법사는 그 말을 듣고 고개를 숙여 감사했지요. 그러자 그 노파는 한 줄기 금빛으로 변해서 동쪽으로 갔어요. 삼장법사는 그 노파가 관음보살로서 자신에게 정심진언을 가르쳐준 것을 알고, 급히 흙을 모아 향로처럼 만들어놓고 동쪽을 향해 정성스럽게 절을 올렸지요. 절을 마치자 그는 옷과 모자를 챙겨서 봇짐 속에 넣고, 길가에 앉아서 그 정심진언을 암송했어요. 그렇게 몇 번 읊고 나니 마음에 새겨져서 익숙하게 외울 수 있게 되었다는 것은 굳이 말씀드리지 않겠어요.

한편, 손오공은 스승과 헤어져 근두운을 타고 동쪽 큰 바다 쪽으로 날아갔어요. 그리고 구름에서 내려 물길을 가르고 곧장 수정궁 앞에 이르렀어요. 놀란 용왕이 나와서 그를 영접하여 용궁 안으로 맞이하고 자리에 앉아 인사를 나누었어요. 용왕이 말했어요.

"최근에 듣자 하니, 제천대성의 고난이 다 끝났다던데 축하 인사가 늦었습니다! 이제 신선의 산을 다시 정비하고 옛 동굴로 돌아오시겠군요."

"나도 그러고 싶었지만, 중이 될 수밖에 없었네."

"웬 중이요?"

"남해의 관음보살이 나한테 선행을 권하고 정과正果를 얻으라고 하시면서, 동녘 땅 당나라의 스님을 따라 서방으로 가서 부처를 찾아뵈라는 거야. 그래서 불문에 귀의하고 행자라는 소리도 들었지."

"이거 정말 축하할 일이군요! 축하할 일이에요! 이게 바로 나쁜 걸 바로잡아 올바름으로 돌아가고, 착한 마음을 일깨운다는 것이로군요. 그렇다면, 어째서 서역으로 가지 않고 다시 동쪽으로 돌아오셨습니까?"

손오공이 웃으면서 대답했지요.

"그 당나라 스님이란 양반이 은혜를 영 모르더란 말이야. 좀도둑 몇 놈이 짐을 내놓으라기에 내가 때려죽였더니, 그 당나라 스님이 주저리주저리 내가 한 일이 잘못되었다는 거야. 생각해봐. 손 어르신이 그런 잔소리를 듣고 화가 안 나겠어? 그래서 그 양반을 버려두고 고향 산으로 되돌아가려다, 자네한테 들러 차나 한잔 얻어 마시려고 왔지."

"잘 오셨습니다! 잘 오셨어요!"

그때 용왕의 아들과 손자들이 향기로운 차를 들고 와서 바쳤어요. 손오공이 차를 다 마시고 고개를 돌려 쳐다보니, 뒤쪽 벽에 「이교에서 신발을 바치는[圯橋進履]」[3] 그림이 걸려 있었지요. 손오공이 말했어요.

"이건 무슨 정경인가?"

"제천대성님 일이 앞섰고, 이 일은 나중에 있었기 때문에 잘 모르실 겁니다. 이건 「이교에서 신발을 세 번 바치는[圯橋三進履]」이라는 그림입니다."

"'신발을 세 번 바친다'는 게 뭐지?"

"이 신선은 황석공黃石公으로, 이분 제자가 진秦나라 말엽에 유방劉邦을 도와 한나라를 세운 공신功臣 장량張良입니다. 황석공이 이교 위에서 갑자기 신을 다리 밑으로 떨어뜨리며 장량에게 주워 오라고 하자, 장량이 즉시 주워 와서 무릎을 꿇고 바쳤지요. 이렇게 세 번을 했는데도 장량이 조금도 성을 내거나 게을리하는 마음을 보이질 않자, 황석공은 그의 성실함과 신중함을 아껴 밤에 하늘나라의 책[天書]을 주어 장량으로 하여금 한나라를 돕게 했지요. 나중에 장량은 과연 군막 안에 앉아 천 리 밖의 전투에서

3 이교는 지금의 장쑤성江蘇省 쒜이닝시앤睢寧縣 북쪽 옛 하비성下邳城 동남쪽의 작은 기수沂水에 있어서 '기수교沂水橋'라고도 한다. 전설에 따르면, 진秦나라 말엽에 유방을 도와 한나라를 세운 공신 장량이 이곳에서 황석공이 일부러 세 번이나 벗어 던진 신을 주워드리고 『태공병법太公兵法』이라는 병서兵書를 받았다고 한다.

승리하게 되었지요. 그러나 세상이 태평해지자 그는 벼슬을 버리고 산에 들어가 신선 적송자赤松子[4]를 따라다니며 신선의 도를 깨달았다고 해요. 제천대성님께서도 만약에 당나라 스님을 보호하는 데 힘을 다하지 않고 가르침을 받아들이지 않는다면, 결국에는 요망한 신선에 불과하며, 정과를 이룰 거란 생각도 말아야겠지요."

손오공은 그 말을 듣고 한참 동안 말이 없었어요. 그러자 용왕이 말했어요.

"제천대성님께서 잘 생각하셔서 결정하십시오. 마음 내키는 대로 행동하다 앞길을 망치지는 마십시오."

"그만해라. 이 손 어르신이 돌아가 스님을 보호하면 될 거 아냐?"

용왕이 기뻐하며 말했어요.

"그러시다면, 오래 계시라 붙들지 못하겠습니다. 어서 자비심을 베푸시어 사부님을 너무 오래 혼자 두지 마십시오."

손오공은 용왕이 재촉하자, 용왕과 헤어져 급히 몸을 솟구쳐서 용궁을 빠져나와 구름을 탔지요.

한참 가던 도중에 남해의 관음보살을 만나니, 관음보살이 말했어요.

"손오공, 너는 가르침을 받지도 않고 당나라 스님도 보호하지 않은 채, 여긴 뭐하러 왔느냐?"

4 전설 속의 신선 이름인데, 같은 이름을 가진 이가 둘이다. 하나는 신농씨神農氏 시절에 비를 내리는 신[雨師]으로서, 신농씨에게 수옥水玉을 복용함으로써 불 속에 들어가도 화상을 당하지 않는 법을 가르쳐주었다. 그는 종종 곤륜산崑崙山에 있는 서왕모의 석실石室에 드나들었는데, 머리 위와 발아래에 바람과 비를 몰고 다녔다고 한다. 『사기史記』「유후세가留侯世家」와 『회남자淮南子』「제속齊俗」에서는 '적송자赤誦子'라고 표기하기도 했다. 『서유기』에 언급된 신선은 아마 그를 가리키는 듯하다. 다른 하나는 그보다 후대의 신선이다. 갈홍葛洪이 편찬한 『신선전神仙傳』「황초평黃初平」에 따르면, 진晉나라 때 황초평이 양을 치다가 어느 도사를 따라 금화산金華山의 석실로 가서 송진[松脂]과 복령茯笭을 먹고 수련하여 신선이 되고, 이름을 '적송자赤松子'라고 고쳤다고 한다.

손오공이 당황하여 구름 위에서 인사를 올리고 말했어요.

"지난번 관음보살님의 말씀을 듣고 기다렸더니, 과연 당나라 스님이 오시더군요. 그 스님이 봉인을 떼어내 제 목숨을 구해주셔서, 그분의 제자가 되었습니다. 그런데 그분이 저를 흉악한 놈이라 꾸짖으시기에 제가 한 번 떠나본 겁니다. 지금은 다시 그분을 보호하러 가는 중입니다."

"빨리 돌아가거라, 엉뚱한 생각 말고!"

그러고서 둘은 각각 돌아갔지요.

얼마 후 손오공은 길가에 걱정스레 앉아 있는 삼장법사를 발견하고 앞으로 나아가 말했어요.

"사부님, 어째서 길은 안 가고 여직까지 여기서 뭐하고 계신 겁니까?"

삼장법사가 고개를 들고 말했어요.

"너는 어디 갔다 오는 게냐? 날 옴짝달싹 오도 가도 못하게 하고 그저 여기서 마냥 기다리게 해놓고 말이야!"

"저는 동쪽 큰 바다에 가서 용왕과 차를 얻어 마시고 오는 길입니다."

"얘야, 출가한 이는 거짓말을 하지 않는 법이다. 네가 나를 떠난 지 두 시간도 되지 않았는데, 어찌 용왕과 차를 마시고 올 수 있다더냐?"

손오공이 웃으면서 말했지요.

"솔직히 말씀드리면, 저는 근두운을 몰 수 있습니다. 근두운이 한 번 날면 십만팔천 리를 갈 수 있으니, 이렇게 금방 다녀올 수 있습니다."

"내 말이 조금 심했다고 해서 나를 탓하며 성질을 부려서 나를 버리고 떠나버리다니! 너처럼 재간 있는 녀석은 차를 마시고 오고, 나처럼 오도 가도 못하는 사람은 여기서 배를 곯고 있어야 하는구나. 너도 좀 미안해할 줄 알아라!"

"사부님, 배가 고프시다면 제가 동냥을 좀 해오겠습니다."

"그럴 것까진 없다. 내 봇짐에 진산태보 유백흠의 어머니께서 싸주신 말린 식량이 있으니, 너는 가서 바리때에 물이나 떠 오거라. 나는 그거나 먹고 길을 가야겠다."

손오공은 봇짐을 열고 안에서 밀가루 빵을 꺼내어 스승에게 건네주었지요. 그러다가 저 번쩍번쩍 빛나는 무명 승복과 금실로 꽃을 수놓은 모자를 발견했지요.

"이 옷하고 모자는 동녘 땅에서 가져오신 겁니까?"

삼장법사가 되는대로 이렇게 대답했지요.

"이건 내가 어렸을 때 입던 것이다. 이 모자를 쓰면 불경을 배울 필요도 없이 다 외울 수 있게 되고, 이 옷을 입으면 예의규범을 배우지 않아도 예를 행할 줄 알게 되지."

"훌륭하신 사부님, 이것들을 제게 주세요."

"크기가 맞을지 모르겠다만, 네가 입겠다면 그리하거라."

손오공이 전에 입던 흰색 승복을 벗어버리고 새 무명 승복을 입으니, 맞춤옷처럼 딱 맞았지요. 모자도 썼는데, 삼장법사가 그걸 보고 말린 식량을 먹다 말고 조용히 긴고아주를 한 번 읊자, 손오공이 비명을 질렀어요.

"아이고 머리야! 아이고!"

삼장법사가 쉬지 않고 몇 번을 읊자 손오공은 머리가 아파 땅바닥에 구르면서 금실로 수놓은 모자를 잡아 뜯었어요. 삼장법사는 금테가 부러질까 겁이 나서 주문 외기를 그만두었지요. 주문을 멈추자 손오공의 머리도 아프지 않았지요. 손오공은 손을 뻗어 머리를 만져 보았어요. 모자의 한 가닥 금실 같은 테두리가 머리를 꽉 조여서 벗겨지지도 않고 끊어지지도 않은 채 이미 뿌리를 내려버린 상태였어요.

손오공은 귓속에서 바늘을 꺼내어 테두리 안쪽에 끼우고 밖으로 마구 잡아당겨보았어요. 삼장법사는 손오공이 그걸 끊어버릴까 봐 두려워 다시 주문을 외기 시작했어요. 그러자 손오공은 아까처럼 머리가 아파왔는데, 얼마나 아픈지 물구나무를 서고, 공중제비를 돌며, 얼굴과 귀는 빨개지고, 눈이 붉어지고 몸이 뻣뻣해졌어요. 삼장법사가 이런 손오공의 모습을 보고 차마 계속하지 못하고 주문을 멈추자 손오공의 두통도 사라졌어요. 손오공이 말했어요.

"제 머리가 아픈 게 알고 보니 사부님께서 주문을 외어서 그런 거로군요?"

"내가 읊은 것은 '긴고경'이다. 언제 너한테 주문을 걸었다는 게냐?"

"다시 한 번 읊어보세요."

삼장법사가 다시 주문을 외자 손오공의 머리도 다시 아파오기 시작했지요.

"그만하세요! 그만! 주문을 외니까 바로 제 머리가 아프잖아요! 이게 어떻게 된 일이지요?"

"이제부터 내 말을 잘 듣겠느냐?"

"그럴게요!"

"또 무례하게 굴 테냐?"

"감히 어떻게요!"

손오공은 입으로는 그러겠다고 대답했지만, 마음속에는 여전히 나쁜 마음을 품고 있었지요. 그는 바늘을 한 번 흔들어 사발만

하게 만들더니, 그걸로 삼장법사에게 손을 쓰려 했어요. 놀란 삼장법사가 다시 두세 번 주문을 외자, 손오공은 다시 땅바닥에 뒹굴었어요. 여의봉을 떨어뜨리고 손조차 들 수 없어서, 이렇게 사정할 수밖에요.

"사부님! 알았습니다. 그만 외세요, 그만!"

"너는 어찌 양심을 속이고 감히 나를 치려 하느냐?"

"제가 어찌 치려 했겠어요? 그런데 이 주문은 누가 가르쳐준 거지요?"

"조금 전에 어떤 노파가 전수해주었다."

손오공이 크게 성을 내며 말했지요.

"더 말씀하실 것도 없네요! 그 노파는 바로 관세음보살이에요. 그치가 어찌 이렇게 날 해코지하는 거지? 남해에 가서 박살을 내주겠어!"

"이 주문은 관음보살이 나한테 전수한 것이니, 그분도 틀림없이 알고 계실 게다. 네가 만약 그분을 찾아간다면, 그분도 주문을 욀 텐데, 그러면 너는 죽은 몸이 되지 않겠느냐?"

손오공이 들어보니 그 말에 일리가 있는지라, 감히 몸을 움직이지 못하고서 마음을 돌릴 수밖에 없었어요. 그는 삼장법사에게 무릎을 꿇고 애걸했지요.

"사부님, 이건 저를 꼼짝 못 하게 하려는 술법입니다. 사부님을 따라 서역으로 가게 하려는 것이죠. 저도 그분을 거역하지 않을 테니, 사부님께서도 평상시 하는 말처럼 아무 때나 주문을 외지는 말아주세요. 저는 사부님을 보호하고 다시는 후회할 짓을 하지 않겠습니다."

"그렇다면 내가 말 타고 가는 것을 시중들도록 해라."

손오공은 체념하여 마음을 누그러뜨리고 정신을 가다듬은 뒤,

무명 승복을 잘 여미고 말 등에 짐을 메고 짐을 수습해서 서쪽으로 계속해서 갔지요. 이렇게 길을 떠나서 또 어떤 일이 벌어지는지 아직 알 수 없는데, 이에 대해서는 다음 회를 들어보시라.

제15회
삼장법사, 용마를 얻다

한편, 손오공은 삼장법사를 모시고 서쪽을 향해 며칠을 걸었어요. 마침 섣달 추운 날씨로 삭풍이 매섭게 불고 미끄러운 얼음이 두껍게 얼어 있었어요. 걸어가는 길은 깎아지른 낭떠러지에 가파른 절벽, 험준한 길이요, 첩첩 고개와 언덕, 험준한 산들이었어요. 삼장법사는 말을 타고 가다가 저 멀리서 콸콸 물소리가 요란하게 울리는 걸 듣고 고개를 돌려 물었어요.

"얘야, 이게 어디서 나는 물소리냐?"

"제 기억에 이곳은 사반산蛇盤山 응수간鷹愁澗이라고 합니다. 틀림없이 그 계곡에서 나는 물소리일 겁니다."

말이 끝나지도 않아 말은 계곡에 도착했어요. 삼장법사가 말을 멈추고 바라보니, 이런 모습이었어요.

졸졸 흐르는 차가운 물줄기 구름 뚫고 지나가고
맑고 맑은 물결은 햇빛에 반사되어 붉게 보이네.
밤비 소리 요동치듯 깊은 계곡에 들리고
고운 아침노을 하늘에 현란하네.

천 길 폭포는 부서지는 옥을 흩날리고
도도하게 흐르는 물소리는 맑은 바람을 부르네.
바다로 돌아가는 물길 안개 속에 흘러가고
갈매기와 백로 서로 잊고 만날 기약 없네.

涓涓寒脈穿雲過　湛湛清波映日紅
聲搖夜雨聞幽谷　彩發朝霞眩太空
千仞浪飛噴碎玉　一泓水響吼清風
流歸萬頃烟波去　鷗鷺相忘沒約逢

스승과 제자 둘이서 한창 바라보고 있는데, 계곡 물속에서 소리가 나더니 한 마리 용이 솟구쳐 나와 물결과 파도를 밀어제치고 산으로 뛰어올라 삼장법사를 채 가려 했어요. 깜짝 놀란 손오공이 짐을 내던지고 사부를 말에서 안아 내려 방향을 돌려 달아났어요. 그 용은 손오공 일행을 따라잡지 못하자, 백마를 안장과 고삐까지 통째로 한입에 삼키더니 잠수하여 모습을 감춰버렸어요. 손오공이 삼장법사를 높은 언덕 위에 앉혀두고, 말과 짐을 가지러 와보니 짐만 남아 있고 말은 보이지가 않았어요. 손오공은 짐을 메고 삼장법사 앞으로 가서 말했어요.

"사부님, 그 못된 용은 그림자도 안 보이고, 말만 놀라 달아나게 만들었어요."

"얘야, 그러면 말을 어떻게 찾는단 말이냐?"

"안심하세요. 제가 찾아오겠습니다."

손오공은 휘파람을 불더니 공중으로 뛰어올랐어요. 그리고 손으로 차양을 만들어 이마에 대고 불같은 눈의 금빛 눈동자[火眼金睛]로 사방을 둘러보았지만 말의 종적이 보이지 않자, 구름에서 내려와 보고했어요.

"사부님, 그 용이 우리 말을 잡아먹은 게 틀림없습니다. 사방을 아무리 둘러봐도 보이지 않아요."

"얘야, 그놈의 입이 얼마나 크다고 그 큰 말을 안장과 고삐까지 통째로 먹을 수 있다는 거냐? 아마 놀란 통에 고삐가 풀려 어디 산골짜기로 달아난 거 같구나. 다시 한 번 잘 찾아봐라."

"사부님이 제 능력을 모르시나 본데, 제 이 두 눈은 대낮에 천 리 앞길의 길흉을 환히 볼 수 있습니다. 천 리 안에서는 잠자리가 날개를 펴는 것까지 볼 수 있는데, 그 큰 말을 제가 못 보겠습니까?"

"그놈이 먹었다면 나는 어떻게 간단 말이냐? 아이고! 온통 강과 산인데 어떻게 가느냐 말이다!"

삼장법사는 그렇게 말하면서 눈물을 비 오듯 흘리는 거였어요. 손오공은 그가 우는 것을 보더니 화를 참지 못하고 소리쳤어요.

"사부님, 바보같이 굴지 좀 마세요! 좀 앉으세요! 앉아! 이 몸이 그놈을 찾아내어 우리 말을 돌려받으면 되잖아요!"

그러자 이번에는 삼장법사가 오히려 손오공을 붙들며 말렸어요.

"얘야, 네가 어디 가서 그 말을 찾는단 말이냐? 혹시 그놈이 몰래 숨어 있다 나와서 이번에는 나까지 해칠 수 있지 않겠냐? 그 때는 사람도 말도 모두 사라질 테니 어쩌면 좋단 말이냐?"

손오공은 이 말을 듣고 더욱 화가 나서 벼락같이 고함을 쳤어요.

"정말 구제불능이군요! 구제불능! 말은 타야겠다고 하면서 저를 못 가게 하시니. 그러면 이렇게 짐을 지키고 앉아 늙어 죽으란 겁니까?"

손오공은 사납게 고함을 쳤지만 화가 가라앉지 않았어요. 그때 하늘에서 누군가 말하는 소리가 들렸어요.

"제천대성은 화내지 마시고 당나라 황제의 동생분도 울음을 그치십시오. 저희들은 관음보살이 보낸 신들로, 경전 가지러 가는 분을 몰래 보호하고 있었습니다."

삼장법사가 이 말을 듣더니 황급히 예를 올렸어요. 손오공이 말했지요.

"너희가 누구누구인지 이름을 대거라. 내가 점호하기 좋게 말이다."

여러 신들이 대답했어요.

"저희들은 육정육갑六丁六甲, 오방게체五方揭諦, 사치공조四值功曹, 십팔 명의 호위 가람[1]들로 각자 번갈아 당직을 서며 대기하고 있습니다."

"오늘 당직은 누구부터냐?"

오방게체가 대답했어요.

"육정과 육갑, 사치공조, 십팔가람 순으로 돌아갑니다. 저희 오방게체 중에서 금두게체金頭揭諦만은 밤낮으로 곁을 떠나지 않게 되어 있습니다."

"그렇다면 당직이 아닌 자들은 물러가고 육정 신장들과 일치공조日值功曹, 여러 게체들은 남아서 우리 사부님을 보호해라. 이 손 어르신은 저 계곡에 있는 못된 용을 찾아서 말을 되찾아오겠다."

여러 신들은 명령에 따랐어요. 삼장법사는 그제야 마음을 놓고 바위 절벽 위에 앉아서 손오공에게 조심하라고 일렀어요. 손오공이 대답했어요.

"마음 푹 놓으세요."

멋진 원숭이 왕! 그는 긴 무명 승복을 묶어 매고, 호랑이 가죽 치

1 가람은 불교 사원의 수호신으로 모두 18명이다.

손오공이 응수간에서 용과 싸우다

마를 걷어 올리고, 여의봉을 쥐고, 정신을 가다듬더니 곧장 계곡으로 갔어요. 안개와 구름을 낮게 타고 수면 위에서 큰 소리로 외쳤어요.

"못된 미꾸라지놈아! 우리 말을 돌려줘라! 돌려줘!"

한편, 용은 삼장법사의 백마를 먹어치우고 계곡 깊숙이 들어가 조용히 심신을 수양하고 있었어요. 그런데 누군가 욕하며 말을 내놓으라는 소리가 들렸어요. 용은 불같이 솟는 화를 참을 수 없어 몸을 솟구쳐 물결을 휘저으며 물 위로 튀어 올라왔어요.

"어떤 놈이 감히 이곳에서 큰소리치며 나를 욕하느냐?"

손오공이 그를 보고 크게 화를 냈어요.

"도망가지 말고 내 말을 내놔라!"

손오공은 여의봉을 휘둘러 용의 머리를 향해 내리쳤어요. 그러자 용은 이빨을 드러내고 발톱을 치켜세우며 붙잡으려고 했어요. 둘이 계곡가에서 한바탕 전투를 벌이니 정말로 용감한 영웅들이었어요. 그 모습을 좀 볼까요?

용은 날카로운 발톱을 펴고
원숭이는 여의봉을 들었네.
저쪽은 수염을 백옥 실처럼 드리우고
이쪽은 눈이 붉은 등불처럼 반짝이네.
저쪽은 수염 아래 명주에서 오색 연기 뿜어내고
이쪽의 손에 쥔 여의봉은 광풍처럼 춤을 추네.
저쪽은 부모를 속인 불효자식이고
이쪽은 하늘 장수를 속인 요사한 정령이라네.
그 둘은 모두 재난을 만났기 때문에
지금 공을 이루려고 각자 능력을 보이고 있네.

龍舒利爪　猴擧金箍
那個鬚垂白玉線　這個眼幌赤金燈
那個鬚下明珠噴綵霧　這個手中鐵棒舞狂風
那個是迷爺娘的業子　這個是欺天將的妖精
他兩個都因有難遭磨折　今要成功各顯能

이리저리 오가며 한참을 겨루면서 빙글빙글 도니, 용은 힘이 빠지고 근육이 마비돼 당해낼 수가 없었어요. 용은 휙 방향을 돌려 물속으로 뛰어들더니 계곡물 깊숙이 숨은 채 다시는 머리도 내밀지 않았어요. 원숭이 왕이 계속 욕설을 퍼부어대도 귀머거리인 체하기만 했어요. 손오공은 어쩔 수 없어서 돌아가 삼장법사를 뵙고 말했어요.

"사부님, 제가 그 요괴놈한테 욕설을 퍼부으니 그놈이 뛰쳐나와 저와 한참 싸우다가 겁을 집어먹고 도망가버렸습니다. 지금 물속에 숨어 있기만 하고 다시는 나오려 하지 않습니다."

"그놈이 정말로 내 말을 잡아먹었는지 어떤지 모르잖니?"

"도대체 무슨 말씀을 하시는 거예요! 그놈이 먹어치우지 않았다면 어째서 부른다고 나와서 이 몸에게 덤벼들었겠어요?"

"네가 전에 호랑이를 때려잡을 때는 용과 호랑이를 굴복시키는 수단이 있다고 하더니, 오늘은 어째서 그놈을 굴복시키지 못하는 거냐?"

원래 이 원숭이는 다른 사람이 자신을 자극하는 것을 참지 못하는 성격이었어요. 삼장법사가 이렇듯 자신을 타박하자, 그는 불끈 떨쳐 일어나 이렇게 말했어요.

"그만하세요! 그만해! 제가 그놈과 다시 우열을 겨룰 테니!"

원숭이 왕은 발걸음을 옮겨 계곡가로 뛰어갔어요. 그리고 강과 바다를 뒤집어엎는 신통력을 발휘하여 바닥까지 투명한 응수간의 물을 휘저어 범람하는 아홉 굽이 황하처럼 흙탕물로 만들어 버렸어요. 그 죄 많은 용은 깊은 계곡 속에서 앉으나 누우나 편치가 않아, 속으로 이런 생각을 했어요.

'이야말로 복은 쌍으로 내려오지 않고 화는 홀로 오지 않는다(福無雙降 禍不單行)는 것이구나. 내 겨우 하늘의 죽을 형벌을 피하고 이곳에서 편안하게 지낸 지 일 년도 안 됐는데, 이런 못된 요마가 나타나 나를 해치려 하다니!'

여러분 보세요! 용은 생각할수록 화가 나고 분을 참을 수가 없어서 어금니를 깨물고 뛰어나와서 욕을 해댔어요.

"네놈은 어디서 온 못된 요마기에 이렇게 나를 업신여기는 거냐?"

"내가 어디서 왔는지 상관 말고 네놈은 말만 돌려주면 된다. 그러면 목숨은 살려주겠다!"

"네 말은 내가 배 속에 삼켜버렸는데 어떻게 토해낼 수 있겠느냐! 돌려주지 않겠다면 어쩔 테냐!"

"말을 돌려주지 않겠다면 여의봉 맛이나 좀 봐라! 네놈을 때려 죽여 내 말의 목숨값이라도 받아야겠다."

둘은 다시 절벽 아래서 맹렬히 싸웠어요. 몇 합을 겨루지 않아서 용은 정말로 당해낼 수 없었던지 몸을 한 번 흔들어 물뱀으로 변해 풀숲으로 들어가버렸어요. 원숭이 왕이 여의봉을 들고 따라가 풀을 헤치며 그 뱀을 찾았지만 어디에서도 흔적을 찾을 수가 없었어요.

손오공은 화가 나 몸속 삼시신三尸神*도 분노하고 얼굴 일곱 구멍에서 연기가 나올 정도였어요. 그가 '옴唵'[2] 하고 주문을 외어 그곳의 토지신과 산신을 불러내자, 그들이 일제히 달려와 무릎을 꿇고 말했어요.

"산신과 토지신이 대령했습니다."

"복사뼈를 내밀어라. 각자 여의봉으로 다섯 대씩 맞고 나서 얘기하자. 이 손 어르신의 기분이 좀 풀리도록!"

두 신은 머리를 조아리며 애원했어요.

"제천대성님, 한 번만 봐주십시오. 그리고 저희 말씀 좀 들어주십시오."

"무슨 말을 하겠다는 거냐?"

"제천대성께서 오랫동안 갇혀 계셔서 저희들은 언제 나오셨는지 몰랐습니다. 그래서 영접하지 못했던 것이니, 부디 용서해주십시오."

"그렇다면 내 너희들을 때리지는 않겠다. 한 가지 물어보자. 응수간에 있는 놈은 어디서 온 요괴 용이냐? 그놈이 어째서 우리 사부의 백마를 잡아먹어버린 것이냐?"

"제천대성께서는 여태 사부가 없지 않았습니까? 원래 하늘에도 땅에도 복종치 않던, 천지가 낳은 높은 신선께서 사부님의 말이라니 무슨 말씀이십니까?"

"너희들은 모를 거다. 나는 하늘에서 난동을 부린 일 때문에 오백 년 동안 고난을 받았다. 이제 관음보살이 선을 행하라 하시고 당나라 황제 밑의 훌륭한 스님으로 하여금 나를 구해주도록 하셨다. 그 때문에 나는 그분을 좇아 제자가 되어 서천으로 가서 부처님을 뵙고 경전을 가져오기로 했다. 그런데 이곳을 지나다가

2 범문의 음역으로 불교 범어의 발성사이다. 이 주문을 외우면 하늘의 천신天神과 용신龍神을 부릴 수 있다.

우리 사부님의 백마를 잃어버렸지."

"그러셨군요. 이 계곡에는 전에는 요괴가 없었습니다. 다만 물이 깊고 넓으며 바닥이 훤히 들여다 보일만큼 투명하고 맑아 까마귀, 까치가 날아 지나가질 못했습니다. 맑은 물에 자기 모습이 비칠 때 같은 무리의 새로 착각해서 종종 물속에 몸을 던졌기 때문이지요. 그래서 '응수두간鷹愁陡澗'이라 이름이 붙은 겁니다. 그런데 작년에 관음보살께서 경전을 가지러 갈 사람을 찾으러 가시다가 죄 많은 용을 구해 이곳에 보내시어 경전 가지러 갈 사람을 기다리게 하셨습니다. 보살님께서 용에게 나쁜 짓을 못하도록 하셨기에 용은 배고플 때만 언덕으로 올라와 새나 까치를 잡아먹거나 노루, 사슴을 잡아먹었지요. 그 용이 어째서 어리석게도 오늘 제천대성님 비위를 거슬렀는지 모르겠군요."

"처음에는 그 용이 이 손 어르신에게 대적하며 몇 합 빙빙 돌며 겨루었다. 그러다가 나중에는 이 어르신이 욕설을 퍼부어도 나타나지 않았지. 그래서 강과 바다를 휘저어 뒤집는 술법을 써서 계곡물을 휘저어버리자 그 용이 뛰어나와서 다시 싸우려 들더군. 이 어르신의 여의봉이 매서운 줄도 모르고 말이야. 그놈은 나를 막아낼 수 없자 한 마리 물뱀으로 변해서 풀 속으로 숨어버렸다. 쫓아가 찾아보았지만 흔적도 없었지."

토지신이 대답했어요.

"제천대성께서는 모르시겠지만 이 계곡은 수많은 구멍이 서로 통하고 있습니다. 그래서 파도도 이렇게 심한 겁니다. 아마 이곳에도 구멍이 있어서 그 용이 그리로 파고들어 갔나 봅니다. 허니 제천대성께서 화를 내며 굳이 여기서 찾아다니실 필요가 없습니다. 관세음보살님만 모셔 오면 그놈은 제 발로 나와 복종할 겁니다."

손오공이 이 말을 듣고 산신과 토지신과 함께 삼장법사를 뵙고 지금까지의 일을 자세히 이야기하자, 삼장법사가 말했어요.

"관세음보살을 모시러 간다면 언제나 돌아오는 거냐? 그동안 나는 추위와 배고픔을 어떻게 참는단 말이냐?"

말이 끝나지도 않았는데, 까마득한 하늘에서 금두게체의 소리가 들렸어요.

"제천대성께서 가실 것 없습니다. 제가 관세음보살을 모셔 오겠습니다."

손오공은 매우 기뻐하면서 말했어요.

"수고 좀 해주게! 수고 좀 해줘! 빨리 다녀오게! 빨리와!"

금두게체는 급히 구름을 몰아 곧장 남해로 갔어요. 손오공은 산신과 토지신에게 분부해 사부님을 보호하도록 하고, 일치공조에게는 먹을 것을 찾으러 가게 했어요. 그리고 자신은 다시 계곡가로 가서 둘러보았는데, 그 얘기는 더 이상 하지 않겠어요.

한편, 금두게체는 구름을 타고 벌써 남해에 도착했어요. 상서로운 구름을 멈추고 곧장 낙가산落伽山 자죽림紫竹林에 이르렀지요. 그리고 갑옷을 입은 하늘의 신들과 목차 혜안에게 부탁해 보살을 만나뵈니, 관세음보살이 물었어요.

"무슨 일로 왔느냐?"

"당나라 승려가 사반산 응수두간에서 말을 잃어버려 제천대성이 진퇴양난으로 다급한 상황입니다. 그곳 토지신에게 물어보니, 보살님께서 그곳으로 보낸 못된 용이 삼켜버렸다고 합니다. 제천대성은 저를 보내 보살님께 이 못된 용을 항복시키고 말을 돌려달라고 부탁해보라고 했습니다."

"그놈은 본래 서해 용왕 오윤敖閏의 아들이다. 불장난을 하다가 하늘궁전의 명주明珠를 태워버렸기 때문에 그의 부친이 그를 불효 죄로 상소했지. 하늘에서는 죽을죄를 내렸는데, 내가 직접 옥황상제를 만나, 그놈을 아래 세상으로 보내 당나라 승려의 탈것으로 삼자고 부탁드렸지. 그런데 그놈이 어째서 당나라 승려의 말을 먹어버린 거지? 그런 일이 있다니 아무래도 내가 가봐야겠구나."

관세음보살은 연대에서 내려와 곧장 신선 세계를 떠나 금두게체와 함께 상서로운 구름을 타고 남해를 건너왔어요. 이를 증명하는 시가 있지요.

부처는 밀다[3]삼장경을 강론하고
보살은 온 중국에 선을 드러내네.
마하[4]의 오묘한 말은 하늘과 땅을 관통하고
반야[5]의 진실한 말은 귀신과 영혼을 구원하네.
매미가 거듭 허물을 벗는 것처럼
현장으로 하여금 다시 수행토록 하는구나.
응수간에서 길이 막히니
용이 진리에 귀의하고 말의 모습으로 변하였네.

佛說密多三藏經　菩薩揚善滿長城
摩訶妙語通天地　般若眞言救鬼靈
致死金蟬重脫殼　故令玄奘再修行
只因路阻鷹愁澗　龍子歸眞化馬形

보살과 금두게체는 얼마 지나지 않아서 사반산에 도착했어요.

3 밀다密多는 범문 '파라미타paramita'를 음역한 '바라밀다波羅蜜多'의 약어로 '피안에 이르다'는 뜻이다. 불교에서 차안此岸과 피안彼岸은 대조적인 개념이다. 삶과 죽음의 번뇌가 있어 물에 파도가 치는 것과 같은 것을 차안이라 한다. 생사를 초월한 열반해탈의 경지로 물이 항상 통하여 흐르는 것과 같은 것을 피안이라 한다.

4 '크고, 위대한, 훌륭한'이라는 뜻의 범어.

5 '지혜'라는 뜻의 범어.

공중에 상서로운 구름을 세우고 고개 숙여 바라보니, 손오공은 계곡가에서 욕설을 퍼붓고 있었어요. 보살은 금두게체에게 손오공을 불러오게 했어요. 금두게체는 구름을 내려 삼장법사를 거치지 않고 바로 계곡가에 이르러 손오공에게 말했어요.

"보살님께서 오셨습니다."

손오공은 이 말을 듣고 급히 구름을 솟구쳐 공중으로 뛰어올라, 다짜고짜 보살에게 소리를 질렀어요.

"일곱 부처•의 스승이자 자비로운 교주님께서 어떻게 그런 술수를 부려 저를 해치려 하십니까?"

"이 버릇없는 원숭이놈, 촌뜨기 붉은 궁둥이 녀석아! 나는 몇 번이고 성심껏 경전 가지러 갈 사람에게 네 목숨을 구해주라고 신신당부했다. 그런데 너는 어째서 목숨을 살려준 은혜에 감사하기는커녕 내게 시비를 거는 것이냐?"

"나한테 좋은 일을 해주긴 하셨죠! 허나 기왕 풀어주시는 마당에 내 맘대로 자유롭게 지내게 해주면 좀 좋아요? 그리고 저번에 바다에서 만났을 때 뭐라 뭐라 나무라셨고 성심을 다해 당나라 스님을 모시라고 했으면 그걸로 되었지 않소. 어쩌자고 스님에게 꽃 모자를 주고 속임수를 써서 내 머리에 씌워놓고 아프게 만드는 거요? 그놈의 테를 이 손 어르신의 머리에 씌워놓고, 그에게 무슨 '머리테 조이는 주문[緊箍兒咒]'을 가르쳐줘서 그 늙은 중이 외고 또 외어 내 머리가 아파죽을 지경이 되게 했으니, 이는 당신이 나를 해치려는 게 아니오?"

그러자 보살이 웃으면서 말했어요.

"이 원숭이놈아! 너는 가르침을 지키려고도 하지 않고 정과를 받으려고도 하지 않는다. 만약에 이처럼 너를 구속하지 않는다면 너는 또 옥황상제와 하늘을 속이고 무슨 짓을 할지 모르지 않느냐? 또 예전처럼 재앙을 일으키면 누가 다스릴 수 있겠느냐? 그런 고통이라도 있어야 네가 우리 요가문파瑜伽門派[6]에 들어올 생각을 하지 않겠느냐?"

"그것은 내가 감당할 고통이라고 해둡시다. 그런데 또 어째서 못된 용을 이곳에 보내 요괴가 되어 우리 사부님의 말을 먹어치우게 한 거요? 이 또한 나쁜 놈을 풀어놓아 악한 짓을 하도록 한 것이니 정말 옳지 못한 짓이오."

"그 용은 내가 직접 옥황상제께 아뢰어, 이곳에 있게 했다가 경전 가지러 갈 사람의 탈것으로 삼으려 한 것이다. 한번 생각해봐라. 저 동녘 땅에서 온 평범한 말이 어떻게 이 멀고 험한 길을 건너갈 것이며, 어떻게 저 영취산의 부처님 계신 곳에 도착할 수 있겠느냐? 반드시 이런 용마라야 갈 수 있는 것이야."

"그놈이 이렇듯 손 어르신을 무서워해서 숨은 채 나타나지도 않으니 어쩌면 좋겠소?"

그러자 관음보살은 금두게체를 불러 이렇게 말했어요.

"너는 계곡으로 가서 이렇게 말해라. '용왕 오윤의 셋째 아들 옥룡玉龍은 나오너라. 남해의 보살이 이곳에 오셨다.' 그러면 바로 나올 거다."

금두게체가 관음보살이 말한 대로 계곡에 가서 몇 번 소리쳐 불렀어요. 그러자 그 어린 용은 파도와 물결을 뒤집어엎으며 물 위로 뛰어올라 사람 모습으로 변하더니 구름을 타고 공중에 올라 관음보살에게 예를 올렸어요.

"죄에서 벗어나게 하고 목숨을 살려주신 보살님의 은혜를 입은 이후 이곳에서 오랫동안 기다렸으나, 아직 경전 가지러 가는

6 인도의 바라문 파탄잘리Patanjali가 창시한 인도의 육파六派 철학의 하나이다. 여기서는 불교를 가리킨다.

이의 소식을 듣지 못하였습니다."

관음보살이 손오공을 가리키며 말했어요.

"이 자가 경전 가지러 가는 이의 수제자가 아니냐?"

어린 용이 이 말을 듣고서 말했어요.

"보살님, 이놈은 저의 적입니다. 사실 제가 어제 배가 고파 그놈의 말을 먹어버렸는데, 그놈은 재간을 믿고 제게 싸움을 걸었습니다. 저는 무서워 도망쳤지만, 그놈이 다시 와서 욕설을 퍼부었습니다. 그래서 저는 문을 걸어 잠그고 감히 나가지 못했습니다. 더욱이 그놈은 지금껏 '경전 가지러 간다'는 말은 한마디도 한 적이 없습니다."

그러자 손오공이 말했어요.

"네 녀석이 내 이름을 묻지도 않는데 어떻게 말해주겠느냐?"

"내가 너는 어디서 온 못된 요마냐고 묻지 않았어? 그런데 네놈은 어디서 왔는지는 상관하지 말고 말이나 돌려달라고만 했잖아. 어째서 당나라 스님의 '당' 자도 입 밖에 내지 않은 거냐?"

관음보살이 말했어요.

"그 원숭이놈은 오직 제가 강한 것만 믿고 있으니, 어찌 남의 말을 들으려 했겠느냐? 이제 다시 가다 보면 귀순하는 자가 또 있을 게다. 만약 물어보거든 먼저 '경전을 가지러 간다'는 말을 해주어라. 그러면 애쓰지 않고도 자연히 복종할 게다."

손오공은 기뻐하며 시키는 대로 따르겠다고 했어요. 관음보살은 앞으로 가더니 어린 용의 목 아래 명주를 떼내고, 버들가지를 감로에 적셔 그의 몸에 한 번 뿌리고, 입으로 신선의 기운을 불어넣으며 "변해라!" 하고 외쳤어요. 그러자 어린 용은 바로 원래 삼장법사가 타던 것과 똑같은 털을 가진 말로 변했어요. 보살은 다시 용에게 분부하였어요.

"너는 몸과 마음을 다해 죗값을 치르도록 해라. 공을 이룬 뒤에는 평범한 용을 초월하여 부처의 정과를 얻게 해주마."

어린 용은 입에 재갈을 문 채 마음속으로 응답했어요. 관음보살은 다시 손오공에게 말했어요.

"얘야, 저 녀석을 데리고 가 삼장법사를 뵙도록 해라. 나는 남해로 돌아갈 테니."

손오공은 보살을 붙들고 놓아주지 않았어요.

"저는 안 갈래요! 안 가! 서쪽으로 가는 길이 이토록 험준한데 이 평범한 중을 보호해 언제 도착한단 말이오? 이렇게 많은 고난 속에 이 손 어르신의 목숨도 보존키 어렵겠는데, 어떻게 무슨 공덕을 이룰 수 있겠소? 난 안 가요! 안 가!"

"네가 전에 인간의 도[人道]를 이루기 전에는 마음을 다하여 수행하고 깨우치려 하더니, 이제 하늘의 재앙도 벗어났는데 어째서 게으름을 피우려는 거냐? 우리 불가에서 열반으로 부처의 경지를 이루려면 신심을 다해 정과를 얻어야 한다. 만일 몸이 상하는 고통스런 상황을 만난다면, 너에게 허락하노니, 하늘을 부르면 하늘이 응답할 것이고, 땅을 부르면 땅이 영험함을 보일 것이다. 그리고 정말로 벗어날 수 없는 고난을 만나게 되면 내가 직접 와서 너를 구해주마. 이리 와봐라. 내 너에게 한 가지 능력을 줄 테니."

보살은 버들잎 세 개를 따서 손오공의 머리 뒤쪽에 놓고 "변해라!" 하고 외쳤어요. 그러자 그것들은 목숨을 구하는 세 가닥 털로 변했어요.

"도움의 손길이 전혀 없는 상황에 빠졌을 때는 이것이 임시방편으로 너를 다급한 재앙에서 구해줄 게다."

손오공은 좋게 타이르는 말을 듣고 비로소 대자대비하신 보살에게 감사했어요. 관음보살이 향기로운 바람에 둘러싸인 채 오색 안개를 날리며 보타산으로 돌아가자, 손오공은 구름을 내려 용마의 갈기를 잡아끌며 삼장법사를 만나러 갔어요.

"사부님, 여기 말이 생겼습니다."

삼장법사는 말을 보더니 매우 기뻐했어요.

"얘야, 어쩐지 말이 전보다 더 통통해진 것 같구나. 어디서 찾았니?"

"사부님, 아직도 꿈을 꾸고 계시군요. 금두게체가 관음보살을 모셔 와서 보살께서 계곡의 용을 우리 백마로 만들어주신 거예요. 전의 말과 털까지 똑같아요. 그런데 안장과 고삐가 없어서 갈기를 끌고 온 겁니다."

삼장법사가 매우 놀라 말했어요.

"보살님께서는 어디 계시느냐? 가서 감사의 예를 올려야겠다."

"보살은 지금쯤 이미 남해에 도착했을 테니, 그럴 필요 없어요."

삼장법사는 흙을 모아서 향을 사르고 남쪽을 향해 예를 올렸어요. 절을 하고 일어나더니, 손오공에게 짐을 정리하게 하고 출발했어요. 손오공은 산신과 토지신을 불러 돌아가게 하고, 오방게체와 사치공조들에게 분부해 삼장법사를 말에 오르게 했어요. 삼장법사가 말했어요.

"안장과 고삐도 없는 저 말을 내가 어떻게 탈 수 있겠느냐? 어디서 배를 구해 계곡을 건넌 다음 조처해야겠구나."

"사부님, 정말 답답하시군요! 이런 들판과 산속에 배가 어디 있겠습니까? 이 말은 이곳에서 오랫동안 살았으니 분명 물살을 알 겁니다. 이 말을 배라 생각하시고 타고 가세요."

삼장법사는 어쩔 수 없이 그 말대로 맨 말을 탔고, 손오공은 짐을 들고 계곡가로 갔어요. 그런데 상류 쪽에서 한 어부가 마른 나무로 만든 뗏목을 저어 물결을 따라 내려오는 모습이 보였어요.

손오공이 그걸 보더니 손짓해 불렀어요.

"노인장, 이리 오시오, 이리! 나는 동녘 땅에서 경전을 가지러 가는 사람인데, 우리 사부님이 이곳을 건너기 어려워하시니, 좀 건네주시오."

어부는 이 말을 듣더니 급히 상앗대를 저어 계곡가에 배를 댔어요. 손오공은 사부가 말에서 내리도록 곁에서 부축했어요. 삼장법사가 뗏목에 오르자, 손오공은 말을 잡아끌고 짐을 실었어요. 어부는 뗏목을 저어 쏜살같이 응수두간을 건너 어느새 서쪽 해안에 닿았어요. 삼장법사는 손오공을 불러 보따리를 열게 하더니, 위대한 당나라의 동전 몇 푼을 꺼내 어부에게 주려 했어요. 그러자 어부는 상앗대를 저어 뗏목을 출발시키면서 사양했어요.

"돈은 필요 없습니다, 필요 없어요!"

그러더니 강 한복판으로 아득히 멀어져갔어요. 삼장법사가 매우 미안해하면서 합장하고 감사의 말을 하자, 손오공이 말했어요.

"사부님, 인사할 필요 없습니다. 저 어부를 모르시겠어요? 저자는 이 계곡의 수신水神입니다. 이 몸을 영접하러 나오지 않아 제가 손을 좀 봐주려던 참이었습니다. 지금 안 맞은 것만으로도 그에게는 충분한데, 어떻게 감히 돈을 요구하겠습니까?"

삼장법사는 반신반의하며 다시 맨 말을 타고 손오공을 따라 큰길로 접어들어 서쪽을 향해 갔어요. 이것이 바로 '넓고 큰 진리를 찾아 피안에 오르고 성심을 다해 본성을 깨우치기 위해 영산에 오른다(廣大眞如登彼岸 誠心了性上靈山)'는 것이었어요. 삼장법사와 손오공이 함께 걸어가다 보니, 어느덧 붉은 해는 서산에 기울고 하늘빛은 점차 어두워졌어요.

열은 구름 어지러이 깔려 있고
산 위에 떠오른 달빛 어두컴컴하구나.
하늘 가득한 서리 빛은 추위를 느끼게 하고
사방의 바람 소리 몸속을 파고드네.
외로운 새 떠나갈 때 푸른 물가는 광활하고
저녁놀 밝은 곳에 먼 산이 나직하네.
성긴 숲의 나무들 울부짖고
빈 산 고개에 외로운 원숭이 울어대네.
먼 길에 행인의 자취 보이지 않고
만 리 길 돌아가는 배에 밤이 찾아오네.

淡雲撩亂　山月昏蒙
滿天霜色生寒　四面風聲透體
孤鳥去時蒼渚闊　落霞明處遠山低
疎疏林千樹吼　空嶺獨猿啼
長途不見行人跡　萬里歸舟入夜時

삼장법사가 말 위에서 멀리 바라보니, 문득 길옆에 장원 하나가 보였어요.
"애야, 앞에 있는 인가에서 묵고 내일 아침에 다시 출발하자."
손오공이 머리를 들어보더니 이렇게 말했어요.
"사부님, 사람이 사는 장원이 아닙니다."
"어째서 아니라는 거냐?"
"사람이 사는 장원에는 물고기나 짐승 모양의 용마루를 장식하지 않습니다. 이는 분명 사당이나 암자입니다."
스승과 제자는 이런 대화를 나누면서 대문 앞에 도착했어요. 삼장법사가 말에서 내려보니 문 위에 '이사사里社祠'라는 큰 글자가 씌어 있었어요. 문안으로 들어가니, 저쪽에서 염주 몇 알을 목에 건 노인이 합장하며 나와서 맞이했어요.

"스님! 이리 와 앉으시지요."

삼장법사는 황급히 답례하고 대웅전으로 올라가 불상에 참배했어요. 노인은 동자를 불러 차를 대접했어요. 차를 마시고 나서 삼장법사가 노인에게 물었어요.

"이 사당은 어째서 '이사里社'라고 부르는 겁니까?"

"이곳은 서역의 합필국哈毖國 경계입니다. 이 사당 뒤쪽에 마을이 있는데, 신을 공경하는 마음이 깊어 이 사당을 세웠습니다. 이里는 마을이라는 뜻이고 사社는 토지신을 뜻합니다. 그들은 밭 가는 봄, 김매는 여름, 거두는 가을, 쟁여두는 겨울, 그 절기마다 소, 양, 돼지의 삼생三牲과 꽃, 과일 따위를 마련해 이곳에 와서 제사를 드립니다. 그렇게 해서 사계절 태평하고 오곡이 풍성하고 가축들이 번성하기를 기원하기에 그리 이름 붙인 겁니다."

삼장법사는 이 말을 듣고 머리를 끄덕이며 칭찬했어요.

"이것이 바로 '집에서 삼 리 밖이면 마을의 풍속이 다르다(離家三里遠 別是一鄕風)'는 것이군요. 저희 마을에는 이런 좋은 풍속이 없습니다."

"스님은 고향이 어디십니까?"

"저는 동녘 땅 위대한 당나라에서 황제의 명을 받고 서천으로 가 부처님을 뵙고 경전을 구하고자 하는 사람입니다. 이곳을 지나다가 날이 저물어 하룻밤 묵어갈 사당을 찾아왔습니다. 날이 밝으면 바로 떠나겠습니다."

그 노인은 매우 기뻐하며 몇 번이나 마중을 못 나가 죄송하다고 말했어요. 그리고 동자를 불러 공양을 준비하도록 했어요. 삼장법사가 공양을 마치고 감사 인사를 드렸어요. 손오공은 눈썰미가 좋아 집 처마 밑에 빨랫줄이 걸려 있는 것을 보았어요. 그는 대뜸 그것을 한 움큼 잡아 끊어서는 말을 묶어 매는 것이었어요. 그러자 노인이 웃으면서 물었어요.

"그 말은 어디서 훔쳐 온 것입니까?"

손오공이 화를 내면서 말했어요.

"늙은이가 앞뒤 안 가리고 지껄이는군. 우리는 부처님을 모시는 성스런 스님인데 어떻게 말을 훔칠 수 있겠는가?"

노인이 웃으면서 대꾸했어요.

"훔친 게 아니면 어째서 안장과 고삐도 없이 남의 집 빨랫줄이나 끊어간단 말이오?"

삼장법사가 대신 사과를 했어요.

"이 까불이 녀석은 성질이 좀 급합니다. 너는 말을 매려면 어른께 줄을 좀 달라고 했으면 좋았을 것을, 어째서 그분 빨랫줄을 끊은 게냐? 노인장, 이상하게 생각지 마시오. 솔직히 말씀드리건대, 이 말은 훔친 게 아닙니다. 어제 동쪽에서 오다가 응수두간에 도착했을 때까지는 원래 타던 백마가 있었습니다. 안장과 고삐도 모두 갖춰져 있었지요. 그런데 생각지도 않게 그 계곡에 있던 못된 요괴 용이 제 말을 안장과 고삐까지 통째로 한입에 삼켜버렸습니다. 다행히 제 제자가 재주가 좀 있는데다, 감사하게도 관음보살께서 오셔서 용을 사로잡았습니다. 관음보살께서는 그 용을 불러 제가 원래 타던 백마와 털까지 똑같이 변신시켜서, 제가 부처님을 뵈러 서천으로 가는 길에 타고 가게 해주셨습니다. 그 계곡을 지난 지 하루도 안 되어 노인장의 사당에 도착했는지라 아직 안장과 고삐를 마련하지 못한 것입니다."

"스님, 이상하게 생각하지 마십시오. 이 늙은이가 웃자고 놀린 것인데, 제자분께서 진짜로 받아들일 줄 누가 알았겠습니까? 제가 젊었을 땐 돈푼깨나 있었고, 준마 타는 것도 즐겼지요. 그런데 여러 해 불운을 겪어 상도 당하고 화재도 입어 결국 이렇게 아무것도 남은 것 없이 사당지기가 되어 향불 올리는 일을 하고 있습니다. 다행스럽게도 이 뒤쪽 마을의 시주들께서 보시를 하셔서 그럭저럭 생활하고 있습니다. 그렇긴 하나 제게 아직도 지니고 있는 안장과 고삐 한 벌이 있습니다. 늘 애지중지하는 물건이라 이렇게 가난한데도 아까워서 팔아볼 엄두도 내보지 못했지요. 그런데 이제 스님의 말씀을 들어보니, 보살님께서도 신령한 용을 구해 말로 변화시켜 타고 가게 하셨다 하니, 저 같은 노인이 도와드리지 않을 수 없군요. 내일 그 안장과 고삐를 가져다가 스님께 드릴 테니 말에 얹어서 타고 가십시오. 쾌히 받아주시기 바랍니다."

삼장법사는 이 말을 듣고서 몇 번이고 감사하단 말을 했어요. 동자가 저녁 공양을 내왔어요. 공양을 마치자 등불을 켜고 자리를 펴 각자 잠을 잤지요.

다음 날 아침, 손오공이 일어나더니 삼장법사에게 말했어요.

"사부님, 저 사당의 노인이 어젯밤 우리에게 안장과 고삐를 준다고 했지요? 정말 줄 건지 물어보고, 안 준다고 하면 제가 가만두지 않을 겁니다."

그 말이 끝나지도 않아서 노인이 정말로 안장과 고삐 한 벌, 방석, 재갈 등을 가져왔는데, 말에 필요한 모든 것들이 다 갖춰져 있었어요. 노인은 그것들을 복도에 내려놓으면서 말했어요.

"스님, 안장과 고삐입니다."

삼장법사가 이를 보고 매우 기쁘게 받았어요. 그리고 손오공에게 안장을 얹어 맞는지 보게 했어요. 손오공이 앞으로 나아가 물건들을 하나하나 가져다 살펴보니, 과연 좋은 물건들이었어요. 이를 증명하는 시가 있어요.

화려한 안장 아름답게 빛나니 은빛 별무늬 선명하고
보석으로 장식한 등자가 빛을 발하니 금실 선명하구나.
안장에 댄 방석은 몇 겹의 융단으로 되어 있고
고삐 줄은 세 가닥 자주색 실로 엮어 만들었네.
고삐 머리의 가죽 고리는 아름다운 꽃이 모인 듯 화려하고
구름 모양 가리개는 금판에다 춤추는 짐승 모양 새겼네.
둥근 재갈은 제련한 강철로 만들었고
꼬리 양쪽에는 장식 술이 달려 있네.

雕鞍彩幌東銀星　寶凳光飛金線明
襯屜幾層絨苫疊　牽韁三股紫絲繩
轡頭皮劄團花粲　雲扇描金舞獸形
環嚼叩成磨煉鐵　兩垂蘸水結毛纓

손오공이 속으로 기뻐하면서 안장과 고삐를 말에 얹어보니, 마치 치수를 재서 만든 것처럼 꼭 맞았어요. 삼장법사가 노인에게 감사의 절을 올리려 하자 노인은 황급히 일으켜 세우며 이렇게 말했어요.

"황공합니다. 황공해요. 뭐 감사할 것까지야 있겠습니까?"

노인은 더 붙들지 않고 삼장법사에게 말에 오르도록 했어요. 삼장법사는 대문을 나가 안장을 잡고 말에 올랐지요. 손오공이 짐을 들자 노인이 다시 옷소매 속에서 말채찍을 꺼냈는데, 그 채찍은 향기로운 등나무에 마디마디 가죽으로 감아 자루를 만들고, 채찍 끝은 호랑이 힘줄로 엮어 만든 것이었어요. 노인은 길가에

서 두 손에 채찍을 받쳐 들고 공손히 바치며 말했어요.

"스님, 저한테 말채찍도 있어 함께 드립니다."

삼장법사는 말 위에서 이를 받으며 말했어요.

"보시를 많이 받았습니다. 정말 많이 받았어요!"

그리고 다시 합장하며 인사를 하려 하는데 노인은 벌써 사라지고 없었어요. 사당을 돌아보니 아무것도 없는 텅 빈 땅이었어요. 그때 공중에서 이런 말소리가 들렸어요.

"스님, 대접이 너무 소홀했습니다. 저희는 낙가산의 산신과 토지신입니다. 보살님께서 저희를 보내 안장과 고삐를 전해드리라 하셨습니다. 부디 힘을 다해 서쪽으로 가십시오. 잠시라도 소홀히 해서는 안 될 것입니다."

깜짝 놀란 삼장법사는 말에서 구르듯 내려와 하늘을 향해 절을 올렸어요.

"제가 안목이 좁은 범속한 사람인지라 귀한 분의 얼굴을 알아보지 못했으니 용서해주십시오. 그리고 번거롭겠지만 보살님께 은혜로운 보살핌에 깊이 감사한다고 전해주십시오."

여러분 좀 보세요, 삼장법사가 하늘을 향해 수없이 머리를 조아리는 모습을. 그러자 길가에서 배를 잡고 웃으며 뒹굴던 제천대성, 멋진 원숭이 왕이 다가가 삼장법사를 붙들고 말했어요.

"사부님, 일어나세요. 그들은 이미 멀리 가버려서 기도 소리도 못 듣고 머리 조아리는 것도 못 봐요. 절은 뭐하러 자꾸 하시는 거예요?"

"얘야, 나는 이렇게 머리를 조아리는데 너는 그분께 절도 하지 않고 옆에 서서 비웃기만 하니, 이게 무슨 도리냐?"

"사부님이 어찌 알겠어요? 그렇게 머리를 감추고 꼬리만 드러내는 자들은 본래 한바탕 패줘야 돼요. 보살님 얼굴을 봐서 때리지 않고 참아줬으면 그걸로 됐지, 감히 이 몸의 절을 받겠다고요? 어림없는 말씀이지요. 이 몸은 어려서부터 사내대장부로 다른 사람에게 절할 줄 몰랐습니다. 옥황상제나 태상노군太上老君을 만나도 저는 '예!' 하고 고개만 까닥하고 말지요."

"못된 놈 같으니! 그런 허튼소리는 그만하고 빨리 일어나라. 갈 길이 늦어지면 안 되니."

삼장법사는 일어나 짐을 꾸려 서쪽을 향해 나아갔어요. 그후 두어 달 동안은 순탄한 여행길이었지요. 만나는 것들이라고는 로로족虜虜族과 회회족回回族 같은 서역 민족들과 이리, 파충류, 호랑이, 표범들이었어요.

세월은 빠르게 흘러 다시 이른 봄이 되었지요. 숲은 푸른빛으로 덮이고, 초목에는 푸른 싹들이 돋아났어요. 매화꽃은 모두 졌고 버드나무 싹이 막 피어나기 시작했지요. 스승과 제자가 봄 경치를 즐기다보니, 태양이 서쪽으로 지고 있었어요. 삼장법사가 고삐를 당겨 말을 세우고 멀리 바라보니, 산골짜기에 누대와 전각이 흐릿하게 보였어요.

"얘야, 네가 보기에 저곳은 어떤 곳인 것 같으냐?"

손오공이 머리를 들어보더니 대답했어요.

"사당이 아니면 분명 절일 겁니다. 좀 서둘러 저곳에서 묵어가도록 하시지요."

삼장법사가 기쁘게 그를 따라 용마를 출발시켜 앞으로 나아갔어요.

과연 그곳은 어디였을까요? 그에 대해서는 다음 회를 들어보시라.

제16회

관음선원에서 금란가사를 잃다

한편, 그들 스승과 제자 두 사람은 말을 재촉하여 앞으로 나아가다 어느 산문에 이르러 올려다보니, 과연 그곳은 절이었어요.

층층이 세워진 전각들
겹겹이 늘어선 회랑과 방들
삼산문 밖에는
까마득히 높은 만 갈래 꽃구름이 가리고 있고
오복당 앞에는
하늘하늘 천 줄기 붉은 안개가 둘러싸고 있네.
소나무와 대나무 사이로 난 두 줄기 길과
전나무와 잣나무 무성한 숲 하나
두 줄기 길의 소나무와 대나무는
세월도 모르고 절로 맑고 그윽하고
숲 하나 무성한 전나무와 잣나무는
제각기 색깔 지닌 채 아름다움 뽐내네.

層層殿閣　疊疊廊房

三山門外　巍巍萬道彩雲遮

五福堂前　豔豔千條紅霧遶

兩路松篁　一林檜柏

兩路松篁　無年無紀自清幽

一林檜柏　有色有顏隨傲麗

또 이런 풍경이 펼쳐져 있었어요.

종과 북은 누대에 높이 달려 있고
부도 우뚝 솟아 있다.
편안히 참선하는 승려는 불성佛性이 깃들고
나무에서 우는 새 소리가 막혀버린다.
적막하고 티끌 없으니 참으로 적막하고
청허함에 도가 담겨 있으니 과연 청허하도다.

鐘鼓樓高　浮屠塔峻

安禪僧定性　啼樹鳥音闕

寂寞無塵眞寂寞　清虛有道果清虛

이런 시가 있지요.

큰 사찰 복된 정원 푸른 산 움푹한 곳에 숨어 있으니
빼어난 절 풍경 사바세계와 아름다움을 다투네.
과연 청정한 땅 인간 세상에는 드물지만
온 세상의 명산은 대부분 승려들이 차지했다네.

上刹祇園隱翠窩　招提勝景賽裟婆

果然淨土人間少　天下名山僧占多

삼장법사는 말에서 내리고 손오공은 짐을 부려 막 절 안으로 들어가려 하는데, 산문 안에서 승려 한 무리가 몰려 나왔어요. 그들의 모양새를 볼까요?

머리에는 왼쪽으로 비녀 꽂은 모자 쓰고
몸에는 티끌 없는 가사 걸쳤다.
구리 귀고리 나란히 귀에 늘어뜨렸고
비단 띠로 허리를 둘러 묶었다.
짚신 신고 차분하게 오는데
손에는 목탁을 들었다.
입속으로는 항상 염불을 웅얼거리며
큰 진리 반야로 모두 귀의한다.

頭戴左笄帽　身穿無垢衣
銅環雙墜耳　絹帶束腰圍
草履行來穩　木魚手內提
口中常作念　般若總皈依

삼장법사는 그들을 보고 산문 옆에 공손히 서서 인사를 건넸어요. 그러자 승려들 가운데 하나가 급히 답례하고 웃으며 말했어요.

"실례합니다. 어디서 오신 분이신지요? 차라도 대접할 테니, 방장方丈으로 들어가시지요."

"저는 동녘 땅 황제께서 파견하여 뇌음사에 가서 부처님을 뵙고 불경을 구하려는 중입니다. 이곳에 이르러 날이 저물려 하는지라 하룻밤 묵어갈까 합니다."

"안으로 들어가 좀 앉으십시오. 들어오세요."

삼장법사가 손오공을 불러 말을 끌고 들어오라 하자, 그 스님은 손오공의 생김새를 보고 문득 조금 겁이 났어요.

"말을 끄는 저자는 뭐하는 놈인가요?"

"소리를 좀 낮추세요. 재는 성격이 급해서, 당신이 자기를 가리켜 '뭐하는 놈'이라고 한 줄 알면 당장 난리가 날 겁니다. 재는 제 제자입니다."

스님은 소름이 오싹해서 손가락을 깨물며 말했어요.

"이렇게 못생기고 괴팍한 자를 잘도 제자로 삼으셨군요?"

"모르시는 말씀이오. 못생기긴 해도 매우 쓸모가 많답니다."

그 스님은 할 수 없이 삼장법사와 손오공을 데리고 안으로 들어갔어요. 산문 안의 대웅전에는 '관음선원觀音禪院'이라는 네 글자가 크게 씌어 있었어요. 삼장법사는 크게 기뻐하며 말했어요.

"보살님의 은혜를 여러 번 입고서도 미처 감사의 절을 올리지 못했는데, 지금 이곳에 오니 마치 보살님을 뵌 듯합니다. 감사의 절을 올리기에는 아주 좋군요."

스님은 그 말을 듣고 불목하니에게 대웅전의 문을 열게 하고, 삼장법사가 관음보살께 참배 의식을 올리도록 해주었어요. 손오공은 말을 묶어놓고 짐을 내려놓은 뒤에, 삼장법사와 함께 대웅전에 올라갔어요. 삼장법사는 몸을 죽 펴고 가슴이 바닥에 닿도록 엎드려 금불상을 향해 절을 올렸어요. 삼장법사가 참배를 하는 동안 예의 그 스님은 북을 울리고 손오공은 종을 쳤어요. 삼장법사는 불상의 좌대座臺 앞에 엎드려 온 마음을 기울여 기도하고 축원했어요. 축원의 절이 끝나자 중은 북치는 것을 멈췄는데 손오공은 종 치는 것을 멈추지 않았어요. 빠르게 쳤다 느리게 쳤다 하며 계속해서 한참을 두드려댔지요. 종을 쳐댔어요. 그러자 불목하니가 말했어요.

"절이 끝났는데도 계속 쳐대면 어쩌라는 게요?"

손오공은 그제야 종 치는 막대를 내려놓고 웃으며 말했어요.

"모르시는 말씀! 이 몸은 '하루 동안 중노릇에 하루 내내 종 치는(做一日和尙 撞一日鍾)' 분이거든."

이때 어지러운 종소리에 깜짝 놀란 절 안 승려들과 위아래 장로들이 일제히 몰려나와 말했어요.

"어떤 못된 자가 여기서 함부로 종을 쳐대느냐?"

손오공은 밖으로 뛰쳐나와 쳇! 하고 투덜거리며 말했어요.

"너희들의 외할아버지 손 어르신이 장난삼아 쳐본 거야."

중들은 그를 보고 깜짝 놀라 정신없이 자빠지고 나뒹굴더니 모두 땅바닥에 엎드려 말했어요.

"벼락신 나리!"

"벼락신은 내 증손자니라! 일어나라, 일어나! 겁내지 말고. 우리는 동녘 땅의 위대한 당나라에서 오신 어르신들이니라."

승려들은 그제야 예를 갖춰 절을 했는데, 삼장법사를 보고는 모두들 안심하고 더 이상 겁내지 않았어요. 그 안에 있던 이 절의 주지가 나서더니 공손히 말했어요.

"어르신들, 뒤쪽 방장으로 드십시오. 차라도 올리겠습니다."

이리하여 고삐를 풀어 말을 끌고, 짐을 챙겨들고, 대웅전을 돌아 곧장 뒤쪽 방장으로 들어갔어요. 주객이 앉을 자리를 정하자, 주지는 차를 올리고 공양을 준비하게 했어요.

시간은 아직 일러 해가 저물지 않았지요. 삼장법사가 감사 인사를 끝내기도 전에 뒤쪽에서 어린 동자승 둘이 노스님 한 분을 부축하고 나타났어요. 그 노스님의 차림새는 이러했어요.

머리에는 사각 비로모 썼는데

꼭대기에는 묘정석 박아 번쩍번쩍 빛난다.
몸에는 비단과 융단으로 섞어 짠 적삼 입었는데
비취색 털로 장식한 금빛 테두리 휘황찬란하다.
한 켤레 신에는 팔보 박았고
지팡이에는 구름과 별 새겨넣었다.
주름 자국으로 가득한 얼굴은
마치 여산노모•와 닮았고
한 쌍의 어둑한 눈은 동해의 용왕을 닮았다.
입에 바람이 새는 것은 이빨이 다 빠졌기 때문이요
허리에 짐을 진 듯 등이 굽은 것은 근육이 비쩍 말랐기 때문이지.

頭上戴一頂毗盧方帽　描睛石的寶頂光輝
身上穿一領錦絨褊杉　翡翠毛的金邊幌亮
一對僧鞋攢八寶　一根拄杖嵌雲星
滿面皺痕　好似驪山老母
一雙昏眼　卻如東海龍君
口不關風因齒落　腰馱背屈爲觔攣

그러자 승려들이 말했어요.
"사조師祖께서 나오신다!"
삼장법사는 허리 굽혀 절하며 그를 맞이했어요.
"어르신, 절 받으십시오."
노스님이 답례하고 각자 자리에 앉자, 노스님이 말했어요.
"방금 아이들 얘기를 듣자 하니, 동녘 땅 당나라에서 어른이 오셨다기에, 이렇게 나와 인사드립니다."
"생각 없이 이런 훌륭한 절에 함부로 찾아왔습니다. 무례를 용서해주십시오."

"천만에요, 천만에!"

그러면서 노스님이 다시 물었어요.

"동녘 땅에서 여기까지라면, 얼마나 먼 길을 오신 겁니까?"

"장안을 나서서 오천 리가 넘게 왔습니다. 양계산을 지나면서 제자를 하나 얻었고, 도중에 서역 합필국哈毖國을 지나는데 두 달이 걸렸으며, 또 오륙천 리를 지나 겨우 여기에 도착했습니다."

"만 리나 되는 먼 길이었군요. 저는 일생을 헛되게 보내며 산문 밖을 나가본 적이 없으니, 실로 '우물 안 개구리'에 '쓸모없는 사람'(坐井觀天 樗朽之輩)이지요."

"노스님께선 춘추가 얼마나 되십니까?"

"쓸데없이 이백칠십 살이나 먹었습니다."

손오공이 그 말을 듣더니 참견했어요.

"그럼 내 만 대 손자쯤 되는군!"

삼장법사가 그를 한 번 흘겨보며 말했어요.

"말을 삼가거라. 위아래도 알아보지 못하고 까불며 대들어서는 안 된다."

그러자 그 중이 물었어요.

"나리께선 춘추가 어떻게 되십니까?"

"감히 말할 수 없을 정도지!"

노승도 그저 미친 소리려니 싶어 개의치 않고 더 묻지도 않은 채, 그저 차를 내오라고 시켰어요. 그러자 동자 하나가 양지옥羊脂玉처럼 투명한 쟁반 하나를 들고 나왔는데, 거기에는 법랑을 칠하고 금테를 두른 찻잔 세 개가 얹혀 있었어요. 또 한 동자가 백동白銅으로 만든 주전자를 들고 와서 향긋한 차 석 잔을 따랐어요. 정말 색깔은 석류꽃 꽃술보다 아름답고 맛은 계수나무 꽃향기보다 좋았어요. 삼장법사는 그것을 보고 칭찬의 칭찬을 마지않았어요.

"정말 멋진 물건입니다, 멋져요! 참으로 훌륭한 음식에 훌륭한 그릇입니다!"

그러자 노승이 대답했어요.

"변변찮은 물건에 어르신 눈만 더럽혔습니다. 어르신께서는 천자께서 다스리는 큰 나라에서 사셨으니 기이하고 진귀한 물건들을 많이 보셨을 터, 이런 다구茶具에 어찌 그런 과분한 칭찬을 하십니까? 어르신께선 큰 나라에서 오셨으니 뭔가 보물을 가지고 계실 성싶은데, 제게 구경 좀 시켜주시지요?"

"안타깝군요! 우리 동녘 땅에는 무슨 보물이랄 게 없고, 있다 하더라도 길이 너무 멀어 가져올 수도 없었답니다."

그러자 손오공이 옆에서 참견했어요.

"사부님, 전에 보니까 짐보따리 안에 가사가 한 벌 있던데, 그건 보물이 아닙니까? 그걸 가져와 저 사람한테 보여주면 어때요?"

그런데 가사 얘기가 나오자 승려들이 모두 비웃음을 흘리는지라, 손오공이 물었어요.

"왜 웃는 거요?"

그러자 주지가 대답했어요.

"나리께서 방금 가사가 보물이라 하셨는데, 그 말이 정말 우스워서 그런 겁니다. 가사로 말씀드리자면, 저희 같은 중들이 가진 것만 이삼십 벌이 넘지요. 저희 조사님을 들라치면 여기서 이백오륙십 년 동안 승려 생활을 하셨으니 족히 칠팔백 벌은 갖고 계실 겁니다!"

"꺼내서 보여드리지요."

노승도 불쑥 자랑을 하고 싶은 마음이 들어 불목하니더러 창고 문을 열게 하고, 행각승行脚僧들을 시켜서 열두 개의 궤짝을 들고 나와 마당 한가운데에 내려놓았어요. 그리고 궤짝의 자물쇠를 열고, 양쪽으로 옷걸이를 설치하고, 사방으로 새끼줄을 둘러맨 후, 가사를 하나하나 꺼내 걸어놓고 삼장법사에게 구경해보라고 청했어요. 과연 마당 가득 사방으로 화려한 비단 가사들이 진열되었어요. 손오공이 하나하나 살펴보니, 그것들은 모두 꽃무늬를 넣은 섬세한 비단이요, 금실로 수놓은 것들이었어요. 그는 웃으며 말했어요.

"좋구먼, 참 좋아! 그만 거둬 넣지 그러시오? 이제 우리 것도 꺼내 보여드리지."

삼장법사는 손오공을 붙들며 가만가만 말했어요.

"얘야, 남 앞에서 재물 자랑은 하는 게 아니다. 우리가 집 떠나 객지에 나와 있는데, 무슨 사단이라도 생길까 걱정스럽구나."

"가사 한번 보여주는데 무슨 사단이 생기겠어요?"

"네가 아직 모르는 모양인데, 옛말에 '진귀한 보물은 욕심 많고 교활한 사람에게 보이지 말라'고 했다. 한번 눈에 들면 마음이 움직이고 마음이 움직이면 반드시 손에 넣을 계책을 꾸미게 되는 법이다. 네가 재앙을 꺼리는 사람이라, 그가 달라 하면 그대로 주면 괜찮겠지만, 그렇지 않으면 몸을 해치고 목숨까지 잃게 되지. 그런 일이 다 이런 데서 시작되니 쉽게 볼 일이 아니다."

"안심하세요, 안심해요! 모두 제게 맡기세요!"

저것 좀 보세요. 손오공은 삼장법사의 말은 들은 체도 안하고 다짜고짜 달려가더니, 짐보따리를 풀어 펼쳤어요. 그러자 벌써 노을 같은 광채가 솟구치기 시작하는 것이었어요. 가사는 기름 먹인 종이 두 겹으로 포장되어 있었는데, 그걸 치우고 가사를 꺼내 펼치자, 방 안 가득 붉은빛이 퍼지고 마당에도 오색 기운이 가득했어요. 스님들은 그걸 보고 기뻐하며 칭송하지 않는 이가 없었어요. 정말 멋진 가사였어요.

> 교묘하기 그지없이 명주 늘어뜨렸고
> 온갖 희귀한 모양의 불보들이 꿰어져 있네.
> 위아래로 용 수염처럼 화려한 비단 펼쳐져 있고
> 사방을 둘러싸고 수놓은 비단 이어졌네.
> 걸치면 온갖 허깨비들이 없어지고
> 입으면 모든 도깨비들 황천으로 들어가네.
> 하늘나라 신선이 직접 만든 것이니
> 진정한 승려가 아니라면 감히 입지 못한다네.

千般巧妙明珠墜　萬樣稀奇佛寶攢
上下龍鬚鋪綵綺　兜羅四面錦沿邊
體掛魍魎從此滅　身披魑魅入黃泉
托化天仙親手製　不是眞僧不敢穿

그 노승은 이 보물을 보자 과연 간사한 마음이 일어났어요. 그는 앞으로 나아가 삼장법사 앞에 무릎을 꿇고 눈물을 뚝뚝 흘리며 말했어요.

"저는 정말 인연이 없습니다."

삼장법사는 그를 일으켜 세우며 말했어요.

"노스님, 그게 무슨 말씀이십니까?"

"어르신께서 이 보물을 방금 펼쳐놓으셨는데, 날이 저물어 눈앞이 어른어른한 바람에 제대로 볼 수 없었으니, 어찌 인연이 없는 것이 아니겠습니까?"

"등불을 가져와서 다시 보시도록 해드리겠습니다."

"어르신의 보물이 이미 빛을 발하고 있는데, 불까지 밝히면 눈이 부셔서, 자세히 볼 수 없을 것 같습니다."

그러자 손오공이 말했어요.

"어떻게 보면 잘 볼 수 있을 것 같소?"

"어르신께서 관대한 은혜를 베풀어 제가 이걸 뒷방으로 가져가 밤새 자세히 구경한 다음 내일 아침 서역으로 떠날 때 돌려드리면 좋겠는데, 어르신의 뜻이 어떨지 모르겠습니다."

삼장법사는 그 말을 듣고 깜짝 놀라 손오공을 원망했어요.

"다 네 탓이다, 네 탓이야!"

그러자 손오공이 웃으며 말했어요.

"무슨 걱정이세요? 제가 싸서 저치더러 가져가 구경하라고 하지요. 무슨 일이 생기면 다 제가 책임진다니까요?"

삼장법사는 도저히 말리지 못하고 가사를 노승에게 건네주었어요.

"그럼 가져가 구경하십시오. 다만 내일 아침에 그대로 돌려주시되, 흠이 가게 한다든지 더럽혀서는 안 됩니다."

노승은 매우 기뻐하며 시중드는 아이더러 가사를 가져가게 하고, 스님들에게 앞쪽의 선방禪房을 청소해서 등나무 침대 두 개를 가져다놓고, 요와 이불을 준비하여 두 분 어르신을 모셔다 쉬게 해드리라고 했어요. 그리고 아침에 공양을 들고 떠날 수 있도록 잘 준비하라고 분부했어요. 모두들 각자 흩어지고, 잠시 후 삼장법사와 손오공이 선방의 문을 잠그고 잠자리에 든 일은 더 이상 얘기하지 않겠어요.

한편, 그 노승은 속임수를 써서 가사를 손에 넣자, 뒷방 등불 아래로 가져가 놓고 목놓아 대성통곡을 했어요. 절의 승려들은 당황해서 감히 먼저 잠들지 못했지요. 시중드는 아이도 무슨 영문인지 몰라 여러 승려들에게 이렇게 알렸어요.

"노스님께서 열한 시가 되도록 통곡을 하시는데, 아직도 그치지 않고 있어요."

그러자 노승이 애지중지하는 사손師孫 둘이 찾아가 물었어요.

"사조님, 무슨 일로 이처럼 통곡하십니까?"

"인연이 없어서 당나라 스님의 보물을 볼 수 없기 때문이다."

"사조님께선 연세 높으시고 많은 복을 누리셨습니다. 당나라 스님의 가사도 사조님 앞에 있으니 풀어놓고 보시면 될 터인데, 어째서 통곡을 하시는 겁니까?"

"본다 한들 오래 두고 볼 수도 없지 않느냐! 내 나이 이제 이백칠십 살인데 쓸데없이 몇백 벌의 가사만 모았구나. 어떻게 하면 이런 것을 얻을 수 있겠느냐? 어떻게 하면 당나라 승려가 될 수 있겠느냐?"

"사조님, 그건 잘못된 생각입니다. 당나라 승려는 고향을 떠나 떠도는 행각승에 지나지 않습니다. 사조님께선 연세도 높으시고 누리는 것도 충분하신데, 오히려 당나라 승려처럼 행각승이 되고 싶으시다니, 무슨 이유입니까?"

"내 비록 집에 편안히 앉아 만 년을 안락하게 보내고는 있다만, 그치처럼 이런 가사를 입어보진 못해서 그러지. 단 하루라도 입어볼 수 있다면 죽어도 눈을 감을 수 있겠다. 또 인간 세상에 태어나 중노릇 한번 제대로 한 겔 테고!"

"그야 어려울 게 없지요! 그 가사를 입어보시겠다면 무슨 어려움이 있겠습니까? 저희가 내일 그치를 하루 더 머물게 하면 하루 동안 그 가사를 입어보실 수 있겠고, 열흘을 머물게 하면 열흘 동안 입어보실 수 있는 게 아닙니까? 무엇 때문에 이처럼 통곡하시는 것입니까?"

"그를 반년 동안 붙잡아둔다 하더라도 반년밖에 입을 수 없으니, 결국은 맘껏 두고 볼 수가 없지 않느냐. 그가 떠나고자 하면 보내줄 수밖에 없으니, 어떻게 오래도록 붙들어둘 수 있겠느냐?"

그렇게 말하던 차에 광지廣智라는 어린 중이 나서서 말했어요.

"사조님, 오래도록 갖고 싶으시다면, 이 또한 쉬운 일입니다."

노승은 그 말을 듣고 기뻐하며 말했어요.

"애야, 무슨 좋은 생각이 있느냐?"

"당나라의 저 두 승려는 먼 길을 오느라 아주 힘들었을 테니 지금쯤이면 깊이 잠들었을 것입니다. 우리 가운데 힘센 사람 몇이서 창칼을 들고 선방 문을 열어 저들을 죽이고, 시체를 뒤뜰에 묻어버리지요. 이건 우리만 아는 일이고, 또 백마와 짐보따리를 처분해 가사만 남겨두어 이 절에서 대대로 전할 보물로 삼는다면, 자손만대를 위한 계책이 아니겠습니까?"

노승은 그 말을 듣고 매우 기뻐하더니, 그제야 눈물을 닦고 말했어요.

"좋다! 좋아! 이 계책이 절묘하구나!"

그러고는 즉시 창칼을 모았어요. 그 가운데 또 광지의 사제師弟인 광모廣謀라는 어린 중이 앞으로 나와 말했어요.

"이 계책은 좋지 않습니다. 저들을 죽이려면 동정부터 살펴봐야 합니다. 얼굴이 희멀건 자야 쉬워 보이지만, 저 털북숭이는 어려워 보입니다. 만약 손을 썼다 죽이지 못하기라도 하면 오히려 화를 자초하는 꼴이 되지 않겠습니까? 제게 창칼을 쓰지 않아도 되는 방법이 있는데, 사조님의 뜻은 어떠신지요?"

"애야, 무슨 방법이 있느냐?"

"제 생각으로는 지금 동산東山의 크고 작은 승방 우두머리들을 불러 모아 모두 마른 장작 한 꾸러미씩 들고 가서 저 세 칸 선방에 갖다 놓고 불을 질러 저들이 밖으로 나오지 못하게 해서, 말까지 한 번에 태워버리는 겁니다. 앞산 뒷산의 외부 사람들이 본다 하더라도 그저 저들이 조심하지 않아서 불을 내는 바람에 우리 선방까지 모두 태워버렸다고 말하면 됩니다. 그러면 저 두 승려는 모두 타 죽지 않겠습니까? 게다가 사람들의 이목을 피하기도 좋으니, 가사는 자연히 우리 절의 대대로 전할 보물이 되지 않겠습니까?"

승려들은 모두 기뻐하며 말했어요.

"대단하다, 대단해! 이 계책이 더 절묘하다! 더 절묘해!"

이렇게 해서 각 선방 우두머리들더러 땔나무를 나르게 했어요.

아! 이 계책은 정말 노승의 목숨을 끝장내고 관음선원을 잿더미로 만드는 것이었어요! 원래 그 절에는 칠팔십 개의 방이 있었고, 이백 명이 넘는 크고 작은 승려들이 있었어요. 그날 밤, 그들이 일제히 땔나무를 날라 삼장법사가 묵고 있는 앞뒤 사방을 물샐틈없이 에워싸고 불을 지른 일에 대해서는 더 이상 얘기하지 않겠어요.

한편, 삼장법사 일행은 한창 곤하게 자고 있었어요. 하지만 손오공은 영특한 원숭이였는지라, 비록 잠이 들었어도 원기元氣를 축적하고 단련하며 게슴츠레 눈을 뜨고 있었어요. 그러다 문득 밖에서 사람들이 쉼 없이 오가는 소리며 쉭쉭 땔나무 가지에서 바람이 이는 소리를 들었어요. 그는 순간 뭔가 이상하단 생각이 들었지요.

'이 고요한 밤에 웬일로 사람들의 발걸음 소리가 들리지? 혹시 도적 떼가 와서 우릴 해치려는 게 아닐까?'

그는 구르듯 벌떡 일어났어요. 문을 열고 나가 살펴보려 했지만 삼장법사를 깨울까 걱정스러웠지요. 자, 보세요. 그는 정신을 집중하고 몸을 흔들어 한 마리 꿀벌로 변신했어요.

입에는 달콤한 꿀을 머금었지만 꼬리엔 독침이 있고
허리는 가늘고 몸은 가볍다.
꽃밭을 뚫고 다니고 버들가지 스치며 화살처럼 날고
버들 솜에 붙어 향기를 찾는 모습 떨어지는 별과 같다.
자그마한 몸이지만 무거운 것을 질 수 있고
윙윙 얇은 날개지만 바람 일으킬 수 있다.
서까래 밑으로
뚫고 나와 자세히 살펴본다.

口甛尾毒　腰細身輕
穿花度柳飛如箭　粘絮尋香似落星
小小微軀能負重　囂囂薄翅會乘雲
卻自椽稜下　鑽出看分明

살펴보자니, 승려들이 땔나무와 풀을 날라 와서 이미 선방을 에워싸고 불을 지르고 있었어요. 손오공은 속으로 비웃었어요.

'과연 사부님 말씀대로군. 저놈들이 우리 목숨을 해치고 가사를 빼앗으려고 이런 독한 마음을 먹었구나. 여의봉으로 때려줄까 싶지만 불쌍해서 때리지도 못하겠구나. 한 방만 휘두르면 몽땅 죽어버릴 테고, 그러면 또 사부님이 내가 흉악한 짓을 저질렀다고 나무라실 테지. 에이! 할 수 없지! 기회를 놓치지 말고 혼내주게 저들의 계략을 역이용해서(順手牽羊 將計就計) 저놈들이 여기서 살지 못하게 만들어버리자!'

멋진 손오공! 그가 단번에 근두운을 타고 남천문으로 들어가자 깜짝 놀란 방龐, 유劉, 구苟, 필畢 등의 하늘 병사들은 허리를 굽혀 절하고, 마馬, 조趙, 온溫, 관關 등의 신장神將들은 허리 숙여 존경의 뜻을 나타내며 모두들 떠들어댔어요.

"야단났다, 야단났어! 하늘궁전에서 난리를 피운 장본인이 또 찾아왔다!"

손오공은 손을 내저으며 말했어요.

"다들 예를 거두고 놀라지 마라. 내 광목천왕廣目天王을 좀 만나러 왔다."

그런데 말이 채 끝나기도 전에 광목천왕이 벌써 나와서 손오공을 맞았어요.

"정말 오랜만이다! 전에 듣자 하니, 관음보살께서 옥황상제를 뵙고 서천으로 경전을 가지러 가는 당나라 승려를 보호하기 위해 사치공조와 육정육갑, 오방게체 등을 빌려 가시면서, 너를 그의 제자로 삼았다고 하셨다던데, 오늘 어떻게 틈을 내서 여기까지 왔느냐?"

"오랜만이지만 인사는 잠시 접어둡시다. 당나라 스님이 길을 가는 도중에 나쁜 놈을 만나서 그놈이 불을 질러 그분을 태워 죽이려 하니, 일이 무척 급하게 되었소. 그래서 당신의 '불을 피하는 덮개[辟火罩兒]'를 빌려 그분을 구하고자 특별히 찾아온 것이오. 빨리 좀 내주시구려. 금방 돌려드리겠소."

"그건 아니지! 나쁜 놈이 불을 질렀다면 물을 빌려 그분을 구해야지 어째서 불 피하는 덮개를 달라는 거냐?"

"댁이 속사정을 어찌 아시겠소? 물을 빌려 그분을 구하면 불태울 수가 없을 테니, 오히려 저놈들만 편하게 해줄 뿐이오. 이 덮개를 빌려 당나라 스님이 다치지 않게 보호하고 나머지는 내버려

손오공이 관음서원에서 삼장법사를 보호한 채 불길을 키우다

둬서 몽땅 타버리게 해야 하오. 빨리 주시오, 빨리! 지금쯤 이미 늦어버렸는지도 모르겠소! 내가 아래 세상에서 하는 일을 망치지 말아주시오."

광목천왕은 웃으며 말했어요.

"이 원숭이가 아직 이렇게 못된 마음을 쓰는군. 그저 자기편만 돌보고 남은 상관하지 않다니!"

"빨리요, 빨리! 쓸데없이 입씨름하다가 큰일을 망치겠소!"

광목천왕은 할 수 없이 손오공에게 덮개를 빌려주었어요. 덮개를 받아든 손오공은 근두운을 타고 선방 들보에 도착해서, 삼장법사와 백마, 짐보따리를 덮었어요. 그리고 뒤쪽의 노승이 거처하는 방장 지붕에 앉아 조심스럽게 가사를 보호했어요. 그리고 사람들이 불을 지르자 중얼중얼 주문을 외며 동남쪽을 향해 공기를 한 모금 빨아들였다가 훅 내뿜으니, 한바탕 바람이 일어나 불길이 활활 맹렬하게 타오르게 만들었어요. 그건 정말 대단한 불길이었어요.

검은 연기 아득히 피어나고
붉은 불꽃 무섭게 솟구친다.
검은 연기 아득히 피어나
넓은 하늘에 별빛 하나 보이지 않고
붉은 불꽃 무섭게 치솟아
대지가 빛나며 천 리 밖까지 붉구나!
처음 일어날 때는
금빛 뱀처럼 넘실거리더니
그 뒤에는
붉은 말처럼 활활 날뛰어

남방삼기[1]가 영웅의 위용 드러내고
회록대신[2]이 법술의 힘을 펼치는구나.
마른 장작 타올라 불의 성질 세차니
수인씨燧人氏[3]가 나무에 구멍 뚫어 불붙인 일 따위 말해 무엇하랴?
문 앞의 뜨거운 기름에 오색 불꽃 나부끼니
태상노군이 팔괘로八卦爐를 연 데 비할 만하네.
정말 저 무정한 불길 피어나니
일부러 저지른 이 못된 일 어떻게 막을까?
재앙을 막아주지 않고
오히려 잔학한 일을 도왔네.
바람은 불길 따라 불어
불꽃이 천 길 넘게 날아오르고
불길은 왕성하고 바람이 위세 부리니
재는 높은 하늘 구름 밖까지 솟아오르네.
타닥타닥
마치 섣달에 폭죽을 쏘아대는 듯
탕탕 펑펑
군대에서 대포를 쏘아대는 듯
그 절의 불상도 도망가지 못해 타버리고
절 어디에도 숨을 곳 없네.

1 전설 속 불의 신인 화덕성군火德星君을 가리킨다. 제6권 51회에 자세한 설명이 있다.
2 전설 속 불의 신이다. 후세에는 종종 회록回祿을 가지고 화재火災를 나타내곤 했다.
3 나무에 구멍을 뚫어 비벼서 최초로 불을 만들어냈다고 하는 전설적인 인물이다.

적벽에서 밤에 적군을 무찌른 것[4]처럼 장관이요
불붙은 아방궁[5]보다 더 굉장하구나.

黑煙漠漠　紅燄騰騰
黑煙漠漠　長空不見一天星
紅燄騰騰　大地有光千里赤
起初時　灼灼金蛇
次後來　煨煨血馬
南方三炁逞英雄　回祿大神施法力
燥乾柴燒烈火性　說甚麼燧人鑽木
熟油門前飄綵燄　賽過了老祖開爐
正是那無情火發　怎禁這有意行兇
不去弭災　返行助虐
風隨火勢　燄飛有千丈餘高
火逞風威　灰迸上九霄雲外
乒乒乓乓　好便似殘年爆竹
潑潑喇喇　卻就如軍中炮響
燒得那當場佛象莫能逃　東院伽藍無處躲
勝如赤壁夜鏖兵　賽過阿房宮內火

이것은 정말 작디작은 불씨가 드넓은 들판을 태우는 격이었어요. 순식간에 광풍이 몰아치며 불길이 왕성하게 일어나니, 관음선원 곳곳이 온통 붉게 변해버렸어요. 저 승려들 하는 꼴을 좀 보

4 208년에 일어난 적벽대전赤壁大戰을 가리킨다. 삼국시대에 주유周瑜와 제갈량諸葛良이 적벽(지금의 후베이성湖北省 자위시앤嘉魚縣 동북쪽에 있음)에서 화공火攻을 이용하여 조조曹操의 군대를 크게 무찌른 바 있다.

5 기원전 206년에 항우項羽가 함양咸陽에 쳐들어가 진시황秦始皇의 궁궐(지금의 산시성 시안스西安市 서북쪽에 유지遺址가 남아 있음)에 불을 질렀는데, 불길이 석 달 동안이나 꺼지지 않았다고 한다.

세요. 상자와 광주리를 나르고, 탁자를 옮기고 솥을 떼어내고 하면서, 절은 온통 괴롭게 울부짖는 비명 소리로 가득했어요. 손오공은 뒤편 방장을 지키고 있고, 불을 피하는 덮개가 앞쪽의 선방을 덮고 있었어요. 그 두 군데를 제외하고 앞뒤에서는 불길이 크게 일어났어요. 그야말로,

하늘 비추는 불꽃 찬란하게 빛나고
벽을 뚫는 금빛 환하게 빛나는구나.

照天紅焰輝煌　透壁金光照耀

라는 표현에 딱 맞는 광경이었지요.

그런데 뜻밖에도 불이 나면서 온 산의 짐승과 괴물들이 놀라게 되었어요. 이 관음선원에서 정남쪽으로 이십 리 남짓 떨어진 곳에 흑풍산黑風山이 있었는데, 산속에는 흑풍동이라는 동굴이 있었어요. 그 안에 살던 요괴가 막 잠에서 깨어 몸을 뒤척이고 있는데, 창문 틈으로 빛이 새어들기에 날이 밝았나보다 하면서 일어나 살펴보니, 정북쪽에서 불길이 번쩍거리고 있었어요. 요괴는 깜짝 놀라며 중얼거렸어요.

"이런! 이건 틀림없이 관음선원에 불이 난 게야. 이놈의 중들이 조심하지 않고! 보아하니, 내가 좀 도와줘야 되겠구나."

대단한 요괴! 그놈은 구름을 일으켜 타고 곧장 연기와 불길 아래로 내려갔어요. 과연 하늘을 찌르는 불로 앞쪽의 건물들은 모두 타서 없어졌고, 양쪽의 복도에서 막 불길과 연기가 일어나고 있었어요. 그놈은 성큼성큼 안으로 들어가며 물을 가져오라고 소리치려다가 뒤쪽의 건물에는 불이 붙지 않았고, 지붕 위에서 웬

녀석이 바람을 불어대고 있는 것을 발견했지요.

그 요괴가 사태를 눈치채고 급히 안으로 들어가 살펴보니, 방장 안은 노을빛의 아름다운 서기로 가득했고, 책상 위에 푸른 모직 천에 싸인 보따리 하나가 놓여 있었어요. 그놈이 풀어보니 불가의 진귀한 보물인 금란가사 한 벌이 있었어요. 재물에 마음이 동한 그놈은 불난리를 구하지 않고 물 가져오라고 소리도 지르지 않은 채, 그 가사를 들고 소란을 틈타 구름을 타고 재빨리 동산東山으로 돌아가버렸어요.

그 불길은 날이 밝을 무렵까지 타다가 간신히 꺼졌어요. 자, 보세요. 승려들은 옷도 제대로 걸치지 못한 채 펑펑 울며 모두들 그 잿더미 속에서 구리며 쇠로 만들어진 기물들을 찾고, 숯 더미를 헤치고 금과 은을 찾았어요. 허물어진 담벼락 자리에 거적으로 대충 천막을 치는 이도 있었고, 휑한 벽 발치에 솥을 걸고 밥을 짓는 이도 있었어요. 그들이 원통하다 호소하며 아우성치고 요란하게 소란을 피운 일은 더 이상 얘기하지 않겠어요.

한편, 손오공은 '불을 피하는 덮개'를 거두어 휙 재주를 넘어 남천문으로 올라가 광목천왕에게 돌려주었어요.

"고맙게 잘 썼소."

"제천대성은 정말 성실하구려. 보배를 돌려주지 않으면 찾을 데도 없으니 어쩌나 하고 걱정했는데, 기쁘게도 돌려주시는구려."

"손 어르신이 어디 남을 속여 물건이 뺏는 분이오? 이런 걸 일컬어 '잘 빌려 쓰고 잘 돌려주면 다시 빌리기도 어렵지 않다'고 하는 거요."

"오랫동안 못 만났는데 잠깐 궁궐 안으로 들어가시는 게 어떻소?"

"손 어르신은 예전과 달리 '도낏자루 썩는 줄 모르고 고담준론을 나누는(爛板凳 高談闊論)' 몸이 되었소. 하지만 지금은 당나라 스님을 보호해야 하는지라 그럴 여가가 없소. 용서하시구려!"

그가 급히 작별하고 구름을 타고 내려오다 보니, 태양이 떠올라 있었어요. 급히 선방 앞에 도착해서 몸을 흔들어 꿀벌로 변해 안으로 들어간 후 원래 모습으로 돌아와 살펴보니, 삼장법사는 아직 깊은 잠에 빠져 있었어요. 손오공이 소리쳤어요.

"사부님, 날이 밝았으니 어서 일어나세요!"

삼장법사가 비로소 잠에서 깨어 몸을 일으키며 말했어요.

"정말 그렇구나."

삼장법사가 옷을 입고 밖으로 나와 고개를 들어 보니, 무너진 벽에 벌건 담장들만 보이고 누각이며 건물들은 보이지 않는지라 깜짝 놀라 물었어요.

"아니? 건물들이 다 어디로 간 게냐? 온통 붉은 담장뿐이니, 어떻게 된 일이냐?"

"아직도 꿈속이시군요! 어젯밤에 불길이 휩쓸고 갔어요."

"그런데 나는 왜 몰랐지?"

"이 몸이 선방을 보호했기 때문이지요. 사부님이 깊이 잠드신 걸 보고 놀라 깨시지 않게 해드렸어요."

"선방을 지킬 재간이 있다면 어째서 다른 건물의 불을 끄지 않았느냐?"

손오공이 웃으며 말했어요.

"사부님께서도 알아두셔야 되겠군요. 과연 어제 말씀하신 것처럼 저놈들이 우리 가사를 탐내서 우리를 태워 죽이려 했어요. 이 몸이 눈치채지 못했더라면 지금쯤 모두 뼈까지 재가 되었을 거예요!"

삼장법사가 그 말을 듣고 겁이 나서 말했어요.

"그자들이 불을 질렀더냐?"

"그놈들이 아니면 누구겠어요?"

"설마 널 푸대접했다고 이런 짓을 저지른 건 아니겠지?"

"이 몸이 이런 못된 짓을 할 만큼 그렇게 악랄한 놈입니까? 정말 저놈들이 불을 지른 거라니까요! 이 몸은 그놈들의 못된 심보를 보고 불을 꺼주지 않고 그저 바람이 불게 조금 도와줬을 뿐입니다."

"세상에! 맙소사! 불이 일어나면 물을 뿌려 도와줘야지 어찌 바람을 일으켜 도와주려 했단 말이냐?"

"옛말에 '사람이 호랑이를 해칠 생각이 없으면 호랑이도 사람을 해칠 마음을 품지 않는다(人沒傷虎心 虎沒傷人意)'고 했습니다. 저놈들이 불을 지르지 않았다면 제가 왜 굳이 바람을 일으켰겠습니까?"

"가사는 어디 있느냐? 설마 불타버린 것은 아니겠지?"

"괜찮아요. 괜찮아요! 타지 않았어요! 가사를 놓아둔 방장에는 불이 번지지 않았어요."

"네 멋대로 해라, 난 모르겠다. 허나 가사에 조금이라도 흠이 갔다면 내가 바로 그 주문을 욀 테고 그럼 넌 죽음이다!"

손오공이 당황해서 말했어요.

"사부님, 참으세요! 외지 마세요! 가사를 찾아다 돌려드리면 될 거 아니에요! 제가 가서 가져오면 길을 떠나도록 하지요."

이렇게 해서 삼장법사는 곧 말을 끌고 손오공은 짐을 짊어진 채 선방을 나와 곧장 뒤쪽의 방장으로 갔어요.

한편, 승려들은 슬픔에 잠겨 있던 차에 문득 삼장법사와 손오공이 말을 끌고 짐을 지고 나타나자 모두들 깜짝 놀라 혼비백산해서 말했어요.

"원혼들이 목숨을 찾으러 왔다!"

그러자 손오공이 호통을 쳤어요.

"무슨 원혼이 목숨을 찾는단 말이냐! 빨리 우리 가사를 돌려다오!"

승려들은 일제히 엎드려 머리를 조아리며 말했어요.

"나리, 원통한 일에는 원수가 있고 빚에는 빚쟁이가 있는 법입니다요. 그런 일이라면 저희에게 묻지 마십시오. 저희와는 상관없는 일입니다요. 모두가 광모와 노스님이 간교한 계책으로 당신들을 해친 것이오니, 우리에게 목숨값 내놓으라고 따지지는 마십시오."

손오공은 버럭 소리를 질렀어요.

"이 죽어 마땅한 축생들아! 누가 너희더러 무슨 목숨값을 내놓으라더냐? 가사만 돌려주면 우린 떠나겠다!"

그러자 그들 가운데 제법 대담한 두 승려가 말했어요.

"나리, 당신들은 이미 선방 안에서 불에 타 죽었는데, 지금 와서 가사를 내놓으라 하시니 도대체 사람입니까 귀신입니까?"

손오공은 웃으며 말했어요.

"이 죄 많은 축생들아! 어디 무슨 불이 났다는 게냐? 저 앞의 선방을 보고 와서 다시 말해보거라."

승려들은 앞으로 기어가서 살펴보았어요. 과연 선방 바깥의 문이며 창, 칸막이에는 그을린 흔적조차 없었어요. 승려들은 겁에 질려 비로소 삼장법사가 신승神僧이고 손오공이 존귀한 불법의 수호자라는 걸 알아보았어요. 그들은 일제히 나아가 머리를 땅에 찧으며 말했어요.

"저희들이 보는 눈이 없어서 신선께서 아래 세상에 내려오신 걸 몰라뵈었습니다. 나리들의 가사는 뒤쪽 방장의 사조님 처소에 있습니다."

삼장법사는 네다섯 층의 무너진 벽과 담장을 지나며 한없이 탄식했어요. 방장은 과연 불에 타지 않았는데, 승려들은 안으로 달려 들어가며 소리쳤어요.

"사조님, 당나라 스님은 신인神人이시라 불에 타 죽지 않았고, 이제 오히려 저희들 집만 망쳐버렸습니다. 어서 가사를 꺼내 돌려주십시오."

이 노승은 가사도 찾지 못하고 절간 건물들도 타버렸는지라 무척 괴롭고 초조하던 차에, 이 말을 들었으니 어찌 대답할 수 있었겠어요? 아무리 생각해도 대책이 없고 진퇴양난이라, 터벅터벅 걸어가 허리를 숙인 채 담에다 자기 머리를 박아버렸어요. 불쌍하게도 머리가 깨져 피가 흐르고 혼백이 날아가 버리고, 목구멍에 숨이 끊어진 채 모래만 붉게 적셨어요. 이것을 증명하는 시가 있지요.

> 애석하구나! 노승 성품 우둔하여
> 그릇되게 속세의 늙은이 되었구나.
> 가사를 얻어 대대로 전하려 했으나
> 어찌 알았으랴, 불보는 범상한 것과 다름을?
> 그저 쉬운 방법으로 오래 간직하려 하다가는
> 틀림없이 쓸쓸히 일만 망치게 될 뿐
> 광지와 광모가 무슨 쓸모 있었는가?
> 남을 해치고 자신을 이롭게 하려는 것은 한바탕 헛된 꿈일 뿐!

堪嘆老衲性愚蒙　枉作人間一壽翁
欲得袈裟傳遠世　豈知佛寶不凡同

但將容易爲長久　定是蕭條取敗功
廣智廣謀成甚用　損人利己一場空

당황한 승려들이 통곡하며 말했어요.

"사조님께서는 머리를 박고 돌아가셨고 가사는 보이지 않으니, 어쩌면 좋단 말입니까?"

그러자 손오공이 말했어요.

"아마 너희들이 훔쳐서 숨긴 모양이구나! 모두 나와서 빠짐없이 명부名簿를 작성해라, 손 어르신이 한 명 한 명 조사해봐야겠다!"

위아래 승방의 원주들이 절의 승려와 수도승[頭陀], 심부름하는 동자, 불목하니를 모두 기록한 명부 두 장을 작성했는데, 크고 작은 사람이 모두 이백삼십 명이었어요. 손오공은 삼장법사를 높은 자리에 앉히고 처음부터 하나하나 이름을 불러 수색했어요. 모두들 옷깃을 풀어헤치고 샅샅이 조사했으나 가사는 없었지요. 또 각 승방에서 옮겨간 상자며 바구니들에 담긴 물건을 모조리 꼼꼼하게 수색했지만, 가사의 종적은 어디에서도 찾지 못했어요. 삼장법사는 속으로 괴로워하고 손오공을 한없이 원망하고 탓하더니, 높은 자리에 앉아 주문을 외기 시작했어요. 손오공은 털썩 땅바닥에 쓰러져 머리를 싸안고 무척 괴로워하면서 그저 이렇게 외칠 뿐이었어요.

"주문을 멈추세요, 멈춰요! 어떻게든 가사를 찾아드리겠어요."

승려들이 그 모습을 보고 모두 덜덜 떨며 앞으로 나아가 꿇어앉아 풀어줄 것을 권하자, 삼장법사는 비로소 입을 다물고 주문을 그쳤어요. 손오공은 벌떡 일어나 귓바퀴 속에서 여의봉을 꺼내들고 승려들을 내갈기려 했으나 삼장법사의 호통에 저지당하고 말았어요.

"이놈의 원숭이야! 여전히 무례한 걸 보니, 머리 아픈 게 아직 무섭지 않은 모양이구나! 손을 멈춰라! 사람을 해치지 마라. 다시 한 번 심문해보겠다!"

승려들은 머리를 바닥에 찧으며 애처롭게 삼장법사에게 말했어요.

"나리, 살려주십시오. 저희들은 정말 본 적도 없습니다요. 이건 모두 저 귀신이 된 늙은이의 잘못입니다. 어젯밤 그자는 나리의 가사를 보며 밤 깊도록 통곡만 할 뿐 감히 보지도 못한 채, 오래도록 가지고 있으면서 대대로 물려줄 보물로 삼으려고 계책을 세워 나리를 태워 죽이려 한 것입니다요. 불길이 일 때 광풍이 휘몰아치는 바람에 저희들은 그저 불을 끄고 물건을 옮겨 나르느라 정신이 없어서, 가사가 어디로 갔는지는 더더욱 모릅니다요."

손오공은 매우 화가 나서 방장 안으로 들어가 그 늙은 승려의 시체를 들고 나와 옷을 죄다 벗기고 자세히 살폈으나, 온몸을 뒤져도 그 보물을 찾을 수 없었어요. 또한 방장 바닥을 세 자나 파보았으나 종적도 없었어요. 손오공은 한참 이리저리 궁리해보더니, 승려들에게 물었어요.

"이 근처에 정령으로 변한 무슨 요괴가 있지 않느냐?"

그러자 주지가 대답했어요.

"나리께서 묻지 않으셨으면 생각도 못했을 뻔했습니다. 이곳 바로 동남쪽에는 흑풍산이 있는데, 흑풍동 안에 흑대왕黑大王이란 자가 있습니다. 귀신이 된 늙은이가 항상 그와 함께 도에 대해 논했는데, 그자가 바로 요사한 정령입니다. 그 외에 다른 놈은 없습니다."

"그 산이 여기서 얼마나 떨어져 있느냐?"

"이십 리밖에 안 됩니다. 바로 저기 보이는 산입니다."

손오공이 웃으며 말했어요.

"사부님, 안심하십시오. 따져볼 필요도 없이 분명 그 검은 괴물이 훔쳐 갔을 겁니다."

"그가 있는 집은 여기서 이십 리나 떨어져 있는데, 어떻게 그자라고 단정하느냐?"

"사부님께선 보지 못하셨겠지만, 어젯밤 불길이 만 리 높이까지 치솟아 온 하늘을 밝게 비췄으니, 이십 리는 말할 것도 없고 이백 리라도 보였을 것입니다. 틀림없이 그놈이 불빛이 환하게 비치는 걸 보고 몰래 여기에 왔다가 우리 가사가 보물이란 것을 알고 어수선한 틈을 타서 훔쳐 갔을 것입니다. 이 몸이 한 번 찾아보겠습니다."

"네가 가버리면 나는 어디에 의지하란 말이냐?"

"그 점에 대해서는 안심하십시오. 보이지 않는 곳에서는 신령들이 보호하고 있고, 보이는 곳에서는 제가 저 중들더러 모시게 해드리겠습니다."

손오공은 즉시 여러 승려들을 불러놓고 말했어요.

"너희들 가운데 몇 명은 저 늙은 귀신을 묻어버리고 몇 명은 내 사부님을 모시고 우리 백마를 지켜라."

여러 승려들이 "예!" 하고 대답하자, 손오공이 또 말했어요.

"말로만 대답하고 내가 가면 시킨 대로 하지 않을 게다. 사부님을 모시는 자들은 편안하고 기쁜 안색으로 모셔야 할 것이고, 백마를 보살피는 자들은 물과 풀을 고루 먹여야 한다. 조금이라도 소홀함이 있다면 이렇게 몽둥이질을 해줄 테니, 잘들 봐둬라!"

그리고 그가 여의봉을 꺼내서 불에 탄 벽돌담을 향해 꽝! 한 번 내리치니, 담이 우수수 가루가 되어버렸고 또 칠팔 층 담들이 흔들려 넘어져버렸어요. 승려들은 그 모습을 보고 모두들 뼈가 흐물흐물해지고 몸이 굳어져서 무릎을 꿇고 머리를 땅바닥에 찧고 눈물을 흘리며 말했어요.

"나리, 안심하고 가십시오. 저희들이 몸과 마음을 다해 어르신을 모시고, 추호도 게으름 피우지 않겠습니다."

멋진 손오공! 그는 급히 근두운에 뛰어올라 곧장 가사를 찾으러 흑풍산으로 갔어요.

금선존자金禪尊者 올바름 찾아 장안長安 교외를 나서서
석장 짚고 서쪽으로 가며 푸른 산천을 건너네.
호랑이와 표범, 이리와 뱀 같은 사나운 동물 가는 곳마다 있지만
장인匠人이며 장사치, 선비나 나그네를 만나는 때 드물었네.
도중에 이국 땅 어리석은 중의 질투를 만났지만
오로지 제천대성의 위력에 의지하여 극복했네.
불길 피어나고 바람 일어나 관음선원은 폐허가 되었고
검은 곰이 밤중에 금란가사를 훔쳐 갔네.

金蟬求正出京畿　仗錫投西涉翠薇
虎豹狼蟲行處有　工商士客見時稀
路逢異國愚僧妒　全仗齊天大聖威
火發風生禪院廢　黑熊夜盜錦襴衣

결국 이번에 찾아간 곳에 가사가 있었는지 없었는지, 일의 길흉이 어땠는지는 알 수 없으니, 이에 대해서는 다음 회를 들어보시라.

제17회
흑풍산 요괴에게서 금란가사를 되찾다

한편, 손오공이 훌쩍 재주를 넘어 하늘로 솟구쳐 올라가니 관음선원의 크고 작은 승려들과 행각승, 동자승, 불목하니 등이 하나같이 하늘을 우러러 절하며 말했어요.

"아이고 어르신! 알고 보니 구름을 타고 안개를 모는 신선께서 하계에 내려오셨던 거로군요. 어쩐지 불로도 태울 수 없더라니! 원망스럽게도 사람 볼 줄 모르는 저 늙다리가 마음 곱게 안 쓰고 농간을 부리더니만, 결국 오늘 자기 신세만 망쳤습니다."

삼장법사가 말했어요.

"다들 일어나시지요. 원망할 필요도 없어요. 이제 가사만 찾아내면 모든 일이 끝나는 겁니다. 하지만 만약 찾아내지 못하면 내 제자가 성질이 좀 못돼먹어서 여러분 목숨이 어떻게 될지는 나도 모르겠소. 아마 한 사람도 그의 손아귀에서 빠져나가지 못할 거요."

승려들은 이 말을 듣고 모두 두려워 간이 콩알만 해져서 가사를 찾아 목숨을 보전할 수 있게만 해달라고 하늘에 기도를 드렸음은 더 말하지 않겠어요.

한편, 제천대성은 공중에서 허리를 한 번 비틀자 순식간에 흑풍산에 도착했지요. 구름을 멈추고 자세히 살펴보니 정말로 훌륭한 산이었어요. 게다가 마침 시절은 봄날이라, 그 경치가 이러했답니다.

수만의 골짜기마다 물길 다투어 흐르고
수천의 절벽들 저마다 아름다운 자태를 뽐내네.
새 우짖어도 사람은 뵈지 않고
꽃 떨어져도 나무 외려 향기롭네.
비 지나가니 하늘에 맞닿은 푸른 절벽 윤기가 흐르고
바람이 소나무 가지를 말아 올리며 비췻빛 병풍을 펼치네.
들풀이 자라고 야생화가 핀 깎아지른 벼랑 가파른 산봉우리
담쟁이덩굴 자라고 아름다운 나무, 험준한 고개와 평평한 언덕들
은자도 만나지 못하고
어디 가 나무꾼을 찾는단 말인가?
시냇가엔 학이 한 쌍 물을 마시고
바위에선 들원숭이가 미친 듯 날뛰네.
소라처럼 감돌아 솟은 봉우리들 검푸른 색을 펼쳐놓은 듯
비췻빛 품은 높은 산들 산빛을 희롱하네.

萬壑爭流　千崖競秀
鳥啼人不見　花落樹猶香
雨過天連青壁潤　風來松捲翠屏張
山草發　野花開　懸崖峭嶂
薜蘿生　佳木麗　峻嶺平崗
不遇幽人　那尋樵子

澗邊雙鶴飲　石上野猿狂
矗矗堆螺排黛色　巍巍擁翠弄嵐光

손오공이 한창 산세를 감상하고 있는데 갑자기 방초 우거진 언덕 앞에서 누군가의 말소리가 들렸어요. 손오공이 살금살금 발걸음을 죽여 그 벼랑 아래에 숨어 몰래 훔쳐보니, 웬걸, 요마 셋이 땅바닥에 앉아 있는 것이었어요. 맨 윗자리에 앉은 것은 시커멓게 생긴 놈이었고 왼쪽은 도사, 오른쪽은 흰옷 입은 선비였어요. 모두 거기 앉아 고담준론을 펼치고 있었는데, 얘기 내용인즉슨 솥을 놓고 화로를 앉힌다느니, 주사朱砂를 빚어 수은을 만드느니, 무슨 백설白雪이니 황아黃牙[1]니 하는 도교의 연단술에 관한 것이었어요. 한창 말하던 도중에 그 시커먼 놈이 웃으며 말했어요.

"모레가 우리 어머니가 고생해서 날 낳은 날일세. 두 분께서 왕림해주신다면 더없는 영광이네."

흰옷의 선비가 말했어요.

"해마다 대왕의 생신을 축하해왔는데, 올해 아니 갈 이유가 있겠습니까?"

"사실 어젯밤 내가 보물 하나를 손에 넣었거든. 이름하여 금란가사라고 하는 건데, 이게 정말 굉장한 물건이란 말일세. 그래서 내일이라도 당장 그걸 갖고 생일 축하를 하기 위해 잔치를 크게 열려고 해. 각 산의 도사들을 청해다 이 가사를 갖게 된 것을 축하하고, 그런 의미로 잔치의 이름을 '불의회佛衣會'라고 부르고 싶은데, 어떠한가?"

도인이 웃으며 말했어요.

"거 참 좋습니다! 좋아요! 내일 가서 우선 보물 얻은 것을 축하

1 백설은 수은을, 황아는 납을 가리킨다.

드리고 모레 또 생일잔치에 참석할게요."

손오공은 가사란 말을 듣자 그것이 자기네 보물이 틀림없다고 생각했지요. 그러자 부글부글 끓는 화를 참지 못해 벼랑에서 뛰쳐나가 두 손으로 여의봉을 높이 쳐들고 호통을 쳤어요.

"이 날도둑놈들! 내 가사를 훔쳐가지고 뭐 어쩌고 어째? 불의회? 잔말 말고 얼른 가사를 내놔!"

그리고 또 한 번 "게 섰거라!" 버럭 고함을 지르며 여의봉을 돌려 머리를 향해 내리치니, 당황한 시커먼 놈은 바람으로 변해 도망치고, 도인은 구름을 몰아 달아나고, 흰옷 입은 선비만이 단방에 맞아 죽었어요. 죽은 녀석을 끌어내 보니, 사람으로 변한 백화사白花蛇였어요. 분이 덜 풀린 손오공, 아예 그놈을 집어 들고 대여섯 토막을 내버렸지요. 그리고 산 깊숙이 들어가 그 시커먼 놈을 찾아다니기 시작했어요. 뾰족한 봉우리를 돌아 험준한 고개를 넘자니, 깎아지른 낭떠러지 앞에 동굴 하나가 우뚝 솟아 있는 것이 보였어요.

안개 낀 노을 아득히 깔리고
소나무 잣나무 빽빽하게 우거졌네.
안개 낀 노을 아득히 깔리어 입구를 색색으로 가득 채우고
소나무 잣나무 빽빽하게 우거져 동굴 문을 푸르게 감싸네.
다리는 고사목 위로 걸쳐 있고
산꼭대기엔 담쟁이덩굴이 휘감겨 있네.
새들은 붉은 꽃 물고 구름 낀 골짜기로 날아오고
사슴은 꽃 핀 풀숲을 밟으며 석대에 오르네.
동굴 문 앞에서
계절은 꽃이 피길 재촉하고

바람은 꽃향기를 실어 날리네.
방죽가 푸른 버드나무 사이로 꾀꼬리가 이리저리 날고
언덕엔 요염한 복사꽃 사이로 나비들이 날갯짓하네.
넓은 벌판이라 자랑할 순 없지만
그래도 봉래산 경치 못지않네.

烟霞渺渺　松栢森森
烟霞渺渺采盈門　松栢森森青遶户
橋踏枯槎木　峰巔繞薜蘿
鳥啣紅蕋來雲壑　鹿踐芳叢上石臺
那門前　時催花發　風送花香
臨堤綠柳轉黃鸝　傍岸夭桃翻粉蝶
雖然曠野不堪誇　却賽逢萊山下景

손오공이 문 앞으로 다가가 보니 돌문 두 짝이 아주 단단히 잠겨 있었어요. 문에는 가로로 길쭉한 돌 현판이 걸려 있고 '흑풍산 흑풍동'이란 여섯 글자가 크고 또렷하게 씌어 있었어요. 손오공은 여의봉을 휘두르며 "문 열어라!" 하고 소리쳤어요. 안에서 문을 지키던 졸개 요괴가 문을 열고 나와 물었어요.

"게 누구냐! 감히 우리 선동仙洞을 치러 오다니!"

손오공이 욕을 퍼부었어요.

"이 뒈질 놈아! 여기가 뭐 어떤 데라고? 감히 선동이란 이름을 붙여? '선仙' 자를 네놈 따위가 쓰다니! 얼른 그 시커먼 놈에게 가서 어르신의 가사를 당장 내놓으라고 해! 그럼 네 목숨은 살려주마."

졸개가 황급히 달려 들어가 알렸어요.

"대왕님, 불의회고 뭐고 다 틀렸습니다! 지금 문밖에 털북숭이 얼굴에 벼락신의 주둥이를 한 중놈이 와서 가사를 내놓으라고 합니다!"

시커먼 놈은 방금 방초 언덕 앞에서 손오공에게 쫓겨온 뒤 문을 잠그고 미처 제대로 앉기도 전에 또 이런 보고를 받자, 속으로 이런 생각이 들었어요.

'어디서 굴러먹다 온 놈이기에 이렇게 무례한 거야? 감히 내 집 문 앞까지 와서 시끄럽게 굴다니!'

그는 곧 갑옷과 투구를 가져오라 해서 단단히 무장하고 검은 술이 달린 창[黑纓鎗]을 들고 밖으로 나갔어요. 손오공이 문밖에 숨어 여의봉을 쥔 채 눈을 크게 뜨고 살펴보니, 그 요괴 몰골이 정말 흉측하기 짝이 없었어요.

사발 같은 철 투구는 검은 옻칠 반짝이고
새카만 쇠 갑옷은 휘황찬란하게 빛나네.
검정 비단 도포는 펄럭펄럭 소매에 바람을 안고
검푸른 띠 나풀나풀 길게 늘어뜨렸네.
손엔 검은 술 달린 창을 꼬나쥐고
발엔 검은 가죽 장화를 신었네.
번뜩이는 금빛 눈동자 번갯불이 튀는 듯
이분이 바로 산중 흑풍왕이시네.

碗子鐵盔火漆光　烏金鎧甲亮輝煌
皂羅袍罩風兜袖　黑綠絲縧軃穗長
手執黑纓鎗一桿　足踏烏皮靴一雙
眼幌金睛如掣電　正是山中黑風王

그 모습을 본 손오공은 속으로 웃으며 이렇게 생각했지요.

'저 녀석 완전히 숯가마처럼 새까맣구먼. 틀림없이 숯 굽는 놈일 거야. 여기서 숯이나 구워먹고 살지 않고서야 어떻게 저렇게 온몸이 새카말 수 있겠어?'

요괴가 큰 소리로 고함을 질렀어요.

"뭣하는 중놈이기에, 간도 크게 여기 와서 까불어?"

그러자 손오공이 여의봉을 잡고 앞으로 뛰쳐나가 호통을 쳤어요.

"쓸데없는 소린 집어치우고, 네 외할아버지의 가사나 얼른 내놓아라!"

"대체 어느 절 중놈이냐? 어디서 가사를 잃어버리고 여기 와서 내놓으래?"

"내 가사로 말하자면, 여기서 정북쪽에 있는 관음선원 뒤편 방장에다 두었었지. 거기 불이 나자 난리통에 네놈이 훔쳐내서 무슨 불의회인가 하는 축하연을 하겠다고 하고선, 어디서 발뺌하는 거야? 당장 내놓으면 목숨만은 살려주지! 거 '안 된다' 소리의 '안' 자만 해봐라. 흑풍산을 뒤집어버리고, 이 흑풍동을 짓뭉개고, 동굴 안 네놈 졸개들을 몽땅 가루로 만들어놓겠다!"

요괴가 이 말을 듣더니 픽픽 코웃음을 쳤어요.

"이런 황당한 놈을 봤나! 어젯밤 그 불은 네놈이 놓은 게 아니더냐? 네가 그 방장 지붕에서 바람을 일으켜 나쁜 짓을 하고선, 내가 그 틈에 가사를 좀 들고 왔기로서니 그래, 네가 뭐 어쩔 테냐? 대체 어디서 굴러먹다 온 놈이냐? 성은 뭐고 이름은 뭐야? 얼마나 대단한 재주가 있기에, 그렇게 큰소리를 땅땅 치는 거냐?"

"네놈도 이 외할아버지를 못 알아보는구나! 네 외할아버지는 다름 아니라 위대한 당나라 황제 폐하의 아우님 되시는 삼장법사의 제자이시다. 성은 손, 이름은 오공이요 법명은 행자라고 하시니라. 이 손 어르신의 재주가 궁금하다고? 네놈은 말만 들어도 혼비백산, 당장 꼬꾸라지고 말걸?"

"네놈을 본 적도 없는데 무슨 재주가 있는지 알게 뭐냐? 어디 한 번 말해봐라!"

"이 자식아, 거기 얌전히 서서 잘 들어. 나로 말하자면,"

어려서부터 신통력 있고 재주가 뛰어나
바람 따라 변화하며 용맹함을 과시했지.
참된 본성을 수양한 지 길고 긴 세월
윤회의 굴레 뛰쳐나와 운명에서 벗어났지.
일편단심 정성스레 도를 찾아다니다
영대산에서 약초 뿌리 캐게 되었네.
그 산에서 노신선 한 분을 만났으니
그분 춘추 십만팔천 세더라.
넙죽 절하여 이 어르신을 스승으로 모시니
불로장생 비법을 가르쳐주시더군.
그분이 말씀하시길, 몸 안에 불사의 단약이 있으니
밖에서 구하는 건 말짱 헛수고라더라.
허나 신선 되는 위대한 비결을 전수받았다 해도
근본이 없으면 실로 감당하기 어려운 법
내 안을 비춰보며 고요한 마음으로 정좌하면
몸속에서 해와 달, 물과 불이 뒤섞이지.
만사를 생각지 않으니 욕심이 적고
육근[2]이 깨끗하니 신체가 튼튼하지.
노인에서 아이로 돌아가는 것쯤 쉬운 일

2 눈, 코, 귀, 혀, 몸과 마음을 가리킨다.

속세를 초월하여 성인이 되는 길도 멀지 않지.
삼 년간 모든 번뇌를 끊고 신선의 몸을 이루었으니
속된 무리와는 달라 시달리며 고통받지 않지.
십 주 삼 도에서도 놀아보고
바다 끝 하늘 구석까지 두루 다녀보았지.
삼백 살도 더 살았지만
하늘에는 오르지 못했어.
바다로 내려가 용왕을 항복시키고 보물을 손에 넣으니
여의봉 한 자루를 얻은 게야.
화과산에서 대왕이 되어
수렴동에 여러 요괴들을 모았지.
그러자 옥황상제 칙령을 내려
나를 제천대성이란 최고 품계에 봉했지.
몇 번이나 영소보전에서 소란을 피웠던가?
서왕모의 복숭아를 훔쳐 먹은 것도 여러 차례
하늘 군대 십만이 잡으러 오니
창칼이 겹으로 빽빽이 늘어섰네.
겁먹은 탁탑천왕 하늘로 돌아가고
나타태자 중책을 맡았다 병사를 이끌고 도망쳤지.
현성이랑신 변신술에 능하여,
손 어르신도 간신히 맞수로 겨루었지.
태상노군과 관음보살, 옥황상제 함께
남천문에서 요괴를 잡는 걸 구경하다가
태상노군이 도와주는 바람에
현성이랑신에게 붙들려 하늘 관청으로 끌려갔지.
항요주에 꽁꽁 묶이고

병사에게 목을 자르라는 명이 내려졌지.
칼로 자르고 쇠망치로 찍었지만 상처 하나 못 내자
다시 번갯불로 찌르고 불로 태우라고 하는 게야.
이 손 어르신, 대처할 재주가 있었으니
그까짓 것 눈도 깜짝 안 했지.
태상노군에게 보내 단약 화로에서 단련케 하니
육정이 신령한 불로 지글지글 달구더군.
기일이 차 화로를 열기에 얼른 뛰쳐나가
여의봉을 쥐고 하늘을 들쑤시고 다녔지.
종횡무진 가는 곳마다 막는 이 없으니
서른세 곳 하늘을 모두 한바탕 뒤집어놓았지.
우리 석가여래 부처께서 법력을 베푸셔서
오행산으로 이 어르신의 허리를 눌러놓았어.
그렇게 깔려 있기를 꼭 오백 년
다행히 당나라에서 오신 삼장법사를 만났노라.
내 이제 바른길에 귀의하여 서방으로 가노니
뇌음사에 가 부처님을 뵈려 하노라.
사해 천하에 한 번 물어보아라
나야말로 천하제일 요마니라.

自小神通手段高　隨風變化逞英豪
養性修眞熬日月　跳出輪廻把命逃
一點誠心曾訪道　靈臺山上採藥苗
那山有箇老仙長　壽年十萬八千高
老孫拜他爲師父　指我長生路一條
他說身內有丹藥　外邊採取枉徒勞
得傳大品大仙訣　若無根本實難熬

回光內照寧心坐　身中日月坎離交
萬事不思全寡慾　六根淸淨體堅牢
返老還童容易得　超凡入聖路非遙
三年無漏成仙體　不同俗輩受煎熬
十洲三島還遊戲　海角天涯轉一遭
活該三百多餘歲　不得飛昇上九霄
下海降龍眞寶貝　才有金箍棒一條
花果山前爲帥首　水簾洞裡聚群妖
玉皇大帝傳宣詔　封我齊天極品高
幾番大鬧靈霄殿　數次曾偸王母桃
天兵十萬來降我　層層密密布鎗刀
嚇得天王歸上界　哪吒負重領兵逃
顯聖眞君能變化　老孫硬賭跌平交
道祖觀音同玉帝　南天門上看降妖
却被老君助一陣　二郞擒我到天曹
將身綁在降妖柱　卽命神兵把首梟
刀砍鎚敲不得壞　又敎雷打火來燒
老孫其實有手段　全然不怕半分毫
送在老君爐裡煉　六丁神火慢煎熬
日滿開爐我跳出　手持鐵棒遶天跑
縱橫到處無遮擋　三十三天鬧一遭
我佛如來施法力　五行山壓老孫腰
整整壓該五百載　幸逢三藏出唐朝
吾今皈正西方去　轉上雷音見玉毫
你去乾坤四海問一問　我是歷代馳名第一妖

요괴가 이 말을 듣더니 웃으며 말했어요.

"알고 보니, 네가 하늘궁전을 소란스럽게 했던 그 필마온이로구나?"

손오공이 가장 기분 나빠하는 것이 바로 누가 자길 필마온이라 부르는 것이었으니, 이 말을 듣자마자 화가 머리 꼭대기까지 치밀어 욕을 퍼부었어요.

"이 도둑놈이 가사를 훔쳐 가 돌려주진 않고 도리어 이 어르신 기분을 상하게 해! 도망치지 말고 여의봉 맛 좀 봐라!"

시커먼 놈이 옆으로 몸을 비껴 피하면서 긴 창을 잡고 날쌔게 반격하니, 둘이 싸우는 광경이란 정말 장관이었지요.

여의봉과
흑영창
두 사람이 동굴 입구에서 무용을 과시하네.
가슴을 후려지고 얼굴을 찌르며
팔을 잡고 머리를 노리며 덤벼드네.
이편에서 옆으로 슬쩍 여의봉 든 손을 휘두르고
저쪽에선 잽싸게 흑영창을 세 번 꼬나 찌르네.
흰 범이 산을 오르듯 발톱을 놀리고
누런 용이 길을 막아 눕듯 몸을 뒤트네.
색색 연무 뿜고
찬란한 빛 토하며
두 요사스런 신선 그 힘을 헤아릴 수 없네.
하나는 불도를 닦고 있는 제천대성
하나는 정령이 된 흑대왕
이번 산속의 싸움은

오로지 저 가사 때문이라네.

如意棒　黑纓鎗　二人洞口逞剛强
分心劈臉刺　着臂照頭傷
這箇橫丟陰棍手　那箇直撚急三鎗
白虎爬山來探爪　黃龍臥道轉身忙
噴彩霧　吐毫光　兩箇妖仙不可量
一箇是修正齊天聖　一箇是成精黑大王
這場山裡相爭處　只爲袈裟各不良

요괴와 손오공은 열 합이 넘도록 싸웠으나 승부를 가릴 수 없었어요. 해가 떠올라 점점 정오가 되어가자 시커먼 놈이 창을 들어 여의봉을 가로막으며 말했어요.

"손오공, 우리 잠시 무기를 거두었다 밥 먹고 와서 다시 겨루는 게 어때?"

"이 못된 짐승, 그러고도 네가 사내대장부라고? 그래 대장부가 겨우 반나절 싸우고 밥을 먹는단 말이냐? 이 어르신은 산 밑에 꼬박 오백 년을 깔려 있었다만, 국물 한 방울 안 먹었어도 배고프지 않았다! 핑계 대지 마! 도망갈 생각도 말고! 내 가사를 돌려줘야 밥도 먹을 수 있을걸?"

요괴는 창을 휘두르는 척하다가 몸을 돌려 동굴로 들어간 뒤 돌문을 닫아걸었어요. 그리고 졸개들을 불러들여 축하 잔치를 준비하고 초청장을 써서 각 산의 마왕들을 잔치에 초대했음은 더 말하지 않겠어요.

한편, 아무리 공격해도 문이 열리지 않자 손오공 역시 관음선원으로 돌아가는 수밖에 없었어요. 관음선원의 승려들은 이미 늙은 승려의 매장을 끝내고 모두 방장에서 삼장법사의 시중을 들고 있었지요. 아침 공양을 마치고 다시 점심 공양을 준비하느라 막 국을 뜨고 물을 갈고 있는데, 손오공이 하늘에서 내려왔어요. 그걸 보고 승려들이 절하고 방장으로 맞아들여 삼장법사를 만나게 하니, 삼장법사가 말했어요.

"얘야, 돌아왔구나. 그래 가사는 어찌 됐느냐?"

"어찌된 일인지는 다 알아냈습니다. 그러고 보니 여기 스님들을 억울하게 괜히 다그쳤어요. 알고 보니 흑풍산 요괴가 훔쳐 간 거였더군요. 이 몸이 몰래 그놈을 찾아갔더니 흰옷 입은 선비, 늙은 도사와 함께 방초 우거진 언덕 앞에서 쑥덕거리고 있었어요. 문초를 하지도 않았는데 그 요괴 녀석, 제 입으로 술술 다 불더라고요. 모레가 자기 생일이라 모든 요괴들을 초대해 생일잔치를 할 계획이었대요. 그런데 간밤에 금란가사를 손에 넣었으니 그걸 축하 예물을 삼아 큰 연회를 베풀고 불의회라 부르기로 했다는 거예요. 그래서 이 몸이 앞으로 달려나가 여의봉을 휘둘렀더니 시커먼 녀석은 바람이 되어 도망가고 도사 역시 사라져버리고 흰옷의 선비만 맞아 죽었는데, 글쎄 백화사가 요괴로 둔갑했던 게 아니겠어요?

저는 급히 그놈 동굴로 쫓아가 밖으로 불러내서 싸웠어요. 그놈도 가사를 가져갔다고 인정하더라고요. 그런데 반나절을 싸워도 승부가 안 나니까 이 요괴놈이 동굴로 돌아가 뭐 밥을 먹겠다나 이러더니, 돌문을 잠그고 무서워 밖으로 나오질 않는 거예요. 해서 이 몸이 우선 이 소식부터 사부님께 알려드리려고 돌아온 겁니다. 가사의 행방을 안 이상 돌려받지 못할까 걱정하실 필요는 없습니다."

승려들은 이 얘길 듣고, 어떤 이는 합장을 하고, 어떤 이는 머리를 조아리며 모두들 "나무아미타불! 가사의 행방을 알았으니 이제 우린 살았구나!" 하고 중얼거렸지요. 그러자 손오공이 말했어요.

"벌써부터 좋아할 것 없다. 가사가 아직 내 손에 들어오지도 않았고 사부님께서도 아직 떠나시지 못하고 있지 않느냐? 가사가 돌아오고 사부님께서 편안히 이곳을 떠나실 수 있게 해 드려야 비로소 너희들이 마음을 놓을 수 있는 거야. 조그만 실수라도 있어봐라, 손 어르신이 욱하는 성질이 있는 분이거든. 그래, 그동안 우리 사부님께 좋은 음식을 올렸느냐? 말도 잘 먹여놨겠지?"

그러자 승려들이 이구동성으로 대답했어요.

"예! 그럼요! 그렇고말고요! 어르신께 추호도 소홀함이 없었습니다."

삼장법사가 말했어요.

"네가 간 뒤 반나절 동안 벌써 세 번이나 차탕을 내오고 공양도 두 번이나 먹었구나. 저들 모두 정성껏 날 대접했으니, 넌 그저 가사를 되찾아오는 데만 전심전력하거라."

"뭐 서두를 거 없습니다! 어디 있는지 안 이상, 내 책임지고 그 놈을 붙들어 사부님 물건을 돌려드릴 테니, 마음 푹 놓으십시오!"

이렇게 한창 얘길 하고 있는데, 관음선원 주지가 또 정갈한 공양을 준비하여 손 어르신에게 식사를 권했어요. 손오공은 몇 술 뜨더니 다시 상서로운 구름을 몰고 가사를 찾으러 나섰어요. 한참 가고 있는데 졸개 요괴 하나가 왼쪽 겨드랑이에 화리목花梨木으로 만든 상자 하나를 끼고 큰길로 해서 이쪽으로 오고 있는 것이 보였어요. 손오공은 그 상자 속에 필시 무슨 서찰이 들었을 거라 짐작하고 여의봉을 들어 녀석의 머리를 한 방 내리치니, 가엾게도 전병煎餠처럼 납작하게 뻗어버렸어요. 손오공이 요괴를 길

옆으로 끌어다 놓고 상자를 열어보니, 아니나 다를까 초청장이 한 장 들어 있었고, 거기엔 이렇게 씌어 있었지요.

시생 웅비熊羆 삼가 머리 조아려 절하고, 대천大闡 금지金池 노스님의 선방仙房에 이 글월을 올리나이다. 누차 은혜를 입어 감격하기 이를 데 없나이다.

지난밤 화신火神의 재난을 보고도 구해드리지 못했습니다. 스님의 높으신 도력을 헤아려보건대 별다른 피해는 없으리라 믿습니다.

시생이 우연히도 가사 한 벌을 입수한지라, 조촐한 연회를 열어 삼가 주석酒席을 마련하고 감상하시도록 청하는 바입니다. 정해진 기일에 귀하신 몸으로 한 번 왕림해주시기 앙망하나이다.

이만 줄입니다.

기일 이틀 전 이 일 삼가 아룀

손오공은 다 보고서 깔깔대고 웃었어요.

"그 늙다리 중놈, 정말 죽어도 싸다, 싸! 알고 보니 이 요괴들과 결탁하고 있었구먼. 어쩐지 이백일흔 살이나 먹었더라니. 그 요괴가 무슨 복기服氣* 비방 따위를 알려줘서 그렇게 오래 산 모양이군. 이 어르신께서 아직 그 중놈의 모습을 기억하고 있으니, 그놈으로 둔갑해가지고 동굴로 들어가 가사를 어디 두었는지 알아봐야겠다. 그 참에 그대로 들고 나올 수 있다면 힘도 덜 수 있고 말이야."

훌륭한 제천대성! 그가 주문을 중얼중얼 외고 바람을 맞으며 획 변하니 과연 그 노승과 똑같은 모습이었어요. 그는 여의봉은 감춰두고 어슬렁어슬렁 동굴 입구로 걸어가서 외쳤어요.

"문 열어라!"

졸개 요괴가 문을 열고 노승의 모습을 보자 얼른 들어가 아뢰었어요.

"대왕님, 금지 스님께서 오셨습니다."

요괴가 깜짝 놀라 말했어요.

"조금 전 아이를 시켜 초청장을 보냈으니 지금이면 아직 도착했을 때가 아닌데, 어떻게 이리 빨리 도착한 거지? 도중에 마주쳤을 리도 없고. 이건 필시 손오공이 가사를 찾아오라고 보낸 걸 게야. 여봐라, 얼른 가사를 숨겨라, 스님 눈에 띄지 않게."

손오공이 문을 들어서니 뜰 한가운데 소나무 대나무가 우거져 푸르고 복사꽃 살구꽃이 아름다움을 다투며 여기저기 무리 지어 만발하고 곳곳에 난향 가득하니, 그야말로 신선의 동굴이나 다름없었어요. 두 번째 문에는 대련對聯이 붙어 있는데 '깊은 산중에 고요히 은거하니 속된 생각이 없고, 신선 동굴에 조용히 숨어 살며 꾸밈없는 즐거움을 누리네(靜隱深山無俗慮 幽居仙洞樂天眞)'라고 씌어 있었어요. 그걸 본 손오공, 속으로 생각했지요.

'이 녀석도 속세의 때를 벗고 하늘의 명을 아는 요괴로구나.'

그 문을 들어서서 또 한참을 걸어가니, 이번엔 세 번째 문에 당도했어요. 그 내부에는 모두 기둥과 대들보가 아름답게 채색되어 조각으로 장식되고 밝은 창에 아름다운 문을 갖추고 있었어요. 시커먼 놈은 흑록색 긴 모시 저고리에 꽃무늬가 놓인 검은색 능라 망토를 걸치고, 머리엔 각이 진 검은색 두건을 쓰고, 검은 사슴가죽 장화를 신고서, 손오공이 들어오는 걸 보자 의관을 단정히 하고 계단을 내려와 맞이하며 말했어요.

"금지 스님, 한동안 적조했습니다. 어서 앉으시지요, 앉으세요."

손오공도 예를 갖추었어요. 인사가 끝나자 자리에 앉았고, 자리에 앉자 차가 나왔어요. 차를 다 마시니 요괴가 허리를 조금 굽혀 예를 표하며 말했어요.

"방금 서신을 띄워 모레쯤 와주십사 말씀드렸는데, 스님께선 어찌하여 오늘 찾아주신 것이옵니까?"

"안 그래도 찾아뵈려고 이리 오던 참인데, 뜻밖에도 길에서 서한을 받자오니 불의아회佛衣雅會를 여신다기에 구경이나 한번 하려고 서둘러 달려왔지요."

"스님께서 잘못 아셨습니다. 그 가사는 본래 당나라 승려의 것이고, 그는 스님 계신 곳에 묵고 있지 않습니까? 어째서 여태 구경하지 못하시다 도리어 여기 와서 보여달라는 것입니까?"

"제가 빌려 왔을 땐 늦은 밤이라 미처 펼쳐 보지 못하던 차에, 뜻밖에도 대왕께서 가져가신 것입니다. 게다가 절간에 불이 나 가산家産도 다 잃었습니다. 당나라 승려의 제자가 꽤나 용맹해서 그 북새통 속에서도 사방으로 찾아다녔건만 보이지 않았지요. 그런데 알고 보니 대왕께서 큰 복이 있어 그걸 손에 넣으셨다기에 특별히 구경하러 온 것입니다."

한창 얘기를 하고 있는데 산을 순찰하던 졸개가 들어와 보고했어요.

"대왕님! 큰일 났습니다! 초청장을 전하러 가던 병사가 손오공에게 맞아 죽어 큰길가에 버려져 있사옵니다. 손오공이 편지를 읽어 내막을 다 눈치채고 금지 스님으로 둔갑해서 가사를 속여 뺏으려고 이리로 왔습니다."

요괴는 보고를 듣고 속으로 '저 스님이 오늘 어째, 저렇게 빨리 왔나 싶더니, 사실은 손오공이로구나!' 하고 중얼거리며, 벌떡 일어나 창을 낚아채기 무섭게 손오공을 찔렀어요. 손오공도 황급히 귀에서 여의봉을 꺼내고 본래 모습으로 돌아와 그 창끝을 막아내며 대청에서 뛰어나왔어요. 둘은 싸우면서 뜰에서 앞문 밖까지 나왔지요. 나머지 동굴 안에 있던 요괴들은 깜짝 놀라 모두 간담이 서늘해졌고, 젊은이 늙은이 할 것 없이 전부 넋이 나갔어요. 산꼭대기에서 벌어진 이번 싸움은 지난번에 비할 바가 아니어서 정말 대단했답니다.

원숭이 왕 대담하게 노승으로 가장하고
흑마왕은 영리하게 가사를 감추었네.
옥신각신하며 교묘히 기회를 엿보다
틈이 나면 응수하니 틀림이 없어라.
가사를 보고자 하나 볼 수 없으니
과연 보물은 오묘하고도 오묘하다.
졸개가 순찰하다 큰일이 생겼음을 보고하니
흑마왕이 노발대발 용맹함을 보여주네.
몸을 뒤집으며 흑풍동을 뛰쳐나와
흑영창과 여의봉 맞붙어 시비를 가리네.
봉이 창을 막으니 쨍 소리 울리고
창이 봉을 받아치니 번쩍하고 빛이 나네.
손오공의 변신술 인간 세상에 둘도 없고
요괴의 신통력도 세상에 드문 것이어라.
이쪽에선 가사로 생일을 축하하고자 하지만
저쪽에서 어디 가사 없이 순순히 돌아가겠는가?
이런 힘든 싸움, 떼어놓기도 어려워
설령 산부처가 내려온다 해도 말릴 수 없다네.

那猴王膽大充和尚　這黑漢心靈隱佛衣

語去言來機會巧　隨機應變不差池
袈裟欲見無由見　寶貝玄微眞妙微
小怪尋山言禍事　老妖發怒顯神威
翻身打出黑風洞　鎗棒爭持辨是非
棒架長鎗聲響亮　鎗迎鐵棒放光輝
悟空變化人間少　妖怪神通世上稀
這箇要把佛衣來慶壽　那箇不得袈裟肯善歸
這翻苦戰難分守　就是活佛臨凡也解不得圍

둘은 동굴 입구에서 산꼭대기로 옮겨갔다가, 다시 저 구름 밖까지 날아가 안개를 토하고 바람을 뿜고 모래와 바위를 날리며 해가 서산에 질 때까지 계속해서 싸웠지만 승부가 나지 않았어요. 요괴가 말했어요.

"이봐 손가야, 잠깐 멈춰봐. 오늘은 날이 저물어 더 싸우기 어려우니 그만 가지 그래? 내일 아침 다시 오면 끝장내주마."

"이 자식, 꼼짝 마! 싸우려면 싸움답게 해야지, 날 저물었다고 미루는 법이 어디 있어? 그럴 순 없지."

이렇게 소리지르며 다짜고짜 덤벼들어 여의봉으로 내리치자, 시커먼 놈은 다시 한 줄기 바람으로 변해 동굴로 돌아가 돌문을 굳게 잠그고 나오지 않았어요.

손오공도 어찌해볼 도리가 없는지라 관음선원으로 돌아갈 수밖에요. 구름을 멈추고 내려 "사부님" 하고 부르자, 눈이 빠져라 그를 기다리던 삼장법사는 무척 기뻤지만, 한편으로 그의 손에 가사가 없는 걸 보고 걱정스러웠지요.

"어떻게 이번에도 가사를 못 가져왔느냐?"

손오공이 소매에서 초청장을 꺼내 삼장법사에게 건네주며 말

손오공이 관음보살의 도움 아래 흑풍산의 곰 요괴와 싸우다

했어요.

"사부님, 요괴와 죽은 그 늙다리 중놈이 알고 보니 절친한 사이더군요. 요괴가 졸개를 시켜 불의회에 오라고 초청장을 보냈지 뭐예요. 그래서 이 몸이 그 졸개놈을 죽이고 늙은 중으로 변신해 그놈 동굴로 들어갔지요. 시치미를 딱 떼고 차를 얻어 마시고 가사를 좀 보여달라고 했는데, 도무지 내놓으려 들질 않는 거예요. 그렇게 앉아 있는데 갑자기 무슨 순찰하는 놈인가가 와서 사실을 알리는 바람에, 그놈이 당장 제게 싸움을 걸지 뭡니까? 그래서 이렇게 해가 질 때까지 계속 싸웠는데도 승부가 안 나자, 그놈이 날이 저문 걸 보고 재빨리 동굴로 돌아가 문을 잠가버렸습니다. 그래서 이 몸도 어쩔 수 없어 일단 돌아온 겁니다."

"네 솜씨가 그에 비해 어떻더냐?"

"저도 뭐 그렇게 월등한 게 아니어서, 그저 비등하게 싸우는 정도였어요."

삼장법사가 초청장을 보고서 선원 주지에게 넘겨주며 물었어요.

"당신 사부도 설마 요괴였던 건 아니겠지?"

주지가 황망히 꿇어앉으며 말했어요.

"어르신, 사부님은 사람이셨습니다. 그 흑대왕이 인간이 되는 법을 수련하여 항시 여기 와서 사부님과 불경을 얘기했고, 또 사부님께 정신을 기르고 복기하는 술법을 전수해주었지요. 그래서 서로 친구가 된 것입니다."

그러자 손오공이 말했어요.

"그놈에게 요사스런 기운은 없으니, 보통 사람처럼 둥근 머리로 하늘을 이고 모난 발로 땅을 디딘 자였고, 나보다 좀 뚱뚱하고 키가 크긴 했지만 요괴 같진 않습니다. 보세요, 초청장에 '시생 웅비'라고 씌어 있잖습니까? 이놈은 필시 검은 곰이 정령으로 변한 걸 겁니다."

"옛사람들이 곰과 성성이는 같은 부류라 했듯이, 다 같은 짐승인데 어째서 그는 정령으로 변한 것이냐?"

"저도 짐승으로서 제천대성까지 지낸 몸인데, 그와 뭐가 다르겠습니까? 무릇 이 세상의 구멍 아홉 개 있는 것들은 모두 수행을 쌓으면 신선이 될 수 있는 법이지요."

"방금 네가 그나 너나 솜씨가 비등하다고 하지 않았느냐? 그럼 어떻게 이겨서 내 가사를 되찾아온단 말이냐?"

"걱정마세요! 제게 다 방법이 있습니다."

이렇게 한창 의논을 하고 있는데 승려들이 저녁 공양을 차려 놓고 스승과 제자에게 식사를 권했어요. 그 뒤 삼장법사는 등불을 가져오게 해 앞쪽 선방에 가서 쉬었어요. 승려들도 모두 담장과 벽에 기대기도 하고 이엉을 엮어 움집을 만들기도 해서 제각기 잠들고, 뒤쪽 방장만은 위아래 선방 주지에게 내주어 쉬게 했지요. 이날 밤은 쥐 죽은 듯 고요했어요.

은하수 그림자 나타나고
하늘엔 티끌 한 점 없네.
천공 가득 별들 찬란하게 빛나고
강물도 잔잔히 흔적을 거두었네.
삼라만상 모든 소리가 잦아들고
산마다 새소리 끊겼네.
냇가엔 고기잡이 불 꺼지고
탑 위의 불등佛燈도 어두워졌네.
어젯밤 절 안에 종소리 북소리 울리더니

오늘 밤엔 여기저기 곡성 들리누나.

銀河現影　玉宇無塵
滿天星燦爛　一水浪收痕
萬籟聲寧　千山鳥絕
溪邊漁火息　塔上佛燈昏
昨夜闍黎鍾鼓響　今宵一徧哭聲聞

이날 밤 선당에서 쉬긴 했지만 삼장법사, 가사 생각에 어디 편안히 잠이 들었겠어요? 몸을 뒤척이다 창밖이 훤해지는 걸 보고 얼른 일어나 소리를 쳤어요.

"애야, 날이 밝았구나! 어서 가서 가사를 찾아오너라!"

그 소리에 손오공 벌떡 일어나니, 여러 승려들이 공손히 서서 더운 물을 받쳐 들고 있었어요. 손오공이 말했지요.

"정성을 다해 우리 사부님을 모셔라, 이 어르신은 다녀오마."

그러자 삼장법사가 침대에서 내려와 그를 붙들며 말했어요.

"어디로 가는 게냐?"

"곰곰 생각해보니 이번 일은 모두 관음보살이 너무 경우가 없어서 생긴 일 같습니다. 이곳에 선원禪院을 두고 여기 사람들에게 향화香火 참배를 받으면서, 그런 요괴가 곁에 살도록 허용하다니 말이지요. 남해로 찾아가 좀 따지고 보살더러 직접 와서 가사를 찾아내라고 해야겠습니다."

"지금 가면 언제 돌아오느냐?"

"빠르면 아침밥 끝날 때쯤, 늦어도 점심땐 다 끝날 겁니다. 저 중들이 잘 모셔드릴 겁니다. 자, 그럼 다녀오겠습니다."

말이 끝나기 무섭게 휭하니 손오공은 벌써 사라져버렸어요. 그가 순식간에 남해에 도착해 구름을 멈추고 둘러보니, 그 모습이 이러했지요.

넓고 큰 바다 끝없이 멀고
물살 드높아 하늘까지 닿았네.
상서로운 빛 천지를 뒤덮고
서기가 산천을 비추네.
천 층 파도 눈처럼 부서지며 푸른 하늘 우러러 울부짖고
만 겹 물안개 자욱하게 피우며 대낮에도 도도히 넘실거리네.
물이 사방 들판으로 날아들고
파도가 주위 사면에 굽이치네.
물이 사방 들판으로 날아드니 우레 같은 굉음이 진동하고
파도가 주위 사면에 굽이치니 벼락이 울부짖는 듯
물살 얘긴 관두고
저 가운데부터 보라.
오색 몽롱한 보첩산에
알록달록 온갖 색 어우러져
이제야 관음보살 머무는 승경이로세.
남해 낙가산도 한 번 보자꾸나.
진정 훌륭한 곳이로세!
산봉우리 높이 솟아
그 끝이 하늘을 찌르고
그 가운데 각양각색 기화요초
상서로운 풀들이 지천일세.
바람은 보리수를 흔들고
햇살은 금련화를 비추네.
관음전은 유리 기와를 덮었고

조음동은 문에 대모[3] 껍질을 깔았네.
푸른 버드나무 그늘 속에 앵무새 얘기하고
자죽림 속에선 공작새 우짖네.
아름다운 무늬 아롱진 석상에
호법신이 위엄 있게 섰고
마노 여울 앞에
목차가 버티고 서 있네.

汪洋海遠　水勢連天
祥光籠宇宙　瑞氣照山川
千層雪浪吼青霄　萬疊烟波滔白晝
水飛四野　浪滚週遭
水飛四野振轟雷　浪滚週遭鳴霹靂
休言水勢　且看中間
五色朦朧寶疊山　紅黃紫皂綠和藍
纔見觀音眞勝境　試看南海落伽山
好去處　山峰高聳　頂透虛空
中間有千樣奇花　百般瑞草
風搖寶樹　日映金蓮
觀音殿　瓦蓋瑠璃
潮音洞　門鋪玳瑁
綠楊影裡語鸚哥　紫竹林中啼孔雀
羅紋石上　護法威嚴
瑪瑙灘前　木叉雄壯

3 귀별류龜鼈類에 딸린 바다거북의 하나이다. 몸길이는 약 1미터에 등껍질이 하트 모양이고, 빛깔의 변화가 많아 공예품으로 쓰인다. 열대 해양에 서식한다.

손오공은 아름답고 신기하기 이를 데 없는 이 풍경을 제대로 다 볼 새도 없이 곧장 구름을 돌려 자죽림 아래 내렸어요. 이미 하늘의 신들이 영접하러 나와 있었지요.

"보살님께서 지난번 저희들에게 제천대성이 불문에 귀의했노라 말씀하시며 칭찬을 아주 많이 하더이다. 지금은 당나라 스님을 모시고 간다던데 어떻게 짬이 나 여기 오셨습니까?"

"당나라 스님을 모시고 가다가 어려운 일을 만나는 바람에 긴히 보살을 만나러 왔으니, 여쭤주시오."

하늘의 신들이 조음동 어귀에서 전갈을 넣으니 관음보살이 안으로 들이라 했어요. 손오공이 예법대로 점잖게 들어가 보련대 앞에서 절을 했어요. 관음보살이 물었지요.

"무슨 일로 왔느냐?"

"우리 사부님께서 서천으로 가던 길에 보살님의 선원을 만났는데, 보살님이 거기서 사람들로부터 향화 참배를 받으면서 검은 곰 요괴가 이웃에 살도록 허용하는 바람에 그놈이 우리 사부님 가사를 훔쳐 가버렸소. 몇 번이나 가서 내놓으라 했지만 꿈쩍도 안 한단 말이오. 허니 보살님께서 알아서 내놓으시구려."

"이 원숭이 녀석, 말버릇 없기는! 네 가사야 곰 정령이 훔쳐 간 건데, 왜 날 찾아와 내놓으란 게냐? 그게 모두 못된 원숭이가 간도 크게 보물을 자랑하려고 소인배에게 보여주는 바람에 그리 된 게 아니냐? 게다가 성질을 부리느라 바람을 부르고 불을 퍼뜨려서 내가 지나다 머무는 선원을 태워놓고, 그것도 모자라 도리어 내게 행패를 부리다니!"

손오공은 이 말을 듣자, 관음보살이 과거와 미래의 일을 모두 알고 있다는 것을 깨닫고, 황급히 절하며 말했어요.

"보살님, 이놈의 죄를 용서해주십시오. 사실은 보살님이 말씀하신 그대로입니다. 하지만 얄밉게도 그 요괴놈은 가사를 주지 않으려 하지, 사부님은 또 그놈의 주문을 외려듭니다. 그럼 전 머리가 아파 견딜 수 없을 테니, 이렇게 보살님을 귀찮게 하는 수밖에 없었습니다. 부디 자비심을 베풀어, 제가 요괴를 붙잡아 가사를 찾고 서천으로 갈 수 있게 좀 도와주십시오."

"그 요괴도 신통력이 너 못지않은 놈이야. 할 수 없지. 내 당나라 스님의 얼굴을 봐서 한 번 가주마."

손오공은 이 말을 듣고 감사의 절을 또 올렸지요. 그리고 즉시 관음보살을 모시고 문을 나가 함께 구름을 타고 순식간에 흑풍산에 도착했어요. 구름에서 내리자 지난번 길을 따라 동굴을 찾아나섰어요.

한참 가고 있는데 저쪽 산언덕 앞에서 도사 하나가 걸어오는 게 보였어요. 그는 손에 유리 쟁반을 받쳐 들고 있었는데 쟁반에는 선단仙丹 두 알이 놓여 있었지요. 앞으로 걸어오다가 손오공과 가슴팍을 정면으로 부딪쳤는데, 손오공이 여의봉을 빼들어 머리를 한 대 내리치자 도사는 머리가 으깨져 뇌수가 흘러나오고 일곱 구멍에서 피가 뿜어져 나왔어요. 관음보살이 깜짝 놀라 말했어요.

"이 원숭이 녀석, 아직도 이리 포악하다니! 그 사람이 네 가사를 훔친 것도 아니고, 너와 안면이 있는 것도 무슨 원한을 진 것도 아닌데, 어쩌자고 때려죽이는 게냐?"

"보살님께서 잘 모르셔서 그러는 건데요, 저놈은 그 검은 곰 요괴의 친구입니다. 어제 곰 요괴가 저놈과 흰옷 입은 선비와 함께 방초 언덕 앞에 앉아 얘기를 하고 있었거든요. 그때 모레가 검은 곰 요괴의 생일이라며 그 둘을 불의회에 초대한다고 하자, 저놈이 오늘 먼저 와서 생일을 경축하고 다음 날 다시 불의회를 축하하러 오겠노라고 했기 때문에, 제가 알고 있었던 겁니다. 틀림없이 오늘 그 요괴놈 생일을 축하하러 가는 길일 겁니다."

"그렇게 된 일이라면 할 수 없지. 알았다!"

그제야 손오공이 죽은 도사를 쳐들어 보니, 뜻밖에도 한 마리 잿빛 이리였어요. 옆에 놓인 쟁반 바닥에는 '능허자凌虛子가 만들다'란 글자가 새겨져 있었지요. 손오공이 그걸 보고 웃으면서 말했어요.

"이거 운이 좋은걸? 잘됐어요! 저도 덕을 보고 보살님도 힘을 더셨습니다. 이 요괴가 제 입으로 술술 다 불어주었으니, 그놈도 이젠 끝장났습니다."

"오공아, 뭘 어쩌자는 게냐?"

"보살님, 그럼 제가 한마디 올리지요. 그게 바로 '상대 계책을 역이용한다(將計取計)'는 겁니다. 하지만 보살님께서 제가 하자는 대로 해주실지 모르겠습니다."

"말해봐라."

"보살님, 여기 쟁반에 있는 선단 두 알이 바로 우리가 그 요괴에게 주는 상견례 예물이 될 겁니다. 이 쟁반 뒤에 새겨진 '능허자가 만들다'란 글자가 그 요괴에게 미끼가 될 것입니다. 보살님께서 제 말에 따라주신다면 제가 보살님을 위해 좋은 계책을 내드리지요. 그러면 무기를 휘두를 필요도 없고 힘들여 싸울 필요도 없이 요마가 당장 횡액을 만나고 가사가 눈앞에 나타날 것입니다. 제 말을 따르지 않겠다면, 뭐, 보살님은 서쪽으로 가시고 전 동쪽으로 가면 되고, 가사는 남에게 거저 선물한 셈치고, 삼장법사는 경전이고 뭐고 공염불이 되고 마는 거지요."

"그 녀석 입심 한번 세구나!"

관음보살이 웃으며 말했지요. 그러자 손오공이 말했어요.

"뭘요! 어쨌든 이건 계책이라니까요."

"그래, 어떤 계책인데 그러느냐?"

"이 쟁반에 '능허자가 만들다'라고 새겨진 걸 보니, 이 도사 이름이 능허자일 겁니다. 제 말을 따르시겠다면 보살님께서 이 도사로 변신하시는 겁니다. 그럼 전 이 단약을 한 알 먹고, 그보다 조금 더 큰 단약으로 변할 테니, 보살님께서 이 가짜 쟁반에 선단 두 알을 담아 그 요마에게 생일 축하 예물로 바치는 겁니다. 그리고 좀 더 큰 알을 요마에게 양보하는 척 주시면, 요마가 삼키자마자 제가 그놈 배 속에서 일을 내겠습니다. 그래도 가사를 내놓지 않겠다면 그놈 창자를 찢어 가사를 한 벌 짜지요, 뭐."

관음보살도 다른 방도가 없던 터라 그저 고개를 끄덕일 수밖에요. 손오공이 웃으며 말했어요.

"어떠십니까?"

관음보살은 끝없는 자비심과 무한한 법력으로 무궁하게 변신할 수 있었으니, 마음으로 뜻과 통하고 뜻대로 몸을 만들어 순식간에 능허선자凌虛仙子로 변했어요.

학창의[4]를 입고 선인의 풍모 완연하니
바람에 흔들흔들 허공을 걷는 듯하네.
창백한 얼굴은 송백이 늙은 듯
빼어난 모습 고금에 다시없네.
만물은 움직이고 또 움직여 멈춤이 없는데
진여眞如는 스스로 다름이 있어 영원히 존재하네.
결국엔 하나의 법으로 돌아가니
단지 외피에서 떨어질 뿐이로다.

4 새 깃털로 만든 덧옷 혹은 망토류를 가리킨다.

鶴氅仙風颯　飄飄欲步虛
蒼顏松柏老　秀色古今無
去去還無住　如如自有殊
總來歸一法　只是隔邪軀

손오공이 그 모습을 보더니 이렇게 말했어요.

"대단하십니다! 대단하세요! 요괴가 보살이 된 겁니까? 보살이 요괴가 된 겁니까?"

"오공아, 보살이나 요괴나 결국 일념一念에서 나온 것일 뿐, 근본을 따지자면 모두 무無에 속한 게 아니더냐."

손오공은 마음에 퍼뜩 깨닫는 바가 있었어요. 그리고 돌아서서 곧 한 알의 선단으로 변신했어요.

쟁반에 굴러도 일정치 않음이 없고
둥글고 빛나며 아직 모나본 적 없네.
구루산勾漏山에서 진나라 도사 갈홍葛洪이 아홉 번 재료를 합하고
한 무제 때의 도사 소옹少翁이 서른여섯 번 배합을 궁리했네.[5]
기와를 녹이는 황금 불꽃 속에 정련되어
석가모니의 백주광인 듯 빛을 발하네.
거죽은 납과 수은이니
아마도 어떤 힘이 있는지 쉽게 알 수 없겠지.

走盤無不定　圓明未有方
三三勾漏合　六六少翁商

5 고대 중국의 대표적인 도사인 갈홍과 소옹의 연단 제조법을 기술한 것으로, 손오공이 변신한 선단의 외양을 과장되게 표현하고자 인용한 것으로 보인다.

瓦鑠黃金焰　牟尼白晝光
外邊鉛與汞　未許易論量

손오공이 선단으로 변하니 정말 다른 것보다 조금 더 컸어요. 보살은 그것을 눈여겨본 뒤 유리 쟁반에 얹어 요괴의 동굴 문 앞으로 갔어요. 둘러보니 과연 이런 풍경이더군요.

절벽 깊고 봉우리 험하니
구름이 고갯마루에서 일어나네.
희끗희끗 푸른 잣나무에 소나무 새파란데
바람이 숲속에서 쏴쏴 불어오네.
절벽 깊고 봉우리 험하니
과연 요괴 출몰하고 인가 적을 만하네.
희끗희끗 푸른 잣나무에 소나무 새파라니
또한 신선이 은거하며 수행하고 도 닦는 마음 많을 만하네.
산에는 골짜기 있고
골짜기엔 샘이 있으니
졸졸졸 흐르는 물소리, 흐느끼듯 우는 거문고인 양
귀를 씻어줄 만하네.
절벽엔 사슴이 살고
숲엔 학이 노니니
신선의 피리 소리인 양 아련히 이어져, 높은 산 사이로 흔들리니
또한 마음을 즐겁게 하네.
이제 요마에게 연분이 있어 보살이 강림했으니
보살의 큰 발원 무한하여 측은함을 보이시네.

崖深岫險　雲生嶺上
栢蒼松翠　風颯林間
崖深岫險　果是妖邪出沒人烟少
栢蒼松翠　也可仙眞修隱道情多
山有澗　澗有泉
潺潺流水咽鳴琴　便堪洗耳
崖有鹿　林有鶴
幽幽仙籟動間岑　亦可賞心
這是妖仙有分降菩提　弘誓無邊垂惻隱

관음보살이 보고 속으로 기뻐하며 생각했어요.

'죄 많은 축생이 이런 신선의 동굴을 골랐다니, 그래도 도심道心이 조금 있나 보구나.'

그 때문에 관음보살은 벌써 마음속에 자비심이 일기 시작했어요. 동굴 앞에 이르니 문을 지키는 졸개들이 모두 알아보고 말했어요.

"능허선생께서 오셨습니다."

이렇게 전갈을 넣고 한편으로 안으로 맞이해 들어갔어요. 그 요괴는 벌써 두 번째 문까지 나와 영접했어요.

"능허! 귀한 몸으로 여기까지 왕림해주시니 누추한 집에 영광이올시다."

그러자 관음보살이 말했어요.

"이 사람이 선단 한 알을 올려 대왕의 만수무강을 기원하고자 합니다."

둘은 인사를 마치자 자리를 잡고 앉았어요. 요괴가 어젯밤에 일어난 일을 얘기하기 시작하자, 보살은 대답하지 않고 얼른 선단을 담은 쟁반을 들며 말했어요.

"대왕, 이 사람의 작은 성의를 받아주시지요."

그리고 알을 큰 것을 골라 요괴에게 주며 "만수무강하옵소서" 하고 말했어요. 그 요괴 역시 한 알을 집어 보살에게 주며 말했어요.

"능허자께서도 함께 드시지요!"

인사치레가 끝나자 요괴가 막 선단을 삼키려는데, 어찌된 일인지 저절로 또르르 굴러 내려가는 것이었어요. 본모습으로 돌아온 손오공이 요괴의 배 속에서 사지를 사방으로 휘둘러 공격하니, 요괴는 땅바닥에 쓰러져 데굴데굴 굴렀어요. 그러자 관음보살이 본래 모습으로 변해 요괴에게 가사를 가져오라 해서 받았어요. 손오공은 벌써 콧구멍으로 빠져나와 있었지요. 관음보살은 또 그 요괴가 난동을 부릴까 염려스러워 요괴 머리에 테를 하나 씌웠어요. 요괴가 일어서서 창을 들고 찌르려 하자 손오공과 관음보살은 이미 공중으로 날아올랐어요. 관음보살이 진언을 외자 요괴는 머리가 아파 창을 던지고 땅바닥을 데굴데굴 굴렀어요. 공중에선 멋진 원숭이 왕이 깔깔대고, 땅바닥에선 검은 곰 요괴가 데굴데굴 뒹구는 판이었지요. 관음보살이 말했어요.

"이 죄 많은 축생아! 이제 귀의할 생각이 드느냐?"

요괴가 두말없이 말했어요.

"진심으로 귀의하겠습니다. 목숨만 살려주십시오."

그러자 손오공이 "거, 꾸물꾸물 시간 낭비하시네요" 하면서 냉큼 때리려고 했어요. 관음보살이 얼른 가로막으며 말했어요.

"죽이지 말거라. 내게 쓸 데가 있느니라."

"이런 요괴를 죽이지 않고 남겨뒀다 대체 어디다 쓰신단 말이오?"

"낙가산 뒤를 지킬 사람이 없으니, 내가 데려다 산지기 신[守山大神]을 시켜야겠구나."

"과연 대자대비한 관음보살이십니다! 영혼 하나도 버리지 않으시네요. 이 몸이 그런 주문을 알고 있었으면, 제기랄, 천 번도 더 외었을 텐데! 이참에 검은 곰 놈들을 몽땅 혼내줄 수 있는 건데!"

한편 한참 만에 정신을 차린 정령은 고통을 참기 힘들어 그저 땅바닥에 무릎을 꿇고 애원하는 수밖에 없었어요.

"목숨만 살려주시면 불문에 귀의하겠습니다."

그제야 관음보살은 상서로운 빛을 뿌리며 요괴의 머리를 쓰다듬어 마정수계摩頂授戒를 베푼 뒤 긴 창을 쥐고 곁을 따르게 했어요. 검은 곰은 비로소 탐욕스런 마음이 가라앉고 한없이 사나웠던 성품을 거둬들였지요. 관음보살이 분부했어요.

"오공아, 이제 넌 돌아가거라. 당나라 스님을 잘 모셔야 한다. 다시는 태만하여 문제를 일으키지 말고!"

"이처럼 멀리까지 와주셔서 정말 감사합니다. 제가 당연히 모셔다드려야지요."

"그럴 것까지 없다."

그제야 손오공은 가사를 받쳐 들고 머리를 조아려 작별 인사를 했어요. 보살 역시 웅비를 데리고 남해로 돌아갔지요. 여기 이 일을 증명하는 시가 있네요.

> 상서로운 빛 자욱하게 관음보살 몸에 어리어
> 만 갈래로 찬란하게 빛나니 참으로 우러를 만하네.
> 세상 사람을 널리 구제하며 은혜를 베푸시고
> 속세를 두루 살피며 연꽃 같은 발자국 남기시네.
> 오늘 오시어 불경의 뜻 전하고

이제 가시니 티끌 한 점 남기지 않는구나.
요괴를 귀의시켜 남해로 돌아가고
금란가사가 다시 불문으로 돌아왔네.

祥光靄靄凝金像　萬道繽紛實可誇
善濟世人垂憫恤　徧觀法界現金蓮
今來多爲傳經意　此去原無落點瑕
降怪成眞歸大海　空門復得錦袈裟

결국 이후의 일이 어떻게 될지는 알 수 없으니, 이에 대해서는 다음 회를 들어보시라.

제18회
고로장의 요괴 사위

손오공은 관음보살과 작별하고 구름에서 내려 가사를 향남수香柟樹 위에 걸어놓았어요. 그리곤 여의봉을 뽑아 들고 흑풍동으로 쳐들어갔지요. 하지만 동굴 안에 작은 요괴 한 마리인들 남아 있을 리 있나요? 그놈들은 관음보살이 나타나 대왕 요괴를 땅에 데굴데굴 굴려 항복시키는 것을 보고 걸음아 날 살려라 모두 줄행랑을 쳤지요. 손오공은 더 화가 치밀어 동굴의 문이란 문엔 죄다 마른 장작을 쌓아놓고 앞뒤에서 한꺼번에 불을 질러 흑풍동을 시뻘건 불꽃이 날름거리는 홍풍동紅風洞으로 만들어버렸어요. 그런 다음 가사를 가지고 상서로운 빛을 타고는 곧장 북쪽으로 돌아왔지요.

한편, 삼장법사는 손오공이 황급히 떠나서 좀처럼 돌아오지 않자, 관음보살이 안 오는 건 아닌지, 손오공이 핑계 삼아 달아난 것은 아닌지 의심하고 있었어요. 이런저런 억측으로 심란해하던 차에 공중에서 오색 안개가 찬란히 빛나며 손오공이 갑자기 계단 앞으로 내려앉더니 말하였지요.

"사부님, 가사 대령이오."

삼장법사는 아주 기뻐했고 승려들도 모두 좋아서 떠들어댔어요.

"됐다! 됐어! 우리 목숨은 이제 안전하겠구나."

삼장법사는 가사를 받아 들고 말했지요.

"얘야, 아침에 떠날 때는 아침밥이 끝날 무렵 아니면 점심때엔 온다더니, 어째서 해가 다 저무는 이제야 돌아오는 게냐?"

손오공은 관음보살을 모셔다 변신술을 써서 요괴를 항복시킨 일을 한바탕 늘어놓았어요. 삼장법사는 그 얘기를 다 듣더니, 향을 피울 탁자를 가져다 남쪽을 향해 절을 올리고 나서 말했어요.

"얘야, 이제 가사를 찾았으니 어서 짐을 꾸려 떠나자꾸나."

"제발 좀 서두르지 마세요. 오늘은 늦어서 길 떠나기에 좋지 않으니, 내일 아침 일찍 떠나도록 하시지요."

승려들도 일제히 꿇어앉으며 말하였어요.

"손 나리의 말씀이 맞습니다. 날이 저물기도 했거니와 저희가 재를 좀 바치고 싶어서 그럽니다. 오늘 다행히 평안을 되찾고, 보물도 돌아왔으니 부처님께서 저희 발원을 이루어주신 것에 감사드리는 재를 올리려고요. 나리께서는 재가 끝난 뒤 제물祭物을 좀 나눠 주십시오. 내일 아침 일찍 저희가 서쪽으로 떠나시는 길을 배웅해 드리겠습니다."

"좋아, 바로 그거야."

좀 보세요. 그 승려들은 주머니를 탈탈 털고 불 속에서 겨우 건져낸 남은 재물을 모두 추렴하여 공물供物을 마련해 올리고, 평안하고 무사하기를 비는 부적을 사르고, 재난을 없애고 횡액을 풀어버리는 경을 몇 권이나 낭송했어요. 밤늦어서야 일이 다 끝났지요.

다음 날 아침 일행이 말을 빗질하고 행장을 꾸려 문을 나서니, 승려들은 멀리까지 배웅하고 돌아갔어요. 손오공이 앞장서 길을 가는데, 바야흐로 봄이 한창이었지요.

풀은 청백색 말[玉驄馬]과 어울려 말굽 흔적 부드럽고
버들은 금실처럼 흔들리고 이슬 머금은 꽃 새롭네.
복숭아꽃 살구꽃 숲에 가득 피어 요염한 아름다움을 다투고
담쟁이덩굴 길을 감아돌아 정신을 산란하게 하네.
모래 언덕에 햇살 따스하니 원앙새 졸고
산골짜기 냇가에 꽃향기 짙어 나비가 날아드네.
이렇게 가을 가고 겨울 끝나고 봄도 반이 지났으니
어느 해에 여행 끝나고 불경을 얻을지 알 수 없네.

草襯玉驄蹄跡軟　柳搖金線露華新
桃杏滿林爭豔麗　薜蘿遶徑放精神
沙堤日暖鴛鴦睡　山澗花香蛺蝶馴
這般秋去冬殘春過半　不知何年行滿得眞文

삼장법사와 손오공은 황량한 길을 대엿새 걸었지요. 하루는 날이 저물 무렵 멀리 마을의 인가가 바라다보이자, 삼장법사가 말했지요.

"얘야, 저편에 마을이 가까워 보이는데, 하룻밤 묵고 내일 다시 떠나는 게 어떠냐?"

"이 몸이 가서 상황을 살펴본 뒤 정하지요!"

삼장법사는 말고삐를 당겨 멈추고, 손오공은 시선을 집중해서 자세히 바라보니 정말 이러했지요.

대나무 울타리 촘촘하고 초가집 겹겹이 들어섰네.
마을 어귀에는 들판의 나무 하늘을 찌를 듯하고
굽이치는 물은 냇가 다리로 흘러 집들을 비추네.
길가에는 버드나무 파랗게 한들거리고
뜰 안에는 꽃 피어 향기가 진동하네.
때마침 석양은 서쪽으로 떨어지고
숲 곳곳에는 새소리 요란하네.
저녁 짓는 연기 부뚜막에서 나오고
이 길 저 길에는 집으로 돌아가는 소와 양
배부른 닭과 돼지 집 모퉁이에서 잠자고
거나하게 취한 이웃 노인 흥얼거리며 돌아가네.

竹籬密密　茅屋重重
參天野樹迎門　曲水溪橋映户
道傍楊柳綠依依　園内花開香馥馥
此時那夕照沉西　處處山林喧鳥雀
晩煙出爨　條條道徑轉牛羊
又見那食飽雞豚眠屋角　醉酣鄰叟唱歌來

손오공이 두루 살피고서 말했어요.

"사부님, 가시지요. 분명 좋은 사람들이 사는 곳 같으니 묵을 만하겠어요."

삼장법사는 백마를 재촉해 어느새 마을 어귀에 이르렀어요. 그때 마침 한 소년을 만났는데, 그는 머리엔 무명천을 동이고, 푸른 저고리를 입었으며, 손에는 우산을 들고, 등에는 보따리를 지고, 바짓자락을 거둬 모아 단단히 묶고, 발에는 코가 세 개 난 짚신을 신고 씩씩하게 걸어 급히 마을을 빠져나오고 있었어요. 손오공은 다짜고짜 손으로 덥석 그 소년을 붙잡으며 말했지요.

"어디 가니? 말 좀 묻겠는데, 여기는 어디지?"

그 소년은 뿌리치려고 애쓰며 큰 소리로 투덜댔어요.

"이 마을에는 사람이 없담? 하필 나한테 물을 건 뭐람!"

손오공은 웃으며 말했어요.

"시주님, 그렇게 화낼 거 없잖아. 남에게 잘해주면 자신에게도 좋은 법이야. 나에게 이 고을 이름 좀 말해주는 게 나쁠 거 없잖니? 나도 네 근심거리를 해결해 줄 수 있을 텐데 말이야."

소년은 아무리 애써도 손을 빼낼 수 없자 화가 나서 펄펄 뛰며 말했어요.

"재수 없어 정말! 주인 영감의 신경질도 참을 수 없는데, 이런 까까머리까지 달려들어 귀찮게 굴다니."

"내 손을 뿌리칠 재간이 있으면 가도 좋아."

소년은 왼쪽으로 몸을 비틀어보고 오른쪽으로도 비틀어보았지만 꿈쩍도 않고, 오히려 쇠 수갑을 찬 것 같았어요. 그는 골이 나서 씩씩거리다 보따리도 팽개치고 우산도 던져버리고 두 손을 마구 휘저으며 손오공에게 달려들어 때리려 했어요. 손오공은 한 손으로 봇짐을 붙잡고 다른 손으로 소년을 막아냈는데, 어떤 수를 쓰건 다 막아내는지라 소년이 도저히 붙들 수 없었어요. 손오공이 점점 더 세게 잡아 놓아주질 않자 소년은 약이 올라 미친 듯이 화를 냈어요. 삼장법사가 말했어요.

"얘야, 저기 사람이 오지 않니? 저 사람에게 물어보면 그만인데 왜 그 애만 붙잡고 있단 말이냐? 가게 놔줘라."

손오공은 웃으며 말했어요.

"사부님, 모르는 말씀! 다른 사람에게 묻는 건 재미없고, 꼭 이 아이한테 물어야 직성이 풀리겠는데요."

소년은 손오공에게 붙잡혀 오도 가도 못하게 되자 할 수 없이 입을 열었어요.

"여기는 오사장국烏斯藏國의 국경 지대로 고로장高老庄이라 불러요. 이 마을 사람들의 태반이 고씨라 고로장이라고 부르는 거지요. 이제 날 가게 놔줘요."

"행장을 보니 가까운 데를 가는 건 아닌 것 같은데……. 솔직히 털어놓지? 어디로 가는 거니? 무슨 일을 하려는지 분명히 말해라. 그럼 놓아주지."

소년은 어쩔 수 없이 사실대로 알려주었지요.

"나는 고태공高太公 집의 하인인 고재高才라고 해요. 우리 주인댁 막내 따님이 올해 스무 살인데, 시집도 못 간 채 삼 년 전부터 어떤 요괴 하나한테 붙들려 있다오. 그러니까 그 요괴가 꼬박 삼 년간 사위 노릇을 하고 있는 거예요. 우리 주인께서는 못마땅해하며 말씀하세요. '요괴를 데릴사위로 들이다니 안 될 일이야. 첫째는 가문을 망쳤고 둘째는 오가는 친척이 없어져 버렸어.' 그래서 벌써 오래전부터 요괴를 내쫓으려 했지만, 요괴가 어디 물러가나요? 도리어 아가씨를 뒤채에 가두고 반년이 지나도록 풀어주지 않으며, 식구들을 보지도 못하게 하는 거예요.

우리 주인께서는 은자 몇 냥을 내게 주시며, 요괴를 잡을 수 있는 법사法師를 찾아오라고 하셨지요. 나는 여태껏 발바닥이 부르트도록 찾아다니며 도합 서너 명을 청해 왔지만, 모두 데데한 중들이거나 똥자루 같은 도사라, 아무도 그놈을 항복시키지 못했어요. 방금도 주인이 그런 일 하나 변변히 못 한다고 한바탕 욕을 하더니, 은자 다섯 냥을 여비로 주면서 다시 가서 요괴를 물리칠 영험한 법사를 찾아오라고 했어요.

그런데 뜻밖에 당신 같은 악당에게 붙잡히는 바람에 갈 길이 늦어버렸어요. 이렇게 안팎으로 열을 받으니, 어쩔 수 없잖아요? 당신에게 소리 지를 밖에요. 당신은 사람을 붙잡아두는 재주가 있고, 나는 빠져나갈 수 없고 해서 사정을 말하는 것이니, 가게 놔 줘요."

"너 운 한번 좋다. 나는 신나는 일거리가 생겼네? 이거야말로 누이 좋고 매부 좋은 격이야. 넌 멀리 갈 필요도 없어. 은자 낭비할 것도 없고 말이야. 우리들은 그런 데데한 중이나 똥자루 같은 도사가 아니야. 사실 수단이 좀 있어서 요괴를 좀 잡아봤지. 이것이 바로 '의사 부르러 갔다가 눈병까지 고친다(一來照顧郎中 二來又醫得眼好)'는 격이군. 번거롭겠지만 돌아가서 주인에게 아뢰라. 우리들은 동녘 땅 황제가 파견한 황제의 동생이신 성승 일행으로, 부처님을 뵙고 불경을 구하고자 서천으로 가는 길인데, 요괴를 잡는 데 일가견이 있다고."

"나 망하는 걸 보려고 그래요? 나는 뱃속에 화밖에 없는 놈이에요. 수단도 없고 그놈을 붙잡을 수도 없으면서 나를 놀리는 거면, 나까지 경을 치라고요?"

"절대 그럴 일 없으니, 우리를 너희 집 문 앞까지 데려다줘."

소년은 어쩔 수 없이 보따리를 주워 들고 우산을 집고는, 가던 길을 되돌려 삼장법사와 손오공을 문 앞까지 데리고 왔어요.

"두 분 스님께서는 잠시 말 타는 디딤돌 위에 앉아 계셔요. 제가 들어가 주인어른께 알리고 올게요."

손오공은 그제야 잡았던 손을 놓고, 짐을 내리고 말을 당겨 삼장법사와 함께 문 옆에서 각기 앉고 선 채로 기다렸어요.

고재는 대문을 들어서 본채로 향하다 마침 고태공과 맞닥뜨렸어요. 고태공은 욕을 퍼부었어요.

"네놈은 인두겁을 뒤집어쓴 짐승이야! 법사는 찾으러 가지 않고 뭐하러 다시 돌아온 게냐?"

고재는 보따리와 우산을 내려놓고 말하였지요.

"주인님께 여쭐 말씀이 있습니다. 제가 막 거리로 나가다 스님 두 명과 마주쳤는데, 한 사람은 말을 타고 한 사람은 짐을 지고 있었습지요. 그 중 하나가 저를 붙잡고 놔주지 않으면서 어디 가냐고 묻더군요. 제가 몇 번이나 말하려 하지 않았지만, 어찌나 끈덕진지 빠져나올 수가 없어서 그만 주인님의 사정을 좀 얘기해주었습지요. 그러자 그는 뜻밖에도 몹시 기뻐하면서 요괴를 잡아주겠다고 하네요."

"어디서 온 자들이냐?"

"그들 말로는 동녘 땅에서 파견된 황제의 동생인 성승의 일행으로, 부처님을 뵙고 불경을 구하러 서천으로 가는 중이라나요?"

"그렇게 먼 데서 온 스님들이라면 정말 수단이 있을지도 몰라. 그분들은 지금 어디 있느냐?"

"문밖에서 기다리고 있습지요."

고태공은 서둘러 옷을 갈아입고 고재와 함께 맞으러 나갔어요. "스님" 하는 소리에 삼장법사가 급히 몸을 돌리는데, 고태공은 벌써 코앞에 와 있었어요. 그 노인은 머리에 검은 비단 두건을 쓰고, 촉 땅의 비단으로 된 흰옷을 입고, 누리끼리한 송아지 가죽으로 만든 신발을 신고, 검푸른 빛깔의 띠를 매고 있었지요. 그는 문을 나와 웃음으로 맞이하며 소리 높여 말했어요.

"두 분 스님, 안녕하십니까?"

삼장법사는 답례를 했지만 손오공은 서서 꿈쩍도 하지 않는 것이었어요. 노인은 손오공의 생김이 험악한지라 절할 엄두도 내지 못했지요. 그러자 손오공이 말했어요.

"어째서 이 손 어르신에게는 절도 안 하오?"

노인은 덜컥 겁이 나서 고재에게 말했지요.

"이놈아, 나를 죽이려고 작정했구나. 지금 집에 있는 못생긴 요괴 사위도 쫓아내지 못하는 판에, 어디서 저런 벼락신을 끌고 와 나를 괴롭히는 게냐?"

"형씨, 당신 나이를 헛먹었구려. 아직도 세상 이치를 모르다니! 생김새만으로 사람을 쓴다면 완전히 잘못된 일이지. 이 손 어르신이 좀 못생기긴 했어도 능력은 있거든. 당신 집안을 위해 요괴인지 도깨비인지 하는 놈, 당신 사위를 잡아 딸을 돌려주면 당신한테 좋은 일일 텐데, 하필이면 생긴 거 가지고 이러쿵저러쿵 뭐라 그러다니!"

고태공은 그 말을 듣고 부들부들 떨다 겨우 기운을 내 "들어오시지요"라고 했어요. 손오공은 들어오라는 말을 듣고서야 백마를 끌고, 고재에게는 짐을 메게 하고서 삼장법사와 안으로 들어갔어요. 손오공은 다짜고짜 말을 대청 기둥에 매어두고, 칠이 벗겨진 의자를 가져와 삼장법사를 앉히고는 자신도 의자를 하나 가져와 곁에 앉았지요. 그러자 고태공이 말했어요.

"이 젊은 스님은 마치 자기 집 안방처럼 구는군."

이에 손오공이 답했지요.

"나를 한 반년만 머무르게 한다면 한집안 식구같이 될 거요."

자리를 잡고 앉자 고태공이 물었어요.

"방금 제 종놈에게 듣자니 두 분은 동녘 땅에서 오셨다고요?"

삼장법사가 말했어요.

"맞습니다. 저는 조정의 명을 받들어 부처님을 뵙고 불경을 구하러 서천으로 가는 길인데, 도중에 노인장 댁을 지나게 되었지요. 지나게 되었지요. 하룻밤만 묵고 내일 떠나려 합니다."

"두 분은 원래 묵어가려고 했으면서 왜 요괴를 잡을 수 있다고 말하셨나요?"

손오공이 말했어요.

"하룻밤 묵어가는 김에 요괴나 몇 마리 잡아 놀아볼까 해서요. 댁에 요괴가 몇 마리나 있소?"

"세상에! 몇 마리라니요! 요괴 사위 한 놈뿐인데도 이렇게 고생을 하는데요!"

"요괴의 전말을, 특히 얼마나 수단이 있는지 하는 것들을 처음부터 자세히 들려주오. 그래야 내가 잡기 좋지."

"우리 마을에는 옛날부터 지금껏 무슨 귀신이니 도깨비가 장난을 친다든가 못된 마귀가 괴롭힌다든지 하는 것들을 통 모르고 살았습니다. 불행히도 못난 저는 아들 없이 딸만 셋이 있는데, 큰애는 향란香蘭, 둘째 애는 옥란玉蘭, 막내는 취란翠蘭이라고 하지요. 두 애는 어려서 마을 사람과 결혼시키고, 막내만은 사위를 데려와 나와 같이 살면서 데릴사위를 만들어 집안일도 돌보고 힘쓰는 일이나 잔심부름도 해주길 바랐지요. 그런데 뜻밖에 삼 년 전쯤 준수하게 생긴 한 사내가 나타나, 자기는 복릉산福陵山 사람으로 저씨猪氏인데 위아래로 부모 형제도 없으니 데릴사위가 되겠다고 하더군요. 못난 저는 그렇게 아무 연고도 없는 것을 보고 선뜻 데릴사위로 맞아들였지요. 처음 집에 들어와서는 얼마나 착실하고 부지런했는지! 논밭을 갈 때는 소나 연장도 쓰지 않고 곡식을 거둬들일 때도 칼이나 낫을 쓰지 않았지요. 어두울 때 나가서 밝을 때 돌아오는 것도 사실 좋았지요. 다만 한 가지, 주둥이와 얼굴이 조금씩 변하는 거예요."

"어떻게 변합디까?"

"처음에는 시커멓고 뚱뚱한 사내였는데, 나중에는 기다란 주둥이에 큰 귀를 가진 멍텅구리 같이 변하고, 또 뒤통수에는 말갈기 같은 털이 나더니, 몸은 놀랄 만큼 거칠어지고 얼굴은 꼭 돼지 같았습니다. 밥통은 또 얼마나 큰지, 한 끼에 네다섯 말의 밥을 먹어야 합니다. 아침나절의 간식으로는 구운 떡 백 개를 먹어야 성이 차고요. 다행히 채식하기에 망정이지, 고기와 술이라도 먹는 날엔 우리 집 전답이며 살림살이가 반년도 못 되어 깨끗이 거덜났을 겁니다."

삼장법사가 말했어요.

"일을 많이 하니 먹기도 많이 먹는 것이겠지요."

"많이 먹는 건 차라리 아무 일도 아니에요. 이젠 또 바람을 부리고 구름과 안개를 타고 오가며 돌을 굴리고 모래를 날리니, 우리 집 식구들이나 이웃들이 겁이 나서 맘 편히 살 수가 없어요. 또 우리 취란이를 뒤채에 가둬두고 반년이 지나도록 얼굴조차 못 보게 하니, 죽었는지 살았는지도 모르겠어요. 그러니 그놈이 요괴지 뭡니까? 법사님 그놈을 좀 물리쳐주시구려, 제발!"

"그게 뭐 어려운가. 노형께서는 맘 푹 놓으시오! 오늘 밤 당장 그놈을 잡아서 이혼장에 도장 찍게 하고 딸을 돌려드리지. 어때요?"

고태공은 매우 기뻐했어요.

"내가 그놈을 사위로 삼은 건 그렇다 쳐도, 그 바람에 내 이름에 얼마나 먹칠을 하고, 친척들과는 또 얼마나 소원해졌는지! 그저 그놈을 붙잡을 수만 있다면 무슨 문서가 필요 있겠습니까? 번거롭더라도 화근을 뽑아주십시오."

"간단하네! 식은 죽 먹기야! 밤이 되면 가부간에 결판이 날 거야."

노인은 매우 기뻐하며 그제야 탁자와 의자를 펴고 닦아 공양을 올리게 했어요. 공양이 끝나고 밤이 되자 노인이 물었지요.

"무슨 무기가 필요하신가요? 몇 명이나 따라가야 합니까? 일찍 준비하는 것이 좋겠지요?"

"무기는 내게 있지."

"두 분은 석장밖에 없는데, 그것으로 어떻게 요괴를 때려잡는단 말입니까?"

손오공이 귀에서 수놓는 바늘 같은 것을 꺼내어 손에서 만지작거리다 바람을 맞으며 흔들었더니, 사발만 한 굵기의 여의봉이 되었어요.

"이 봉을 좀 보시구려. 당신네 무기와 비교해볼 때 어떻소? 요괴를 때려잡을 수 있을 것 같소?"

"무기는 있으시니 되었고, 그럼 데려갈 사람은요?"

"다른 사람은 필요 없소. 다만 나이 지긋하고 인덕 있는 노인 몇 분이 우리 사부님을 모시고 조용히 앉아 한담이나 나누게 해주시오. 그러면 내가 마음 놓고 가서 그 요괴를 잡아다 사람들 앞에서 죄를 자백시키고 당신 화근을 뽑아줄 테니."

노인이 집에서 부리는 애를 불러 친한 친구 몇을 불러오게 하니, 잠시 후 다들 집으로 모였어요. 서로 인사를 나누고 나자 손오공이 말했어요.

"사부님, 안심하고 편히 앉아 계세요. 이 몸 다녀오겠습니다."

손오공을 좀 보라지요. 여의봉을 쥐고 노인을 잡아끌며 말했어요.

"나를 요괴가 사는 뒤채로 데려다주시오."

노인이 뒤채 문 앞으로 데려가자, 손오공이 말했어요.

"열쇠 좀 가져다주시오."

"생각해보십시오, 열쇠를 쓸 수 있다면 왜 당신을 청했겠습니까?"

손오공이 웃으며 말했어요.

"이봐요, 노인 양반! 나이만 많았지 농담도 모르는군. 놀리느라 한 말을 진짜로 믿다니."

손오공이 앞으로 다가가 더듬어보니 구리 쇳물을 부어 봉해놓은 자물쇠가 채워져 있었어요. 하지만 손오공은 욱하는 성미에 여의봉을 들어 세게 한 번 내리치자 문이 부서져버렸어요.

"형씨, 가서 딸이 안에 있는지 한 번 불러보시오."

그 노인은 간신히 용기를 내 "셋째야!" 하고 불렀어요. 막내딸은 아버지의 목소리를 알아듣고 겨우 힘없이 한마디 했어요.

"아버지, 저 여기 있어요."

손오공은 금빛 눈동자를 번뜩이며 검은 그림자를 자세히 들여다보았지요. 어떤 모습이었는지 들어보실래요?

구름같이 풀어헤친 머리는 매만져본 적이 없고
옥 같은 얼굴에는 시커먼 먼지 씻지 못했네.
한 조각 난초 같은 마음은 옛날과 다름없으나
그렇게 아리땁던 자태는 시들었네.
앵두 같던 입술엔 핏기 하나 없고
허리와 사지는 흔들흔들 휘청휘청
수심으로 찡그린 눈썹은 성기고
겁에 질려 야윈 몸, 목소리도 낮아라.

雲鬢亂堆無掠　玉容未洗塵淄淄
一片蘭心依舊　十分嬌態傾頹
櫻唇全無氣血　腰肢屈屈偎偎
愁蹙蹙蛾眉淡　瘦怯怯語聲低

딸은 걸어 나오다 그 노인을 보자 손을 와락 부여잡고 머리를 얼싸안고 대성통곡을 했어요. 손오공이 말했어요.

"울지 마시오, 울지 마! 물어볼 게 있는데, 요괴는 어디 갔소?"

"어디 갔는지 몰라요. 요즘은 날이 밝을 때 나가서 밤이 돼야 돌아와요. 구름과 안개를 타고 어디를 갔다 오는지 모르겠어요. 아버님이 쫓아내려 한다는 것을 알고 늘 경계를 하고 있는 탓에, 어두워서 들어오고 아침이면 나가요."

"더 말 안 해도 알 만 하오. 노인장, 따님을 앞채로 데려가서 그동안 못다 한 얘기나 천천히 나누시오. 손 어르신은 여기서 그놈을 기다릴 테니. 그놈이 나타나지 않는 건 내 탓이 아니지만, 만일 그놈이 온다면 반드시 화근을 뿌리째 뽑아드리지."

노인은 매우 기뻐하면서 딸을 데리고 앞채로 갔어요.

손오공은 신통력을 부려서 몸을 흔들어 막내딸처럼 변하고는 혼자 방에 앉아 그 요괴를 기다렸지요. 얼마 지나지 않아 한바탕 바람이 부는데, 정말 돌이 구르고 모래가 날았어요.

바람이 처음 일어날 때는 살랑살랑 넘실넘실
나중에는 아득하고 막막하네.
살랑살랑 넘실넘실 요동쳐 하늘만큼 땅만큼 크고
아득하고 막막하여 막힘이 없네.
꽃 시들게 하고 버들 꺾기는 삼대 부러뜨리는 것보다 쉽고
나무 넘어뜨리고 숲 잡아채는 것이 채소를 뽑는 것 같네.
강을 뒤집고 바다를 어지럽히니 귀신이 걱정하고
돌을 깨뜨리고 산을 무너뜨리니 천지가 싫어하네.
꽃을 문 사슴과 고라니 종적이 없고
과일 따는 원숭이 밖에서 헤매네.
칠 층 철탑 무너져 부처님 머리를 덮치고
팔면 깃발 쓰러져 보배로운 덮개를 망치네.

금 대들보 옥기둥은 뿌리째 흔들리고
지붕 위의 기와는 제비집처럼 날리네.
노 잡은 사공 기도드리고
배 띄우려 급히 돼지 잡고 양 잡아 제사드리네.
그 고장 토지신은 사당을 버리고
사해의 용왕은 하늘 향해 절을 올리네.
바닷가에서는 야차의 배 깨뜨리고
만리장성에서는 반쪽 울타리를 쓰러뜨리네.

起初時微微蕩蕩　向後來渺渺茫茫
微微蕩蕩乾坤大　渺渺茫茫無阻礙
凋花折柳勝摁麻　倒樹摧林如拔菜
翻江攪海鬼神愁　裂石崩山天地怪
啣花麋鹿失來踪　摘果猿猴迷在外
七層鐵塔侵佛頭　八面幢幡傷寶蓋
金梁玉柱起根搖　房上瓦飛如燕塊
舉棹稍公許願心　開船忙把猪羊賽
當坊土地棄祠堂　四海龍王朝上拜
海邊撞損夜叉船　長城刮倒半邊塞

이런 광풍이 한바탕 지나가더니, 공중에서 요괴가 한 마리 내려왔지요. 그놈은 정말 추악하게 생겼어요. 시커먼 얼굴에 짧은 털, 길게 삐죽 나온 주둥이에 큰 귀, 푸른 것 같지만 푸르지도 않고, 쪽빛인데 쪽빛도 아닌 괴상한 빛깔의 무명베 승복을 입고, 꽃무늬 수건을 동여매고 있었지요. 손오공이 속으로 웃으며 중얼거렸어요.

'알고 보니 저런 놈이었군.'

멋진 손오공! 그는 괴물을 맞아들이지도 않고 아는 척도 않고 침대에 누워 병든 체하며, 입으로는 쉴 새 없이 아이고아이고 신음 소리를 냈지요. 그 요괴는 진짜인지 가짜인지도 모르고 방 안으로 걸어 들어와 손오공을 꽉 껴안고 입을 맞추려고 했어요. 손오공은 속으로 웃으며 생각했지요.

'정말 이 손 어르신을 희롱하려 하는군!'

그는 급소를 잡는 나법拿法을 써서, 요괴의 긴 주둥이를 받쳐 드니, 이게 바로 살짝 넘어뜨리기 수법이란 거지요. 요괴는 머리를 툭 떠밀려 침대 아래로 꽈당 나동그라졌지요. 요괴는 엉금엉금 기어 일어나 침대 옆을 잡고 말하였지요.

"아가씨, 오늘은 어째서 나한테 이렇게 짜증을 내나? 너무 늦게 와서 그러시나?"

"아니에요. 그런 거 아니에요."

"그게 아니라면 왜 날 밀쳐내지?"

"당신은 어쩜 이렇게 못나게 구나요? 보자마자 껴안고 입을 맞추려들고! 오늘은 기분이 좀 안 좋아요. 평소처럼 괜찮았다면 일어나 문을 열고 당신을 기다렸을 거예요. 어서 옷 벗고 잠이나 자요."

요괴는 무슨 뜻인지도 모르고 정말로 옷을 벗었지요. 손오공은 벌떡 일어나 요강 위로 가 앉았어요. 요괴는 예전처럼 침대로 와 더듬더듬 더듬어보았으나 사람이 없는지라, 소리쳐 불렀어요.

"아가씨, 어디 가셨나? 옷 벗고 잠이나 잡시다."

"먼저 주무세요. 난 변을 좀 보고 갈게요."

요괴는 그 말대로 옷을 벗고 침대로 올라갔어요. 손오공이 갑자기 탄식하며 말했지요.

"지지리 운도 없지."

"무슨 걱정이오? 왜 지지리 운도 없다는 게요? 내가 당신 집에 들어와 밥은 좀 먹었지만, 거저먹은 적은 없소. 당신 집안을 위해 땅을 쓸고, 개울을 치우고, 벽돌도 지고, 기와도 나르고, 흙도 쌓고, 담을 올리고, 논밭을 갈고, 보리씨도 뿌리고, 모도 매고 하면서 가업을 일으켰소. 지금 당신이 입고 있는 비단이며, 차고 있는 금붙이에, 사시사철 보고 맛볼 수 있는 꽃과 과일이며, 늘 삶고 지져 먹을 수 있는 야채가 다 누구 덕이오? 그런데도 당신은 뭐가 부족해서 이렇게 긴 한숨을 쉬며 운이 지지리도 없다 뭐다 그런 말을 하는 게요?"

"그런 말이 아니에요. 오늘 부모님이 담장 밖에서 기왓장을 던져 저를 때리고 욕을 하시더군요."

"당신한테 왜 그런단 말이오?"

"내가 당신과 부부가 되었으니 당신은 우리 부모님의 사위인데, 눈곱만큼도 예의염치가 없다는 거예요. 추악한 주둥이와 얼굴을 해서는 형부들도 만날 수 없고 친척들도 만날 수 없지요. 또 구름을 타고 왔다 안개를 타고 가버리니 도대체 어디서 온 자인지, 성은 뭐고 이름은 뭔지 알 수도 없다고요. 그러니 아버지 얼굴에 먹칠을 하고 가문을 더럽힌다며 때리고 욕을 한 거지요. 그래서 속상해하고 있었어요."

"내가 비록 못생겼지만, 잘생기고자 맘만 먹으면 어려운 일도 아니야. 내가 처음 왔을 때 얘기를 다 했었고, 아버님이 원하셔서 날 사위로 들인 거야. 그런데 이제와 또 그런 말을 하다니? 우리 집은 복릉산 운잔동雲棧洞에 있지. 생김새를 따서 성은 저씨이고 정식 이름은 강렵剛鬣이라고 하지. 장인이 다시 와서 묻거든 그렇게 말해주구려."

손오공은 속으로 기뻐하며 생각했어요.

'이 요괴놈도 어지간히 정직하구먼. 손도 대지 않았는데 이렇게 술술 털어놓다니. 어디 사는 누구인지 알았으니 어떻게든 붙잡을 수 있으렷다?'

그리고 짐짓 이렇게 말했어요.

"아버님이 법사를 불러다 당신을 잡으려 해요."

요괴가 웃으며 말했어요.

"잠이나 잡시다, 잠이나 자! 걱정하지 마시오. 내겐 천강수天罡數의 서른여섯 가지 변화술이 있고, 아홉 날 달린 쇠스랑이 있으니, 법사니 중이니 도사 따위 뭐가 무섭겠소! 당신 아버지가 설사 구천탕마조사九天蕩魔祖師를 이 세상으로 불러내린다 해도, 나는 그와 잘 아는 사이라 나를 감히 어쩌지 못할 거요."

"아버지 말씀이 오백 년 전 하늘궁전을 어지럽힌 손 제천대성이란 자를 불러다 당신을 잡는대요."

요괴는 그 이름을 듣자 조금 겁을 냈어요.

"그렇게 말했다면 나는 가야겠어. 우리 부부 노릇도 이제 끝이야."

"왜 가시려고요?"

"당신은 모르겠지만 하늘궁전을 어지럽힌 그 필마온이란 자는 재주가 꽤 있거든. 나는 그놈을 당해낼 수 없으니, 이름만 더럽히고 꼴이 말이 아니게 될 테지."

요괴가 옷을 걸치고 문을 열고 밖으로 나가려 하자, 손오공은 그놈을 덥석 움켜쥐고 자신의 얼굴을 쓰윽 문질러 본래 모습을 드러내며 호통을 쳤어요.

"이 요괴놈아, 어디를 가느냐! 고개를 들고 나를 봐라. 내가 누구시냐?"

요괴가 눈을 돌려보니, 꽉 다문 이와 삐어 문 주둥이, 불같은 눈

손오공이 고로장에서 저팔계를 붙잡아 삼장법사에게 데려가다

과 금빛 눈동자에 털북숭이 얼굴을 한 손오공이었어요. 바로 살아 있는 벼락신의 모습 같았지요. 요괴는 놀라서 손이 마비되고 다리가 풀리더니, 북 하고 옷을 찢어버리고 광풍으로 변해 달아나버렸어요. 손오공은 급히 내달리며 여의봉을 휘둘러 바람을 한 차례 내리쳤어요. 그러자 요괴는 만 갈래 불빛으로 변해 원래 살던 복릉산으로 가버렸지요. 손오공은 구름을 타고 재빠르게 쫓아가며 소리쳤지요.

"어디를 가는 게냐! 네가 만일 하늘로 가면 나는 두우궁斗牛宮까지라도 쫓아갈 테고, 땅속으로 들어가면 억울한 혼령들이 사는 지옥[枉死獄]까지 쫓아갈 테다!"

아이고! 손오공이 어디까지 쫓아가서 어떤 승부가 났는지 알 수 없는데, 이에 대해서는 다음 회를 들어보시라.

第19회
운잔동에서 저팔계를 거둬들이다

한편, 그 요괴가 불빛으로 변해 도망치자, 손오공은 오색 안개를 일으키며 뒤쫓았지요. 가는 도중 문득 높은 산이 나타나자, 요괴는 불빛을 거둬들이고 원래 모습을 드러내어 동굴 안으로 뛰어들어 가 아홉 날 쇠스랑을 들고 나와 덤볐어요. 손오공은 호통을 내질렀어요.

"이 발칙한 놈! 넌 어디서 온 요괴냐? 어떻게 이 손 어르신의 이름을 아느냐? 네가 어떤 재간이 있는지 사실대로 자백하면, 목숨만은 살려주마!"

"너도 내 능력을 모르는구나! 이리 와 얌전히 서서 잘 들어봐라. 나로 말할 것 같으면,"

어렸을 때부터 타고난 심성 졸렬해서
끝없이 한가함을 탐하고 게으름을 피웠지.
성정性情을 기른다거나 진리를 닦은 적도 없이
어지럽고 미혹된 마음으로 세월을 보냈지.
어느 한가한 때 우연히 진짜 신선 만나

인사하고 이런저런 얘길 나누었지.

마음 돌려 속세에 떨어지지 말라 하시며

살생은 큰 죄업을 쌓는 것이라

어느 날 때가 되어 목숨이 다하면

여덟 고난[八難]과 세 고행길[三途]에서 후회해도 소용없다 하셨지.

그 말 듣고 뜻을 바꾸어 수행하기로 결심했고

그 말 듣고 마음 돌려 묘결妙訣을 탐구했지.

인연 있어 그 자리에서 스승으로 모시니

하늘의 관문과 땅의 구멍을 가르쳐주셨지.

구전대환단•을 얻고

밤낮으로 수련하여 그칠 때가 없었어.

위로는 정수리의 이환궁[1]에 이르고

아래로는 발바닥의 용천혈[2]에 이르렀지.

신장腎臟의 물 두루 흘려 입속의 화지로 들어가게 하고•

단전에 따뜻한 온기를 보충할 수 있었지.

어린아이[3]와 젊은 여자[4]는 음과 양에 부합하고

납과 수은은 해와 달로 나누어지지.[5]

이룡과 감호는 조화를 이루는 데 쓰고

신묘한 거북과 삼족오三足烏의 정기 흡수했지.•

세 송이 꽃 정수리에 모여 근본으로 돌아갈 수 있었고•

1 머리 꼭대기 부분에 있는 혈穴의 명칭이다.

2 발바닥 중앙에 위치하는 혈의 명칭이다.

3 외단술外丹術에서 어린아이는 납을 의미한다. 또한 내단술內丹術에서는 신장腎臟의 기운을 의미하기도 한다.

4 젊은 여자[姹女]는 수은 혹은 심장의 기운을 의미하는데, 여기에서는 심장의 기운과 신장의 기운이 섞인다는 관념이 들어 있다.

5 해와 달은 각각 심장과 신장의 별칭이다.

다섯 기운[6]이 머리를 비추니 조화를 이룰 수 있었어.
공력의 운행 원만하여 날아오를 수 있게 되니
하늘의 신선들이 쌍쌍이 나를 맞아주었지.
발아래 오색구름 뭉게뭉게 피어오르고
몸은 가볍고 튼튼해져 하늘 궁궐을 찾아갔지.
옥황상제가 잔치 베풀어 신선들을 모으니
제각기 품계에 따라 반열을 나눠 늘어섰지.
칙령으로 나를 은하수 관장하는 원수에 봉하시니
수병을 총괄하는 총독의 부절을 받았지.
그러다가 서왕모가 반도를 따 모으고
손님을 초청하여 요지에서 잔치를 벌였는데
그때 술에 취해 정신이 혼미해지는 바람에
이리저리 비틀비틀 주정을 부려댔지.
호기 부려 광한궁[7]에 뛰어드니
풍류를 아는 선녀 항아姮娥가 맞아주었지.
사람의 혼을 뺄 듯한 그녀의 모습 보니
그 옛날 속된 마음 없애기 어려웠어.
나이의 많고 적음도 신분의 높낮이도 구별 못하고
항아를 잡아끌어 잠자리 같이하려 했지.
몇 번을 요구해도 따르지 않고
이리 피하고 저리 피하며 좋아하지 않더라.
욕정은 하늘까지 뻗치고 외침은 천둥 같아
하늘 궁궐 흔들려 넘어질 정도로 험악했지.

6 도교에서는 도를 이루게 되면 오행을 진정한 기운으로 만들어 정수리에 모을 수 있고 자유자재로 사용할 수 있다고 생각한다.

7 달을 의미한다.

규찰영관이 옥황상제께 아뢰어
그날로 비참한 운명에 처하게 되었지.
광한궁은 굳게 닫혀 바람조차 안 통하고
드나들 문도 없어 벗어나기 어려웠지.
결국 여러 신들이 나를 붙잡았지만
술기운이 남아 무서워하지 않았어.
영소보전으로 압송되어 옥황상제를 뵈옵고
율법에 따라 심문받고 사형을 언도받았지.
다행히 태백금성께서
대열에서 나와 몸소 관대한 처분 간청해주신 덕분에
무거운 형벌은 곤장 이천 대로 바뀌었지만
살이 찢기고 살갗이 터지고 뼈까지 부러질 듯했지.
그렇게 하늘궁전에서 내쫓겨
복릉산 아래서 집안 꾸리며 생계를 도모하게 되었지.
죄진 몸이라 돼지의 태를 잘못 타고 태어나는 바람에
세속에서는 나를 저강렵이라 부른단다.

自小生來心性拙　貪閑愛懶無休歇
不曾養性與修眞　混沌迷心熬日月
忽朝閑裡遇眞仙　就把寒溫坐下説
勸我回心莫墮凡　傷生造下無邊業
有朝大限命終時　八難三途悔不喋
聽言意轉要修行　聞語心回求妙訣
有緣立地拜爲師　指示天關并地闕
得傳九轉大還丹　工夫晝夜無時輟
上至頂門泥丸宮　下至脚板涌泉穴
周流腎水入華池　丹田補得溫溫熱

嬰兒姹女配陰陽　鉛汞相投分日月
離龍坎虎用調和　靈龜吸盡金烏血
三花聚頂得歸根　五氣朝元通透徹
功圓行滿卻飛昇　天仙對對來迎接
朗然足下彩雲生　身輕體健朝金闕
玉皇設宴會群仙　各分品級排班列
勅封元帥管天河　總督水兵稱符節
只因王母會蟠桃　開宴瑤池邀衆客
那時酒醉意昏沉　東倒西歪亂撒潑
逞雄撞入廣寒宮　風流仙子來相接
見他容貌挾人魂　舊日凡心難得滅
全無上下失尊卑　扯住嫦娥要陪歇
再三再四不依從　東躲西藏心不悅
色膽如天叫似雷　險些震倒天關闕
糾察靈官奏玉皇　那日吾當命運拙
廣寒圍困不通風　進退無門難得脫
卻被諸神拿住我　酒在心頭還不怯
押赴靈霄見玉皇　依律問成該處決
多虧太白李金星　出班俯顖親言說
改刑重責二千鎚　肉綻皮開骨將折
放生遭貶出天關　福陵山下圖家業
我因有罪錯投胎　俗名喚做猪剛鬣

이 말을 듣고 손오공이 말했지요.

“너 이놈, 알고 보니 천봉수신天蓬水神이 아래 세상으로 내려온 것이었구나. 어쩐지 이 손 어르신의 이름을 알고 있더라니.”

"흥! 하늘나라를 업신여긴 필마온놈아! 네놈이 그 재앙을 일으켜 우리가 얼마나 많은 곤욕을 치렀는데, 지금 또 여기 와서 사람을 능멸하느냐? 버르장머리 없이 굴지 말고, 내 쇠스랑 맛이나 봐라!"

손오공이 어찌 참을 수 있었겠어요? 그는 여의봉을 들고 저팔계의 머리를 향해 내리쳤지요. 그 둘이 깜깜한 밤에 산속에서 싸우는 모습은 정말 대단했어요.

손오공의 금빛 눈동자 번개처럼 번뜩이고
요괴의 둥근 눈은 마치 은색 꽃과 같아라.
이쪽에서 입으로 오색 안개 내뿜으면
저쪽에서는 붉은 노을 토해내네.
뿜어낸 붉은 노을에 어두운 곳 밝아지고
토해낸 오색 안개 밤중에 밝게 빛나네.
여의봉과
아홉 날 쇠스랑
두 영웅은 정말 칭찬할 만하구나!
하나는 제천대성으로 세상에 내려왔고
하나는 천봉원수로 하늘나라에서 떨어졌네.
저쪽은 위엄을 잃고 괴물이 되었고
이쪽은 고난에서 벗어나 불문에 들어왔네.
쇠스랑을 내지르니 용이 손톱을 내뻗는 듯
여의봉을 받아치니 봉황이 꽃밭을 누비는 듯
저쪽에서
"네놈이 남의 가정을 깬 것은 애비를 죽인 것과 같다!"라고
하면

이쪽에서
“네놈이 어린 여자를 억지로 각시 삼았으니 잡혀갈 짓이다!”
하고 대꾸하네.
대화는 잦아들고
욕 소리만 요란하더니
왔다 갔다 여의봉과 쇠스랑 맞붙었지.
보자하니, 날 샐 때까지 싸우다 보니
저 요괴는 두 팔이 저릿하게 굳어가네.

行者金睛似閃電　妖魔環眼似銀花
這一個口噴彩霧　那一個氣吐紅霞
氣吐紅霞昏處亮　口噴彩霧夜光華
金箍棒　九齒鈀　兩個英雄實可誇
一個是大聖臨凡世　一個是元帥降天涯
那個因失威儀成怪物　這個幸逃苦難拜僧家
鈀去好似龍伸爪　棒迎渾若鳳穿花
那個道　你破人親事如殺父
這個道　你强姦幼女正該拿
閑言語　亂喧譁　往往來來棒架鈀
看看戰到天將曉　那妖精兩膊覺酸麻

둘은 밤 열 시 무렵부터 동쪽 하늘이 밝아올 때까지 줄곧 싸웠지요. 요괴는 더 이상 손오공을 대적하지 못하고 달아났는데, 이전처럼 또 광풍으로 변해 잽싸게 동굴 안으로 들어가서 문을 굳게 잠근 채 머리조차 내밀지 않았어요. 손오공이 동굴 밖에서 보니 돌 비석에 운잔동이라고 씌어 있는 것이었어요. 요괴도 나오지 않고 날도 밝아오자, 손오공은 삼장법사가 기다리고 있을 테니 가서 뵙고 난 다음 다시 잡으러 와도 괜찮을 거라고 생각했어요. 그는 구름을 타고 고개를 한 번 끄덕하는 사이에 금방 고로장으로 돌아왔어요.

한편, 삼장법사는 노인들과 더불어 옛날이야기, 지금 사는 이야기 등을 하면서 밤새 한숨도 자지 못한 채, 손오공이 왜 여태 안 오나 생각하면서 마당을 바라보는데, 갑자기 손오공이 나타났어요. 손오공은 여의봉을 거두어 넣고 옷을 단정히 한 다음 집 안으로 들어서면서 외쳤지요.

"사부님, 저 돌아왔어요!"

깜짝 놀란 노인들이 일제히 엎드려 절하면서 인사했어요.

"정말 노고가 많으셨습니다!"

삼장법사가 물었어요.

"얘야, 요괴를 잡으러 간 지 꼬박 하룻밤이 지났는데, 그래, 잡아 온 요괴는 어디 있느냐?"

"사부님! 그 요괴는 인간 세상의 사악한 놈도 아니었고, 산속에 사는 괴수도 아니었습니다. 그놈은 아래 세상으로 내쫓긴 천봉원수로서, 환생할 때 태를 잘못 타고나서 얼굴이 멧돼지처럼 되었을 뿐, 사실 그 영험한 본성이 아직 남아 있습니다. 그놈은 얼굴 생김새대로 성을 지어, 자기 이름을 저강렵이라 한다고 했지요. 이 몸이 뒤채에서 여의봉으로 때리자 그놈은 광풍으로 변해 달아났어요. 이 몸이 또 여의봉으로 그 광풍을 내려치니까 그놈은 불빛으로 변해서 본래 살던 산속 동굴로 뛰어들어 가더니 아홉 날 쇠스랑을 들고 나와 저와 밤새 싸웠지요. 그런데 날이 밝자 그놈은 싸우길 겁내며 달아나더니, 동굴 문을 단단히 닫고 나오질 않습니다. 그 문을 부수고 들어가 아주 끝장을 볼까 하다가, 사부님께서 걱정하며 기다리실 것 같아 먼저 돌아와 사정을 말씀드리는 것입니다."

말을 마치자 고 노인이 앞으로 나와 무릎을 꿇고 말했어요.

"스님, 아직 잡지 못하셨군요. 스님께서 그놈을 쫓아버리긴 했지만, 스님이 가시고 난 후에 그놈이 다시 돌아오면 어떻게 합니까? 아예 그놈을 확실하게 잡아 뿌리를 뽑아주셔야 후환이 없을 것입니다. 이 늙은이가 소홀함 없이 사례는 톡톡히 치러드리겠습니다. 친척들과 친구들이 보는 앞에서 우리 집안 재물이며 전답을 절반 떼어 스님께 드리겠다는 문서를 쓰겠습니다. 그저 재앙을 뿌리째 뽑아주시어 우리 고씨 문중의 맑은 덕이 더 이상 무너지지 않게 해주십시오."

손오공이 웃으면서 말했어요.

"영감이 분수를 모르는군! 그 요괴의 말로는 자기가 비록 밥통이 커서 당신 집의 음식을 많이 먹긴 했지만, 그래도 당신 집안에 좋은 일도 많이 했다던데? 요 몇 년 동안 가산을 많이 모은 것도 모두 그놈 덕택이라던데? 그놈이 당신 집안 음식을 공짜로 먹어치운 것도 아닌데, 왜 그놈을 쫓아내려는 거요? 그놈 말로는 자기가 원래 하늘의 신이었다가 인간세계로 내쫓겨 와 당신 집안을 먹여 살렸고, 또 당신 딸을 해친 것도 아니랍디다. 그 정도 사위면 양쪽 집안 형편도 딱 맞아 가문의 명예를 더럽힐 것도 품행을 욕되게 할 것도 별로 없는 것 같은데. 그냥 그놈을 사위로 받아들이지 그러셔?"

"스님, 그놈이 미풍을 해치는 짓은 하지 않았다 해도 평판이 그리 좋지 않습니다. 걸핏하면 사람들이 '고씨 집안이 요괴를 사위로 맞아들였다'고 수군댑니다. 이런 소리를 어떻게 계속 들으라는 말씀이십니까?"

그러자 삼장법사가 말했어요.

"얘야, 네가 기왕 그자와 한바탕 싸움을 벌였으니, 가서 그놈과 결판을 내서 아예 끝장을 보고 오너라."

"아까는 그놈을 좀 데리고 놀아본 거예요. 이번에 가면 반드시 그놈을 잡아와 여러분께 보여드릴게요. 걱정하지 마세요."

그리고 그는 다시 고 노인에게 말했어요.

"노인장, 사부님을 잘 보살펴주시오. 내 다녀오겠소."

말을 마치자마자 손오공은 바로 형체도 그림자도 없이 사라졌어요. 그는 요괴가 숨어 있는 산 위로 달려가 동굴 입구에 이르자, 여의봉으로 한 번 내려쳐서 두 문짝을 가루로 만들어버리고 욕설을 퍼부었어요.

"이놈, 여물이나 처먹는 멍청아! 빨리 나와 손 어르신과 한 판 하자!"

요괴는 한참 드르렁드르렁 코를 골며 동굴 안에서 자고 있다가, 문이 부서지는 소리와 함께 여물이나 처먹는 멍청이라는 소리를 듣자, 화를 참지 못하고 쇠스랑을 끌고 정신을 추스르며 달려 나와 사납게 욕을 퍼부었어요.

"이 필마온놈, 정말 귀찮게 구는구나! 네놈하고 무슨 상관이 있다고 내 대문을 부수는 게냐? 가서 법전을 뒤져봐라. 너처럼 남의 집 문을 부수고 들어오면 잡범雜犯으로 사형에 처해질 거다!"

손오공이 웃으면서 말했지요.

"이 멍청아! 내가 문을 부수고 들어간 것은 이유라도 있다만,

네놈이 매파도 예물도 없고 또 약혼식도 없이[8] 남의 집 딸을 강제로 빼앗은 것이야말로 진짜 중죄로 참수형에 처해 마땅하지 않느냐!"

"쓸데없는 소리 말고, 이 어르신의 쇠스랑이나 받아라!"

손오공이 날아오는 쇠스랑을 여의봉으로 막으며 말했어요.

"네놈의 이 쇠스랑은 고씨 집에서 정원사 노릇하며 밭 갈고 채소 가꾸던 데 쓰던 게 아니냐? 그런 걸로 어디 겁을 먹겠냐?"

"네놈이 잘못 알았다. 이 쇠스랑이 평범한 인간 세상의 물건 같으냐? 내 말을 한 번 들어봐라."

이것은 신수철로 단련한 것으로
깨끗한 흰빛이 나도록 갈고 다듬었다.
태상노군이 몸소 큰 망치 두드렸고
화성의 신이 몸소 풍로에 탄가루를 넣어 달궜다.
다섯 곳의 다섯 천제天帝가 온 마음을 썼고
육정육갑 어둠과 밝음의 신들이 애를 썼다.
옥으로 이빨 같은 아홉 날 만들었고
황금 잎사귀 같은 양쪽의 고리 주조했다.
몸체는 여섯 별자리 장식하고 다섯 별에 맞추었고
사계절에 따라 여덟 절기에 부합하도록 했지.
짧고 길고 높고 낮음이 하늘과 땅을 정하고
왼쪽 오른쪽 음과 양이 해와 달을 나눈다.
신들은 여섯 가지 효에 따라 하늘의 법칙을 따르고

8 본문의 '다홍茶紅'이라는 것은 '하차下茶' 또는 '다정茶定'이라고도 하는, 옛날에 약혼식을 하면서 보내는 예물을 가리킨다. 예물을 붉은 종이로 싸거나 포장지 위에 붉은 종이를 붙여 경사임을 나타내었기 때문에 그런 명칭이 붙었다.

별들은 여덟 가지 괘에 따라 순서를 정하지.
이름하여 귀한 보물 금 쇠스랑이라 하니
옥황상제께 바쳐 하늘의 궁전을 지키게 했다네.
내가 수련을 통해 대라천大羅天[9]의 신선 되어
영원히 죽지 않게 된 후
옥황상제 칙령으로 천봉원수에 봉하시고
이 쇠스랑을 내려주시어 표식으로 삼게 하셨지.
치켜들면 불꽃과 환한 빛을 발하고
내리면 거센 바람 불어 상서로운 눈발 휘날리지.
하늘 조정의 장군들 모두 놀라고
지옥의 염라대왕도 겁을 먹지.
인간 세상에 어디 이런 무기가 있겠으며
세상에 이런 쇠는 또 어디에도 없지.
내 몸 따라 마음대로 변화하고
구결에 따라 자유자재로 움직이지.
여러 해 동안 지니고 다니며 떨어져본 적 없고
몇 해 동안 나와 함께하며 하루도 떨어지지 않았지.
하루 세끼를 먹는 동안에도 손에서 놓지 않았고
밤에 잠잘 때도 팽개치지 않았다.
반도대회에 초대받아 갔을 때도 차고 갔고
옥황상제의 궁궐에 조회하러 갈 때도 가지고 갔지.
술에 취해 나쁜 짓을 하고
내 힘만 믿고 멋대로 까불었기 때문에
하늘나라에서 쫓겨나 홍진 세상에 떨어졌고
아래 세상에서 죗값을 다 치러야 했지.

9 도교에서 말하는 36개의 하늘 가운데 가장 높은 곳, 즉 '도경극지道境極地'를 가리킨다.

석굴에서 나쁜 마음 생겨 사람도 잡아먹었지만
고씨 마을에서 사랑이 다시 생겨 결혼까지 했지.
이 쇠스랑은 바다 밑 용의 소굴도 뒤집어놓을 수 있고
산 위 호랑이와 늑대 사는 구멍도 헤집어놓을 수 있지.
온갖 병기며 칼날 따윈 거론조차 말지니
오로지 나만이 이 쇠스랑 가장 잘 부릴 수 있지.
싸워서 이기는 것이 어찌 어려운 일이랴?
싸워서 공을 얻는 것도 말할 필요 없지.
네가 구리 같은 머리, 쇠로 된 뇌, 강철 같은 몸이라 해도
이 쇠스랑에 걸리면 혼도 스러지고 신령한 기운도 새버릴 게다!

此是煅煉神水鐵　磨琢成工光皎潔
老君自己動鈴鎚　熒惑親身添炭屑
五方五帝用心機　六丁六甲費周折
造成九齒玉垂牙　鑄就雙環金墜葉
身粧六曜排五星　體按四時依八節
短長上下定乾坤　左右陰陽分日月
六爻神將按天條　八卦星辰依次列
名爲上寶沁金鈀　進與玉皇鎭丹闕
因我修成大羅仙　爲吾養就長生客
勑封元帥號天蓬　欽賜釘鈀爲御節
舉起烈焰并毫光　落下猛風飄瑞雪
天曹神將盡皆驚　地府閻羅心膽怯
人間那有這般兵　世上更無此等鐵
隨身變化可心懷　任意翻騰依口訣
相携數載未曾離　伴我幾年無日別

日食三飡并不丢　夜眠一宿渾無撇
也曾佩去赴蟠桃　也曾帶他朝帝闕
皆因仗酒卻行兇　只爲倚强便撒潑
上天貶我降凡塵　下世儘我作罪業
石洞心邪曾吃人　高庄情重婚姻結
這鈀下海掀翻龍住窩　上山抓碎虎狼穴
諸般兵刃且休題　惟有吾當鈀最切
相持取勝有何難　賭鬭求功不用說
何怕你銅頭鐵腦一身鋼　鈀到魂消神氣泄

손오공이 이 말을 듣고서 여의봉을 거둬들이며 말했어요.

"멍청아, 주둥이 닥쳐라! 손 어르신께서 이 머리를 그쪽으로 내밀 테니, 네가 한 번 내리쳐보고 정말로 혼이 스러지고 기가 새는지 보거라."

요괴는 정말로 쇠스랑을 들고 있는 힘껏 내리쳤지요. 하지만 쨍하는 소리와 함께 쇠스랑에 불꽃이 탁탁 튀어도, 손오공의 머리는 피부조차 조금도 상하지 않았지요. 깜짝 놀란 요괴는 손이 저리고 다리가 풀렸어요.

"대단한 대가리로구나! 대단해!"

"너도 손 어르신을 잘 모르는구나. 내가 하늘궁전을 어지럽히고, 태상노군의 선단을 슬쩍하고, 반도를 훔치고, 옥황상제의 술을 훔쳤다가 현성이랑신에게 붙잡혀 두우궁에 끌려갔을 때, 여러 하늘의 신선들이 이 몸을 도끼로 찍고, 망치로 두드리고, 칼로 베고, 검으로 찌르고, 불에 태우고, 번개로 때려보았지만 털끝 하나 다치게 하지 못했다. 또 태상노군이 나를 데려가 팔괘로에 넣고 신묘한 불로 달궜지만, 결국 내게 불같은 눈에 금빛 눈동자, 구리

머리에 무쇠 팔만 만들어주었지. 못 믿겠으면 몇 번이고 다시 때려봐! 내가 아파하는지 보라니까?"

"이 원숭이놈아, 네가 하늘궁전을 어지럽힐 때, 집이 동승신주 오래국 화과산 수렴동이었던 걸로 기억하는데, 그 뒤로 지금까지 소식이 없더니만, 어떻게 여기 나타나서 나를 귀찮게 구느냐? 설마 우리 장인이 거기까지 가서 널 청해 온 건 아니겠지?"

"네 장인이 나를 모셔 온 건 아니지. 손 어르신이 나쁜 짓을 그만두고 착하게 살기로 마음을 고쳐먹고, 도교를 버리고 불문에 귀의해서, 동녘 땅 당나라 황제의 동생인 삼장법사란 분을 보호해 서역으로 가 부처님을 찾아뵙고 불경을 구하려던 길에 고씨댁에 묵게 되었다. 그런데 그 고씨 영감이 자기 집안 사정을 말하면서 딸을 구해주십사, 여물이나 처먹는 멍청한 너를 잡아 주십사 부탁하더란 말이지!"

요괴는 이 말을 듣자마자 쇠스랑을 내던지면서 공손히 인사를 올렸어요.

"불경을 구하러 가시는 그분은 어디에 계시오? 수고스럽지만 나를 그분께 데려다주시오."

"네놈이 그분을 만나 뭐하려고?"

"나는 본래 관음보살께 착한 일을 하라는 권고를 듣고 그분께 계를 받았소. 이곳에서 정결한 몸과 마음가짐으로 기다리다가 불경을 구하러 가시는 분을 따라 서역으로 가 부처님을 찾아뵙고 불경을 구하면, 그 공으로 죗값을 치르고 정과를 얻게 될 거라 하셨소. 하지만 몇 년 동안 기다렸는데도 소식이 없습디다. 이제 당신은 그분의 제자라면서 왜 불경을 구하러 간다는 얘기를 진작 해주지 않고, 그저 흉악한 힘만 내세우며 쳐들어와 나를 치려는 것이오?"

"거짓말로 나를 구슬려 도망칠 궁리일랑 마라. 당나라 스님을 모시겠다는 것이 거짓이 아니라면 하늘에 두고 맹세해라. 그러면 사부님을 뵐 수 있게 데려가 주마."

요괴는 털썩 꿇어앉아 허공을 향해 절구질하듯 머리를 땅에 쿵쿵 찧으면서 중얼거렸어요.

"나무아미타불! 부처님! 제가 만약 진심이 아니라면 또다시 하늘에 죄를 짓는 것이니, 그렇다면 제 몸을 만 갈래로 찢어주십시오."

손오공은 요괴가 목숨을 걸고 맹세하며 발원하는 것을 보고 말했지요.

"정말로 네 뜻이 그러하다면, 네가 살던 이곳을 불태워버려라. 그러면 널 데려가지."

요괴가 정말 마른풀과 가시덤불을 쌓고 불을 놓으니, 운잔동은 부서진 기왓가마처럼 타버리고 말았어요. 요괴는 손오공에게 말했지요.

"이제 더 이상 걸릴 것이 없으니, 나를 데려다주시오."

"그 쇠스랑을 나한테 넘겨라."

요괴는 곧장 쇠스랑을 손오공에게 넘겨주었지요. 손오공이 털을 한 올 뽑아 입으로 신선의 기운을 불어 넣으면서 "변해라!" 하고 외치자 세 가닥으로 엮인 삼끈으로 변했지요. 손오공은 요괴에게 다가가 요괴의 손을 등 뒤로 돌리게 하고 그 끈으로 동여맸어요. 그 요괴는 정말 순순히 손을 뒤로 하고 묶도록 내버려두었어요. 손오공은 요괴의 귀를 잡아당겨 끌고 가면서 말했지요.

"빨리 걸어! 빨리!"

"좀 살살 해요. 손매가 매워서 잡아당기니까 아프잖아요."

"살살 하라고? 안 될 말씀! 지금 네 사정 봐줄 수 없다고! '착한

돼지일수록 세게 잡아라(善猪惡拿)'라는 말도 있잖아. 사부님을 뵙고 네가 정말 진심이라는 게 밝혀지면 그때 놓아주지."

둘은 자욱한 구름과 안개에 반쯤 휩싸인 채 금방 고씨의 집에 다다랐으니, 그걸 증명하는 시가 있어요.

> 쇠[金]는 강해서 능히 나무[木]를 이기니
> 마음잡은 원숭이가 나무 용[10]에게 항복을 받았다.
> 쇠와 나무가 길들여져 모두 하나가 되니
> 나무의 연정과 쇠의 어짊이 모두 발휘되네.
> 한 번 주인이 되고 한 번 손님이 되어[11] 틈새가 사라지고
> 셋이 만나고 셋이 합하니[12] 거기서 신묘함이 생기는구나.
> 성정이 모두 즐거워지고 정과 원이 모이니[13]
> 둘이 함께 서쪽 땅에 갈 것이라는 말이 틀리지 않네.
>
> 金性剛强能剋木　心猿降得木龍歸
> 金從木順皆爲一　木戀金仁總發揮
> 一主一賓無間隔　三交三合有玄微
> 性情并喜貞元聚　同譜証西方話不違

10 저팔계를 '목모木母'라고 부르는 경우가 많은데, 『서유기』에서는 저팔계가 나무의 성질을 갖기 때문이다. 이곳의 나무 용도 저팔계를 뜻한다.

11 연금술에서는 납을 주인으로, 수은을 손님으로 생각하거나 혹은 그 반대로 생각하는 경우가 많다. 쇠가 나무를 치는 것은 납이 주인이 되어 손님인 수은을 공격하는 경우이다.

12 음양가의 관점에서 보면, 이 셋은 음과 양과 하늘을 의미한다. 이 중 하나라도 빠지면 어떤 사물도 만들어질 수 없다. 후대에 이러한 사상이 확대되어 오행의 상호작용과 해[年], 달[月]과 날[日]의 순환도 모두 이 셋이 모인 것[三合]이라고 생각했다.

13 『주역』「건괘乾卦」에 "원형리정元亨利貞"이라는 구절이 나오는데, 원은 처음이고 정은 끝이라 그 둘의 본질은 서로 상충한다. 『서유기』에서는 오행에서 쇠와 나무가 상극이라는 점을 통해 손오공[金公]이 저팔계[木龍]를 굴복시킨 것을 비유하고 있는데, 정과 원이 모인다는 것은 상충되는 양쪽이 통일된다는 것이다.

잠시 후 고씨의 집 앞에 도착하자, 손오공은 쇠스랑을 꽉 잡고 요괴의 귀를 잡아당기면서 말했지요.

"봐라, 저기 대청에 단정히 앉아 계시는 분이 뉘신지 아느냐? 바로 우리 사부님이시다."

고 노인의 친구들과 고 노인은 손오공이 요괴의 손을 뒤로 묶은 채 귀를 잡고 오는 것을 발견하고, 모두들 기뻐하며 마당까지 나와 맞이했지요. 고 노인이 말했어요.

"스님, 스님! 그놈이 바로 우리 집의 사위입니다!"

요괴는 앞으로 걸어 나가 두 무릎을 꿇고 손을 뒤로 묶인 채 삼장법사에게 머리를 조아리면서 크게 외쳤어요.

"사부님, 이 제자가 미처 마중을 나가지 못했습니다. 사부님께서 제 처가에 머무신다는 것을 일찍 알았더라면 제가 바로 찾아뵈었을 테고, 이런 우여곡절을 겪지 않아도 되셨을 텐데요."

삼장법사가 말했지요.

"오공아, 어떻게 그자를 잡아서 나한테 인사를 시키는 게냐?"

그때서야 손오공은 귀를 잡았던 손을 놓고서 쇠스랑 자루를 들고 요괴를 한 대 치면서 소리쳤어요.

"멍청아, 네가 직접 말씀드려라!"

요괴가 관음보살이 착한 일을 하라고 권한 일을 자세히 풀어놓자, 삼장법사가 매우 기뻐하면서 큰 소리로 말했어요.

"고 어르신, 향안香案 좀 빌릴 수 있을까요?"

고씨 영감이 향안을 들고 나오자, 삼장법사는 손을 깨끗이 씻고 향을 피워 남쪽을 향해 절하며 말했지요.

"보살님의 성스러운 은혜를 입었나이다!"

거기 있던 몇몇 노인들도 일제히 향을 피우고 절을 올렸지요. 절을 마치자 삼장법사는 대청에 올라가 상석에 자리 잡고 앉아 손오공에게 요괴를 풀어주라고 시켰어요. 손오공이 몸을 한 번 흔들어 끈으로 변했던 털을 자기 몸으로 거둬들이자 끈이 저절로 풀렸어요. 요괴는 다시 삼장법사에게 세 번 절을 올리며 서천으로 따라가겠노라 청했어요. 또 손오공에게도 절을 하니, 먼저 온 자가 형이 되는 법이라, 손오공을 사형師兄으로 부르게 되었지요. 삼장법사가 말했어요.

"네가 우리 불문의 선한 과보를 좇아서 내 제자가 되겠다고 하니, 아침저녁으로 부르기 좋게 네게 법명을 지어주마."

"사부님, 관음보살님께서 이미 제게 마정수계를 베풀어주시면서 법명을 지어주셨으니, 저오능猪悟能이라 합니다."

삼장법사가 웃으며 말했어요.

"좋구나, 좋아! 네 사형은 오공이고, 너는 오능이니, 참으로 우리 법문에 속한 종파로구나."

저오능이 말했지요.

"사부님, 저는 관음보살님께 계를 받고 나서, 큰 마늘, 달래, 무릇, 김장파, 세파의 오훈五葷과 기러기, 개, 뱀장어의 삼염三厭을 끊었으며, 장인어른 댁에서도 정갈한 소식만 먹고 계율을 지키며 비린 것들은 입에 댄 적이 없습니다. 오늘 사부님을 뵈었으니 이제 그건 지키지 않아도 되겠지요?"

"아니 된다! 안 돼! 네가 이미 오훈과 삼염을 먹지 않았으니, 내가 네게 다른 이름을 지어주마. 너를 이제 팔계八戒로 부르겠다."

그 멍텅구리는 기뻐서 헤헤 웃으면서 말했지요.

"사부님의 명을 잘 따르겠습니다."

그리하여 이때부터 그는 저팔계라고 불리게 되었어요. 고 노인은 사위가 나쁜 것을 버리고 올바름으로 돌아가는 것을 보고 매우 기뻐했어요. 그래서 하인에게 잔칫상을 마련하라 하여 삼장법사에게 감사를 표시했지요. 저팔계는 고 노인 앞으로 가서 말했지요.

"장인어른, 제 처를 데리고 나와 시아버님과 시아주버님께 인사를 올리게 하고 싶은데, 어떠십니까?"

손오공이 웃으며 말했지요.

"아우야, 네가 이미 불문에 들어와 중이 되었으니 지금부터 다시는 '제 처'니 어쩌니 하는 말은 꺼내지 마라. 세상에 마누라 있는 도사는 있지만 마누라 있는 중이 어디 있단 말이냐? 자리를 정해 앉아서 공양이나 들고 서둘러 서천으로 떠나자."

고 노인은 잔칫상을 차려놓고 삼장법사를 상석에 모셨어요. 손오공과 저팔계는 그 좌우에 앉았고, 여러 친척들은 그 아래쪽에 앉았어요. 고 노인은 정갈한 술 한 단지를 열고 한 잔 가득 채워 먼저 하늘과 땅에 바친 다음 삼장법사에게 잔을 올렸지요. 삼장법사가 말했지요.

"사실 저는 태 안에 있을 적부터 정갈한 음식만 먹었고, 어려서부터 비린 것들은 먹지 않았습니다."

"스님께서 정갈한 것만 드신다는 것을 알고 있으니 매운 것은 권하지 않겠습니다. 하지만 이 술도 정갈한 것이오니, 한 잔쯤 하셔도 괜찮지 않겠습니까?"

"그래도 술은 감히 못 마시겠습니다. 술은 우리 불가에서 첫 번째로 금하는 것이지요."

그 말을 듣고 저팔계가 당황하여 말했지요.

"사부님, 저는 채소만 먹고 살았지만 술은 끊지 않았는데요."

손오공이 말했지요.

"이 몸 역시 주량이 크지 않아 단지째로 마시지는 못하지만, 그래도 아직 술을 끊지는 않았습니다."

삼장법사가 말했지요.

"기왕 그러하다면, 너희 형제는 정갈한 술을 조금 마셔라. 하지만 술에 취해 일을 망치면 안 되느니라."

그래서 손오공과 저팔계는 술잔을 받았고, 사람들은 모두 자기 자리에 앉았고 정갈한 음식이 차려졌어요. 맛있는 음식이 쟁반마다 그득그득, 갖가지 요리가 푸짐하게 올랐음은 말할 필요도 없겠지요.

삼장법사와 제자들을 위한 잔치가 끝나자, 고 노인은 붉은 칠기 쟁반에 금전과 은전 이백 냥을 담아서 세 사람에게 노자로 바쳤지요. 또 왼쪽 어깨에 비스듬히 걸쳐 입는 무명 편삼褊衫 세 벌을 주며 겉옷으로 덧입으라 했지요 그러자 삼장법사가 말했지요.

"저희는 행각승입니다. 인가를 만나면 밥을 얻어먹고 발길 닿는 곳에서 공양을 구할 따름이니, 어찌 감히 금은과 비단을 받을 수 있겠습니까?"

손오공이 가까이 다가가 손을 뻗어 돈을 한 움큼 쥐더니 말했지요.

"고재야, 어제는 우리 사부님을 모셔 오느라 애썼고, 오늘은 또 덕분에 제자를 얻었는데 사례할 게 마땅찮구나. 이 돈을 아쉬우나마 우리를 데려다 준 수고비로 받아뒀다 짚신이라도 사 신어라. 나중에 요괴가 나타나면 내가 잡을 수 있게 많이 좀 알려주렴. 그럼 내가 또 사례할게!"

고재가 그걸 받아 들고 머리를 조아리며 고마워했지요. 고 노인이 또 말했지요.

"스님들께서 금은을 받지 않으시겠다면, 제 조그만 성의라 생각하시고 이 보잘것없는 옷이라도 가져가시지요."

삼장법사가 말했지요.

"우리 출가한 사람들은 실 한 가닥이라도 뇌물을 받는다면 천겁이 지나도 구제받을 수 없게 됩니다. 그저 잔칫상에 먹다 남은 떡과 과일을 조금 가져가 마른 식량으로 삼으면 충분합니다."

저팔계가 옆에서 말했어요.

"사부님, 형님, 두 분은 안 받으시겠다니 그리 하십시오! 하지만 저는 이 집에서 몇 년간 데릴사위 노릇을 했으니 그 품삯만 해도 족히 석 섬[石]은 될 겁니다. 장인어른, 제 옷이 어제 형님 때문에 다 찢어졌으니, 저한테 청색 비단 승복이나 한 벌 주세요. 신발도 다 해졌으니, 근사한 새 신도 한 켤레 주시고요."

고 노인은 그 말을 듣고 주지 않을 수 없어서, 새 신 한 켤레와 새 옷 한 벌을 사서 헌 것들과 바꿔주었어요. 저팔계는 의기양양 신이 나서 고 노인에게 정중하게 인사를 올렸지요.

"장모님, 첫째 처형, 둘째 처형, 두 분 형님들, 고모, 외삼촌, 여러 친척분들께 대신 좀 전해주세요. 제가 오늘 중이 되어 떠나느라 미처 찾아뵙고 인사드리지 못했으니 너무 나무라지 마시라고 말입니다. 장인어른, 제 마누라 잘 돌봐주세요. 만약 우리가 불경을 구하지 못하면 바로 환속해서 예전처럼 사위 노릇 해드릴게요."

손오공이 소리쳤어요.

"이 멍청한 놈아! 헛소리 좀 그만해라!"

"형님, 헛소리가 아니요. 어쩌다 아차 하는 사이 일이 잘못되면 중노릇도 못하게 될 테지, 거기다 마누라까지 잃어버려 보쇼, 둘 다 놓치는 게 아니겠소?"

삼장법사가 말했지요.

"그런 쓸데없는 소리 그만두고, 어서 길을 떠나자꾸나."

이리하여 봇짐을 챙겨 저팔계가 메고, 말에 안장을 얹어 삼장

삼장법사가 저팔계를 제자로 거둬들여 길을 떠나다

법사가 타고, 손오공은 여의봉을 어깨에 멘 채 앞장서 길을 인도했어요. 일행 셋은 고 노인과 사람들에게 작별 인사를 하고 서쪽을 향해 길을 떠났으니, 이걸 증명하는 시가 있지요.

땅에 가득 노을 젖은 안개 덮이고 나무 색은 드높은데
당나라 부처님 제자 고생이 이만저만 아닐세.
탁발 하나 달랑 들고 수많은 집에 동냥하며
추위는 수많은 침처럼 홑겹 승복을 파고드네.
망아지 같은 마음 다잡아 날뛰지 못하게 하고
원숭이 같은 마음 다잡아 제멋대로 못하게 하지.
성정이 온화해지고 안정되니 여러 인연이 모이고
달이 차 금빛 연꽃[14] 같으니 몸에 붙은 더러운 것 씻어내네.

滿地煙霞樹色高　唐朝佛子苦勞勞
饑飡一鉢千家飯　寒着千針一衲袍
意馬胸頭休放蕩　心猿乖劣莫敎嚎
情和性定諸緣合　月滿金華是伐毛

셋이 서쪽으로 가는데, 한 달 남짓 동안은 아무 일도 생기지 않았지요. 그러던 중 티베트 경계의 오사장烏斯庄 경계를 지났는데 갑자기 큰 산이 앞을 가로막았어요. 삼장법사는 말고삐를 당기며 말했어요.

"얘들아, 저 앞에 높은 산이 있으니 정신 바짝 차려야 한다! 조심해!"

14 부처와 보살이 앉는 연화보좌蓮花寶座를 가리킨다. 『관천량수불경觀天量壽佛經』에 따르면, 부처를 믿는 이는 죽은 뒤 서방의 극락세계로 가서 다시 태어나는데, 아미타불이 금빛 연꽃으로 만들어진 자리에 앉아 그를 맞이한다고 했다.

저팔계가 말했어요.

“아무 일 없을 거예요. 이 산은 부도산浮屠山이라고 하는데, 산 속에는 오소 선사烏巢禪師라는 분이 수행하고 계시지요. 이 몸도 예전에 뵌 적이 있지요.”

삼장법사가 말했어요.

“오소 선사는 무슨 일을 하시느냐?”

“도를 닦아 법력이 좀 있으시죠. 예전에 저더러 자기를 따라 수행하는 것이 어떠냐고 권하셨는데, 제가 따르지 않았었죠.”

스승과 제자들이 이런저런 이야기를 나누며 길을 가다가, 얼마 지나지 않아 산 위에 이르렀어요. 멋진 산! 그 풍경은 이러했어요.

산 남쪽으로 푸른 소나무 퍼런 노송나무
산 북쪽으로 연두색 버드나무 붉은 복사꽃
짹짹 재잘대며
산새들 마주보며 얘기 나누고
훨훨 춤추듯
신선의 학들이 나란히 날아오르네.
향기 가득
온갖 꽃들 갖가지 모양으로 피어 있고
푸릇푸릇
빽빽한 풀들 모양도 다양하고 신기하구나.
계곡 아래로 졸졸 푸른 물 흐르고
절벽 앞에는 뭉게뭉게 상서로운 구름 떠 있네.
정말 경치 너무도 깊고 그윽한 곳이라
지나는 사람 하나 없이 조용하기만 하네.

山南有青松碧檜　山北有綠柳紅桃
鬧聒聒　山禽對語
舞翩翩　仙鶴齊飛
香馥馥　諸花千樣色
青冉冉　樸草萬般奇
澗下有滔滔綠水　崖前有朶朶祥雲
眞個是景致非常幽雅處　寂然不見往來人

삼장법사는 말 위에서 먼 곳을 바라보다 노송나무 앞에 마른 풀로 엮은 새둥지 같은 것을 발견했어요. 그 왼쪽에는 고라니와 사슴이 꽃을 물고 있었고, 오른쪽에는 산 원숭이가 과일을 받쳐 들고 있었지요. 나뭇가지에는 푸른 난새와 울긋불긋한 봉황새가 울고 있었고, 검은 학과 금계錦雞도 모여 있었지요. 저팔계가 그쪽을 가리키면서 말했지요.

"저기, 저기, 오소 선사가 아닙니까!"

삼장법사는 말을 재촉해서 곧장 나무 아래로 갔지요.

한편 오소 선사는 삼장법사 일행이 오는 것을 보고 새둥지 같은 집을 나와 나무 아래로 뛰어내렸지요. 삼장법사가 말에서 내려 절을 올리자, 오소 선사가 손으로 부축해 일으키며 말했지요.

"스님, 일어나십시오. 미리 마중을 나오지 못해 죄송합니다."

저팔계가 말했지요.

"오소 선사님, 제 절 받으세요."

오소 선사는 깜짝 놀라 물었어요.

"너는 복릉산의 저강렵이 아니더냐? 어찌 이런 큰 인연이 있어서 성승과 동행하게 되었느냐?"

"몇 해 전 관음보살께서 착한 일을 하라고 권하셔서, 저분의 제자가 되기를 자청했습지요."

오소 선사가 매우 기뻐하며 말했지요.

"잘했구나, 아주 잘했어!"

그러면서 손오공을 가리키며 물었어요.

"이분은 누구시냐?"

손오공이 웃으면서 말했지요.

"선사님께서는 저팔계는 알아보시면서 어찌 저는 알아보지 못하십니까?"

"제가 아는 게 적어서 그렇지요."

삼장법사가 말했지요.

"이놈은 제 큰제자인 손오공이라 하옵니다."

오소 선사가 웃음을 띠며 말했지요.

"저런, 몰라뵈어 미안하오!"

삼장법사가 다시 절을 올리면서 서역의 대뇌음사가 어디에 있는지 물었지요. 오소 선사가 대답했어요.

"멀지요! 아주 멀어요! 호랑이며 표범 같은 것들이 득실대는 길이라 아주 힘든 여행이 될 겁니다."

삼장법사는 간절한 마음으로 계속 물었지요.

"가는 길이 과연 얼마나 멀까요?"

"가는 길이 멀다 하더라도 결국 도착할 날이 있겠지요. 다만 요괴의 고난을 피할 수는 없습니다. 제게 『마하반야바라밀다심경摩訶般若波羅蜜多心經』 한 권이 있는데, 모두 쉰네 구절에 이백일흔 글자이지요. 요괴를 만났을 때 이 경전만 외우면 아무런 해를 입지 않을 것입니다."

삼장법사가 땅에 엎드려 절하며 간절히 구하자, 오소 선사는 경전을 구송口誦하여 전수해주었어요.

『마하반야바라밀다심경』

관자재보살觀自在菩薩이 반야바라밀다를 깊이 행하여 일체의 번뇌를 유발하는 물질[色]과 느낌[受], 따짐[想], 저지름[行], 버릇[識] 등의 다섯 가지[五蘊]가 모두 공空임을 관조하고 모든 고난과 액운을 구제하셨노라.

사리불[舍利子]이여, 물질은 허공과 다르지 않고 허공이 물질과 다르지 않으므로, 물질이 바로 허공이며 허공이 바로 물질이니라. 중생들의 느낌과 따짐, 저지름, 버릇이라는 네 가지[四諦]도 이와 같노라.

사리불이여, 그러므로 모든 현상의 자리[法相]는 공허한 것이니, 생겨나는 것도 없어지는 것도 아니고, 더러워지거나 깨끗해지는 것도 아니며, 불어나는 것도 줄어드는 것도 아니니라. 그러므로 공허함 속에는 물질도 없고 느낌과 따짐, 저지름, 버릇들도 없으며, 눈과 귀, 코, 혀, 몸, 생각도 없으며, 또한 물질[色]과 소리, 냄새, 맛, 감촉, 현상[法]도 없으며, 눈 안에 들어오는 것[眼界]도 없고, 생각해보는 일[意識界]도 없으며, 허망한 육신을 '나[自我]'라고 하는 무지한 생각[無明]도 없고, '나'라는 그릇된 생각이 없어졌다는 생각마저 없어야 하느니라. 늙어 죽음도 없고, 늙어 죽음이 없어졌다는 생각마저 없어야 하느니라.

세속의 본성인 괴로움[苦]도, 세속의 인생과 그 고통을 만들어내는 적막[寂]도, 세속의 고통을 만들어내는 일체의 원인을 끊고 열반에 이르려는 없앰[滅]도, 고통과 적막에서 벗어나 열반에 이르는 길[道]도 없고, 지혜[智]도 얻음[得]도 없느니라. 얻은 것이 없기 때문에 반야의 큰 지혜가 막힘 없고, 반야바라밀다에 따라 수행하기 때문에 마음에 거리낌과 막힘이 없고, 마음에 거리낌과 막힘이 없기 때문에 공포도 없어지느니라.

꿈같이 허망한 생각에서 멀리 벗어나면 결국 생사의 윤회를 벗어난 최고의 경지인 열반이니, 과거와 현재, 미래의 모든 부처님도 반야바라밀다에 따라 수행했기 때문에 일체의 진리를 여실히 깨닫는 부처의 경지를 이룰 수 있었느니라.

그러므로 반야바라밀다가 정신을 키우는 주문[大神咒]이며, 밝은 지혜를 키워주는 주문[大明咒]이며, 가장 높은 주문[無上咒]이며, 만물과 다르면서도 같은 주문[無等等咒]이므로 일체의 고통을 없앨 수 있고, 진실하여 허망됨이 없는 것임을 알아야 하느니라. 그러므로 반야바라밀다의 주문을 일러주노니, 그것은 다음과 같다.

'아제! 아제! 바라아제! 바라승아제! 모지사바하!'

觀自在菩薩 行深般若波羅蜜多 時照見五蘊皆空 度一切苦厄

舍利子 色不異空 空不異色 色卽是空 空卽是色 受想行識 亦復如是

舍利子 是諸法空相 不生不滅 不垢不淨 不增不減 是故空中無色 無受想行識 無眼耳鼻舌身意 無色聲香味觸法 無眼界 乃至無意識界 無無明 亦無無明盡 乃至無老死 亦無老死盡 無苦寂滅道 無智亦無得 以無所得故 菩提薩埵 依般若波羅蜜多故 心無罣礙 無罣礙故 無有恐怖 遠離離顚倒夢想 究竟涅槃 三世諸佛 依般若波羅蜜多故 得阿耨多羅三藐三菩提 故知般若波羅蜜多 是大神咒 是大明咒 是無上咒 是無等等咒 能除一切苦 眞實不虛 故說般若波羅蜜多咒 卽說咒曰 '揭諦 揭諦 波羅揭諦! 波羅僧揭諦! 菩提薩婆訶!'

이때 삼장법사는 원래 근본 바탕이 있어서 『마하반야바라밀다심경』을 한 번 듣고 바로 기억할 수 있었어요. 그래서 이 경문은 지금까지 세상에 전해지고 있지요. 이것이 바로 참된 도를 닦는 지름길이요, 부처의 길로 들어서는 문이라고 할 수 있지요.

오소 선사는 경문을 전수해주고 빛나는 구름을 타고 다시 까마귀 둥지로 올라가려 했어요. 그러자 삼장법사가 또 그를 붙잡으며 다시 한 번 서역으로 가는 길을 꼼꼼히 물으니, 오소 선사가 웃으며 대답했지요.

가는 길 어렵지 않으니
내 당부나 한 번 들어보시오.
수많은 산과 강 높고 깊어
수많은 요괴 나타나는 곳이지요.
하늘 끝 벼랑을 만나더라도
안심하고 무서워하지 마소서.
마이암을 지날 때는
몸을 옆으로 하고 옆걸음으로 걸어야 하오.
흑송림은 조심하시구려
요사한 여우가 길을 막는 경우가 많다오.
정령이 온 성안에 가득하고
마왕이 산속에 가득 버티고 있다오.
늙은 호랑이가 관아의 나리처럼 앉아 있고
푸른 늑대는 주부 행세를 하오.
사자와 코끼리는 모두 제가 왕이라 하고
호랑이와 표범이 사사건건 끼어들지요.
멧돼지가 짐을 지고 가니

물속 요괴가 앞에 나타날 것이요.
수백 년 묵은 돌원숭이는
어찌 가슴에 분노를 품고 있는가?
아는 사람에게 물어보오
그는 서천 가는 길 알고 있는지?

道路不難行　試聽我分付
千山千水深　多瘴多魔處
若遇接天崖　放心休恐怖
行來摩耳巖　側著脚踪步
仔細黑松林　妖狐多截路
精靈滿國城　魔主盈山住
老虎坐琴堂　蒼狼爲主薄
獅象盡稱王　虎豹皆作御
野猪挑擔子　水怪前頭遇
多年老石猴　那裡懷嗔怒
你問那相識　他知西去路

손오공이 그 말을 듣고 차갑게 비웃으며 말했지요.

"그만 가시지요. 저치한테 물어볼 필요 없이, 저한테 물어보면 돼요."

삼장법사가 아직 그 뜻을 이해하지 못하고 있는데, 오소 선사는 금빛으로 변해서 곧장 까마귀 둥지로 올라갔지요. 삼장법사는 위쪽을 향해 감사의 절을 올렸지만, 손오공은 속으로 매우 화가 나서 여의봉을 들고 위를 향해 마구 휘둘렀으나 연꽃 수만 송이가 휘날리고 수천 겹의 안개가 드리워지며 오소 선사를 보호했어요. 손오공이 바다를 흔들고 강을 뒤엎을 힘을 가지고 있었지만, 오소 선사가 사는 까마귀 둥지의 넝쿨 하나도 건드릴 수 없었어요. 삼장법사가 그걸 보고 손오공을 말리며 말했지요.

"얘야, 이런 보살님의 집을 때려 부수면 어쩌자는 것이냐?"

"저치가 우리 형제를 싸잡아 욕했단 말이에요."

"저분께서 말씀하신 것은 서쪽으로 가는 길에 관한 것인데, 언제 너희를 놀렸단 말이냐?"

"사부님께서 어찌 아시겠어요? 저치가 '멧돼지가 짐을 지고 간다'고 하면서 저팔계를 욕했고, '수백 년 묵은 돌원숭이'라 한 것은 저를 놀린 것이었어요. 사부님께서 어떻게 이 말뜻을 이해하실 수 있겠어요?"

저팔계가 말했지요.

"형님, 화를 풀어요. 저 선사님은 과거와 미래의 일을 알고 계시오. 하지만 '물속 요괴가 앞에 나타난다'는 말은 맞을지 어떨지 두고 보자고요. 그만 용서하고 가십시다."

손오공은 둥지 주변에 연꽃과 안개가 가득한 것을 보며, 어쩔 수 없이 삼장법사를 말에 오르게 하고 산을 내려와 서쪽으로 떠났어요. 이번 행로는 그야말로 이러했지요.

> 맑은 복 가져다주는 이 인간 세상에 적고
> 재앙 일으키는 마귀들만 산속에 많게 되었네.
>
> 管教清福人間少　致使災魔山裡多

결국 앞길이 어떻게 될지는 알 수 없는데, 이에 대해서는 다음 회를 들어보시라.

제20회

삼장법사, 황풍령에서 납치되다

게송에 이르기를,

불법은 본래 마음에서 생겨나고
또한 마음을 따라 사라진다네.*
생겨나고 사라지는 것이 다 누구로부터인가?
그대 스스로 판단해보게나.
모든 것이 자기 마음에서 비롯된다면
다른 사람의 말이 무슨 필요가 있는가?
다만 힘든 고행을 통해서
철 속에서 피를 짜내듯 해야 한다네.
가는 털실로 코를 꿰어
허공에서 결을 맺는다네.
무위의 나무에 묶어 매어
그를 넘어지지 않게 한다네.
도적을 잘못 보아 자식으로 삼지 마라.
마음과 불법이 모두 잊히고 사라지리라.

그로 하여금 나를 속이게 하지 말고
한주먹으로 먼저 박살 내어라.
마음을 드러내는 것이 마음을 없애는 것이고
불법을 드러내면 불법 또한 사라지리라.
사람과 소가 보이지 않게 되었을 때[1]
푸른 하늘에 빛이 밝게 빛나리.
가을 달처럼 한결같이 둥그니
서로 분별하기 어렵도다.

法本從心生　還是從心滅
生滅盡繇誰　請君自辨別
既然皆己心　何用別人說
只須下苦功　扭出鐵中血
絨繩着鼻穿　挽定虛空結
拴在無爲樹　不使他顛劣
莫認賊爲子　心法都忘絕
休敎他瞞我　一拳先打徹
現心亦無心　現法法也輟
人牛不見時　碧天光皎潔
秋月一般圓　彼此難分別

이 게송은 현장법사가 『마하반야바라밀다심경』을 완전히 터득하고 도를 닦는 길을 연 거라고 할 수 있어요. 현장법사가 항상 외고 마음속에 간직하다보니 한 줄기 신령한 빛이 스스로 비쳤

1 불교에서 수행이 대승大乘의 "나와 법이 모두 공[我法俱空]"인 경지에 도달한 것을 가리킨다. 불교에서는 이른바 『십우도十牛圖』라는 것이 있어 소를 가지고 수행의 단계를 비유한다. 그 가운데 여덟 번째 경계가 "사람과 소가 모두 잊혀지는[人牛俱忘]" 경지로, 사람과 소가 보이지 않을 때가 바로 "나와 법이 모두 공"인 상태이다.

던 것이지요.

한편, 삼장법사와 제자 일행이 바람을 마시고 이슬을 먹으며, 달과 동행하고 별빛을 받으며 길을 가다 보니, 어느덧 뜨거운 여름이 되었어요.

꽃이 지니 나비는 정을 나눌 이 없고
높은 나무 위에서는 매미 우는 소리 들리네.
들 누에는 고치되고 붉은 석류는 곱게 피었고
못에서는 연꽃이 막 모습을 드러내네.

花盡蝶無情敘　樹高蟬有聲喧
野蠶成繭火榴妍　沼內新荷出現

그날 길을 가다 보니 문득 날이 어두워졌는데, 산길 옆에 시골집 한 채가 보였어요. 삼장법사가 말했어요.

"얘야, 봐라. 해가 서산에 떨어져 자취를 감추고, 달이 동해에 떠올라 모습을 드러내고 있구나. 다행히 길가에 인가가 있으니, 하룻밤 묵고 내일 다시 가도록 하자."

저팔계가 맞장구쳤어요.

"맞는 말씀입니다. 저도 배가 좀 고픕니다. 인가에 도착해 동냥을 해서 좀 먹고 나면 힘이 나서 짐을 잘 들 수 있을 것 같습니다."

그러자 손오공이 핀잔을 주었어요.

"이런 집귀신 같은 놈! 집 떠난 지 며칠이나 됐다고 불평을 하는 거냐?"

"형님, 내가 바람만 마시고 연기만 먹고도 살 수 있는 형님 같은 사람인 줄 아시오? 내가 사부님을 따른 이후로 요 며칠 동안 항상 반쯤 주린 배를 참고 있었다는 걸 형님은 아시오?"

삼장법사가 그들이 하는 말을 듣고서 저팔계를 꾸짖었어요.

"얘야, 네가 만약 집 생각이 간절하다면 출가한 사람이라 할 수 없다. 다시 돌아가거라!"

이 멍텅구리는 깜짝 놀라 무릎을 꿇으며 말했어요.

"사부님, 형님 말을 듣지 마세요. 그는 남을 헐뜯기 좋아하는 사람이라고요. 전 불평을 한 적이 없는데, 형님이 제가 불평한다고 하는 거라고요. 저는 뭐든 생각나는 대로 내뱉는 어리석은 놈이라, 배가 고프니 인가를 찾아 동냥을 했으면 좋겠다고 말했을 뿐인데, 형님이 절 '집귀신 같은 놈'이라고 욕을 했어요. 사부님, 저는 보살님의 계율을 받았고, 사부님의 사랑도 받고 있으니, 사부님을 모시고 서천으로 가기를 원합니다. 맹세코 후회는 없어요. 고생스럽게 수행한다고 할 수 있는데, 어째서 출가한 사람이 아니라고 하십니까?"

"그렇다면 일어나라."

그 멍텅구리는 벌떡 일어나 입으로는 쉼 없이 구시렁대면서 짐을 메고 체념한 채 뒤따르는 수밖에 없었지요. 길가에 있던 집의 문 앞에 도착하자 삼장법사가 말에서 내렸어요. 손오공은 고삐를 받아 들고 저팔계는 짐을 내려놓고 모두 나무 그늘 아래에 멈춰 섰어요. 삼장법사가 구환석장을 짚고 등나무로 엮어 짠 삿갓을 눌러 쓰고 먼저 문 앞으로 다가갔어요. 노인 하나가 대나무 침대 위에 비스듬히 기대어 중얼중얼 염불을 외고 있는 모습이 보였어요. 삼장법사가 큰 소리는 못 내고 나지막하게 그를 불렀지요.

"시주님, 안녕하십니까?"

그 노인은 구르듯이 벌떡 일어나더니, 급히 옷매무새를 바로 하고 대문 밖으로 나와 답례를 했어요.

"스님, 마중 나가지 못해 죄송합니다. 어디서 오시는 길입니까? 이 누추한 집에는 무슨 일로 오셨는지요?"

"저는 동녘 땅 위대한 당나라의 승려입니다. 황제의 명을 받고 뇌음사에 가 부처님을 뵙고 경전을 구하려 합니다. 마침 이곳을 지나다가 날이 저물어 시주님 댁에서 하룻밤 묵어가고자 하니, 부디 편의를 좀 봐주시기를 바랍니다."

그 노인은 손을 내젓고 머리를 도리질하며 말했어요.

"갈 수 없습니다. 서천에서 경전을 구하기는 어렵습니다. 경전을 구하려면 동쪽으로 가십시오."

삼장법사는 입으로 말은 안 했지만 마음속으로는 이런 생각이 들었어요.

'보살님께서 서쪽으로 가라고 하셨는데, 이 노인은 어째서 동쪽으로 가라는 걸까? 동쪽 어디에 경전이 있다는 거지?'

삼장법사는 겸연쩍어 입도 떼기 어려워 한참 동안 응대하지 못했지요. 그러나 손오공은 천성이 고약한지라 참지 못하고 앞으로 나오더니 큰 소리로 말했어요.

"영감탱이, 그렇게 나이를 먹고서도 세상일에는 깜깜하구먼. 우리 출가한 사람이 멀리서 와서 하룻밤 묵어가겠다는데, 그런 흥 깨는 말로 놀라게 하는 법이 어디 있소? 당신 집이 정말로 좁아서 잘 곳이 없다면 우린 나무 밑에서라도 하룻밤 자면 되고, 당신한테 폐 끼칠 일 없을 거요!"

그 노인은 삼장법사를 붙들며 말했어요.

"스님도 아무 말씀 안 하시는데, 사기꾼 같은 얼굴에 움푹 파인 볼, 벼락신의 주둥이에 눈은 빨개서 폐병 걸린 마귀 같은 저 제자가 어째서 이 늙은이에게 대드는 겁니까?"

그러자 손오공이 웃으면서 대답했어요.

"이 영감이 정말 보는 눈이 없군. 겉모습 반반한 그런 놈들을 '빛 좋은 개살구'라고 하는 거요. 이 손 어르신을 쪼그맣다고 생각할지 모르지만, 몸집이 아주 단단하고, 온몸이 근육으로 뭉쳐 있다고!"

"재주가 좀 있다 자신하는 모양이구려."

"과장해서 하는 말이 아니라 봐줄 만하다오."

"당신은 어디서 사시오? 무슨 일로 머리를 깎고 승려가 된 거요?"

"이 손 어르신의 본관은 동승신주 동해 오래국으로, 화과산 수렴동에서 살았다오. 어려서부터 요괴 노릇을 했고 법명은 오공이지요. 능력이 있어 제천대성이 되었으나, 하늘의 봉록을 받지 못한 것 때문에 하늘궁전에 대항했다가 화를 당했다오. 지금은 재앙에서도 벗어나 불문에 귀의해 정과를 얻으려고 당나라 폐하의 아우님이신 사부님을 보호하여 서천으로 부처님을 뵈러 가는 길이오. 산이 높고 길이 험하고 물이 광활하고 파도가 미친 듯 친다 해도 뭐가 두렵겠소! 이 손 어르신은 요괴도 잡고, 마귀도 항복시키고, 호랑이와 용도 때려잡고, 하늘에도 오르고, 땅속도 뚫고 들어갈 수 있는 능력을 가지고 있다오. 만약에 댁에서 무슨 벽돌 던지고 기와 깨지고 솥에서 소리가 나고 문이 열리는 것 같은 일이 있다면, 이 손 어르신이 처리해줄 수 있소."

노인은 이런 장황한 말을 듣고서 하하하 웃으며 말했어요.

"알고 보니 동냥질 다니는 떠버리 중이구먼."

"당신 같은 애송이가 떠버리겠지! 나는 지금 사부님을 모시고 길을 가느라고 고생해서 말하기도 귀찮소."

"만약 당신이 고생도 하지 않았고 말하는 것도 귀찮아하지 않았다면 자칫 시끄러워 죽을 뻔했군. 당신에게 그런 능력이 있다면 서역으로 갈 수 있겠구려. 갈 수 있겠어! 그런데 일행이 몇이요? 집으로 들어와 쉬시오."

삼장법사가 대답했어요.

"시주님께 폐를 많이 끼칩니다. 저희 일행은 셋입니다."

"한 분은 어디 계십니까?"

손오공이 손가락으로 가리키며 대답했어요.

"이 노인이 눈이 어두운가보군. 저 그늘 밑에 서 있지 않소?"

노인은 정말로 눈이 나빴어요. 그는 고개를 들어 유심히 살펴보다 저팔계의 입과 얼굴을 발견하자마자 깜짝 놀라 비틀거리며 허둥지둥 집 안으로 달려 들어가면서 소리를 질렀어요.

"문 닫아라! 문 닫아! 요괴가 왔다!"

손오공이 노인 뒤를 좇아가 붙들어 세우고 말했어요.

"영감, 무서워 마시오. 그는 요괴가 아니라 내 사제요."

노인은 벌벌 떨면서 말했어요.

"알았소! 알아! 한결같이 못생긴 스님들이구먼."

저팔계가 앞으로 오더니 말했어요.

"노인장, 만약에 외모를 가지고 사람을 판단한다면 정말 잘못된 거요. 우리가 추하기는 하지만 다 쓸모가 있다오."

그 노인이 문 앞에서 세 스님과 이야기를 나누고 있는데, 장원 남쪽에서 젊은이 둘이 노모를 모시고 어린애 서넛과 함께 맨발에 옷을 걷은 채 모내기를 하고 돌아왔어요. 그들은 백마 한 필과 짐들이 있고 문 앞이 시끌벅적한 걸 보고, 무슨 영문인지 몰라 우르르 몰려와 물었어요.

"뭐하는 사람들이오?"

저팔계가 고개를 돌려 귀를 몇 번 흔들고 긴 입을 쑥 내미니, 그들은 깜짝 놀라 이리 비틀 저리 비틀 발을 헛딛고 자빠지고 난리가 났어요. 당황한 삼장법사가 갖은 말로 그들을 진정시키려 했어요.

"두려워 마시오! 두려워 마! 우리들은 나쁜 사람이 아니오. 경전을 구하러 가는 승려라오."

그제야 노인이 문밖으로 나와 부인을 부축하며 말했어요.

"여보, 일어나구려. 무서워할 필요 없소. 이 스님은 당나라에서 온 분이요. 그분 제자들 얼굴이 좀 험악하지만 마음은 착하다오. 애들을 데리고 집으로 들어갑시다."

노파는 노인을 붙들고 두 젊은이는 애들을 데리고 들어갔어요. 삼장법사는 누각의 대나무 평상에 앉아, 제자들을 원망했어요.

"얘들아, 너희들이 얼굴도 험상궂은 데다 말도 거칠어 온 집안 사람들을 놀라 자빠지게 하는 바람에 나까지 그 죄를 뒤집어쓰게 됐구나."

저팔계가 말했어요.

"사부님, 솔직히 말씀드리자면, 제가 사부님을 따르고 난 뒤로 요즘은 상당히 멋있어진 겁니다. 고로장에 있을 때엔 입을 쭉 빼서 받쳐 들고 양쪽 귀를 흔들면, 보통 이삼십 명은 놀라서 죽어 나자빠졌습지요."

손오공이 웃으면서 말했어요.

"이 멍텅구리야, 쓸데없는 소리는 그만하고 그 못생긴 외모를 좀 수습해봐라."

삼장법사가 말했어요.

"너는 그게 무슨 말이냐? 외모는 타고나는 것인데, 걔더러 어떻게 수습하라는 거냐?"

손오공이 대답했어요.

"그놈의 갈퀴 같은 입을 품속에 감추어 꺼내지 말며, 그 부들부

채 같은 귀를 뒤쪽으로 붙여 움직이지 못하게 하면, 그게 바로 수습하는 거지요."

저팔계는 정말로 입을 감추고 귀를 붙이고 머리를 움츠리고 한 편에 서있었죠. 손오공은 짐을 문안으로 나르고 백마를 말뚝에다 맸어요. 그제야 노인이 젊은이를 데리고 나무 쟁반을 날라와 맑은 차 세 잔을 바쳤어요. 차를 마시고 나자 노인은 다시 공양을 준비하라고 일렀어요. 그 젊은이는 구멍이 뚫리고 칠은 다 벗겨진 낡은 탁자와 윗부분은 깨지고 다리는 부서진 의자 두 개를 옮겨다 마당에 차려놓았어요. 그리고 세 사람을 그늘진 곳에 앉도록 했어요. 삼장법사가 노인에게 물었어요.

"시주님은 존함이 어떻게 되십니까?"

"저는 왕가입니다."

"자제분은 몇이나 두셨습니까?"

"아들이 둘이고 손자가 셋입니다."

"정말 복이 많으시군요! 금년에 연세는 어떻게 되십니까?"

"쓸데없이 나이만 먹어 예순하나입니다."

그러자 손오공이 말했어요.

"축하합니다. 축하해요! 올해 환갑이군요."

삼장법사가 뒤이어 물었어요.

"시주님께서 처음에 서천으로 경전을 가지러 가기 어렵다고 하셨는데, 무엇 때문입니까?"

"경전을 얻는 것이 어렵다는 게 아니라, 길이 험해 가기가 어렵다는 게지요. 이곳에서 서쪽으로 삼십 리 정도 가시면 팔백리八百里 황풍령黃風嶺이라고 하는 산이 하나 있는데, 거기에 요괴가 많습니다. 경전을 가지러 가기 어렵다고 한 것은 이 산 때문이었습니다. 그런데 이 제자분이 재주가 많다고 하니 갈 수도 있겠습니다."

손오공이 큰소리쳤어요.

"염려 없소! 염려 없어! 이 손 어르신과 내 아우만 있으면 어떤 요괴라도 우리를 건드리지 못할 거요."

이야기를 나누고 있는 사이 아들이 밥을 날라 탁자 위에 차려 놓고 말했어요.

"식사하시지요."

삼장법사가 합장하며 공양 염불을 외고 있는데, 저팔계는 벌써 밥 한 사발을 다 먹어치웠어요. 삼장법사가 몇 구절 외지도 않았는데, 그 멍텅구리는 또 세 사발을 너끈히 비웠지요. 손오공이 말했어요.

"이 밥통아! 아무래도 배고파 죽은 귀신이 붙은 모양이구나."

왕 노인은 눈치가 있어서, 그가 순식간에 먹어치우는 걸 보고 이렇게 말했어요.

"이 스님이 정말 시장하셨나 보구나. 빨리 밥 좀 더 갖다드려라!"

그 멍텅구리는 정말로 밥통이 커서, 고개도 안 들고 내리 열 그릇 넘게 먹어치우는 거였어요. 삼장법사와 손오공은 모두 두 그릇도 못 먹고 있는데, 그 멍텅구리는 쉬지 않고 여전히 먹어댔지요. 왕 노인이 말했어요.

"경황없이 준비하느라 반찬이 없어서 억지로 권할 수는 없지만, 좀 더 드시지요."

삼장법사와 손오공이 모두 "충분합니다"라고 말했어요. 그런데 저팔계가 이렇게 말했어요.

"영감은 시시콜콜 무슨 말이 그리 많습니까? 누가 댁보고 점을

쳐 달랬나, 무슨 오효五爻니 육효六爻니 하는 겁니까?[2] 밥이나 있으면 더 가져올 일이지."

그 멍텅구리는 한 끼 식사에 그 집 식구의 밥까지 깡그리 먹어치우고도 이제 겨우 배가 반 정도 찼다고 투덜거렸어요. 그릇을 치우고 누각 아래에 대나무 침상을 가져다 깔고 잠을 잤어요.

다음 날 날이 밝자 손오공은 말에 안장을 얹었고, 저팔계는 짐을 꾸렸어요. 왕 노인은 다시 부인에게 간단한 밥과 국을 준비토록 해서 대접했어요. 마침내 세 사람은 감사의 말을 하면서 떠났지요. 왕 노인이 말했어요.

"길을 가시다 무슨 뜻밖의 일이라도 만나게 되면 꼭 다시 저희 집으로 오십시오."

그러자 손오공이 대답했어요.

"영감, 김새는 소리 마시오. 우리 출가한 사람은 길을 되돌아가지 않는 법이오."

그리고 마침내 말에 채찍질을 하며 짐을 들고 서쪽으로 떠났어요. 아! 그야말로 서역으로 가는 평탄한 길이란 없으니, 사악한 요괴가 큰 재앙을 내릴 게 분명했어요. 세 사람이 앞으로 가다 보니, 한나절도 안 돼 과연 큰 산이 나타났어요. 정말 험준하다 할 만했지요. 삼장법사가 절벽에 도착해 등자를 듣고 몸을 비스듬히 기울여 바라보니, 그 모습은 이러했지요.

높은 것은 산이고
험준한 것은 고개로구나.
높이 치솟은 것은 절벽이고

2 저팔계는 왕 노인의 말 가운데 효肴, 즉 '반찬'을 점괘의 효爻로 알아듣고 이렇게 말하는 것이다.

깊고 깊은 것은 계곡이구나.
소리나는 것은 시냇물이고
선명히 아름다운 것은 꽃이로구나.
저 산은 얼마나 높은지
꼭대기는 푸른 하늘에 닿아 있구나.
이 계곡은 얼마나 깊은지
바닥 속에 저승이 보이는구나.
산 앞쪽에는
흰 구름이 뭉게뭉게 일고
높고 험준한 기암괴석도 있구나.
천길만길 아찔한 절벽은 말로 다 표현할 수 없구나.
절벽 뒤쪽에는 굽이굽이 용이 숨어 있는 동굴이 있고
동굴 속에서는 똑똑똑 바위에 물이 떨어지는구나.
삐죽삐죽 뿔 달린 사슴
힐끔힐끔 사람을 쳐다보는 노루
똬리 틀고 있는 붉은 구렁이
장난치는 흰 얼굴 원숭이
저녁이 되자 산에 기어올라 동굴을 찾는 호랑이와
먼동이 트자 물결을 뒤집고 물밖으로 나온 용들
동굴을 찾아오느라 우당탕 소리가 들리네.
풀 속에서는 새들이 푸드덕 날고
숲속에서는 짐승들 후다닥 달아나네.
갑작스레 한 무리 이리와 파충류 지나가
사람의 간담을 서늘케 하네.
이것이 바로 무너질 듯한 동굴이 우당탕 무너지고
동굴이 우당탕 무너져 산을 가로막는다는 것

푸른 산은 천 길 옥처럼 물들어 있고
푸른 비단이 만 겹 안개를 뒤덮고 있는 듯하구나.

高的是山　峻的是嶺
陡的是崖　深的是壑
響的是泉　鮮的是花
那山高不高　頂上接青霄
這澗深不深　底中見地府
山前面　有骨都都白雲　屹嶝嶝怪石
說不盡千丈萬丈挾魂崖
崖後有灣灣曲曲藏龍洞　洞中有叮叮當當滴水巖
又見些丫丫叉叉帶角鹿　泥泥蚩蚩看人獐
盤盤曲曲紅鱗蟒　耍耍頑頑白面猿
至晚巴山尋穴虎　帶曉翻波出水龍　登的洞門吻喇喇響
草裡飛禽撲轤轤起　林中走獸掬嗶嗶行
猛然一陣狼蟲過　嚇得人心趷蹬蹬驚
正是那當倒洞當當倒洞　洞當當倒洞當山
青岱染成千丈玉　碧紗籠罩萬堆烟

삼장법사는 은빛 준마의 걸음을 늦추고, 제천대성은 구름을 멈추어 느릿느릿 걷고, 저팔계는 끙끙 짐을 지고 천천히 걸었어요. 그렇게 한창 산을 보고 있는데, 갑자기 한 줄기 회오리바람이 거세게 일어났어요. 삼장법사가 말 위에서 가슴이 섬뜩하여 말했지요.

"얘야, 바람이 부는구나!"

"바람이 뭐 어쩐다고 두려워하십니까? 바람이란 하늘의 사계절 기운인데, 무서워할 게 어디 있습니까?"

"이 바람은 아주 지독해서 하늘에서 부는 바람과는 다르구나."
"하늘에서 부는 바람과 어떻게 다른데요?"
"너 이 바람을 좀 봐라."

휘이익, 쏴아 모든 것을 쓸어갈 듯 바람이 부는데
아득히 먼 푸른 하늘에서 불어오는구나.
고개를 넘으니 나무들 울부짖는 소리만 들리더니
숲에 들어서니 온갖 나무들 줄기까지 흔들리는구나.
강기슭 버드나무는 뿌리째 흔들리고
정원 안 꽃에 불어오니 잎사귀째 흔들리는구나.
그물 거둔 고깃배들 단단히 동여매고
덮개 내린 여객선들 닻을 내리고 있구나.
먼 길 가던 나그네는 길을 잃고
산속의 나무꾼 짐을 지기 어렵구나.
신선들의 과일나무 숲에서는 원숭이들이 흩어지고
기이한 꽃밭에서는 사슴들이 달아나는구나.
절벽 앞 회나무, 잣나무는 모두 쓰러져 있고
계곡 아래 소나무, 대나무는 잎마다 시들었구나.
흙, 먼지 뿌리고 모래 날리고
강, 바다를 휘저으니 파도가 넘실대는구나.

巍巍蕩蕩颯飄飄　渺渺茫茫出碧霄
過嶺只聞千樹吼　入林但見萬竿搖
岸邊擺柳連根動　園內吹花帶葉飄
收網漁舟皆緊纜　落篷客艇盡抛錨
途半征夫迷失路　山中樵子擔難挑
仙果林間猴子散　奇花叢內鹿兒逃

崖前檜柏顆顆倒　澗下松篁葉葉凋
播土揚塵沙迸迸　翻江攪海浪濤濤

저팔계가 앞으로 오더니 손오공을 붙들고 말했어요.

"형님, 바람이 너무 세니 우리 잠시 피하는 게 좋을 듯하오."

그러자 손오공이 웃으면서 대답했어요.

"동생, 못나빠지기는! 이깟 바람이 세다고 피하자고? 진짜 요괴라도 만나면 어쩌려 그래?"

"형님은 이런 말도 못 들어봤소? '계집 피하기를 원수 피하듯 하고 바람 피하기를 화살 피하듯 하라(避色如避讐 避風如避箭).' 잠시 피한다고 해 될 건 없잖소?"

"그만해라. 내 이 바람을 한 움큼 붙잡아서 냄새를 맡아볼 테니."

그 말에 저팔계가 웃으면서 대꾸했어요.

"또 거짓말로 허풍을 치는군. 바람을 잘도 붙잡아다 냄새를 맡겠다! 잡더라도 바로 새 나가버릴 텐데."

"아우야, 너는 나한테 바람 붙잡는 비법이 있다는 것을 모를 게다."

멋진 제천대성! 그가 바람의 머리는 지나가게 하고 꼬리를 한 움큼 붙잡아 냄새를 맡아보니 약간 비린내가 났어요.

"정말 좋은 바람이 아니로군! 이 바람 냄새로 보면 호랑이 바람이 아니면 요괴 바람이 틀림없어. 분명 수상한 데가 있어."

그 말이 채 끝나지도 않아서 산비탈 아래서 얼룩무늬 호랑이 한 마리가 꼬리를 휘두르며 달려오는 것이었어요. 깜짝 놀란 삼장법사는 말안장에 앉아 있질 못하고 말 아래로 곤두박질하여 길옆에 웅크렸어요. 그야말로 혼비백산했지요. 저팔계는 짐을 버려두고 쇠스랑을 잡더니 손오공이 나서지 못하게 가로막아 앞으로 달려나가며 크게 소리쳤어요.
"못된 짐승아! 어딜 도망가느냐!"
그리고 쫓아가서 정면으로 내리찍었어요. 호랑이는 몸을 곧추세우더니 왼쪽 앞 발톱을 휘둘러 자기 가슴이 패이도록 할퀴며 아래로 죽 내리 긁어 쫙 하는 소리와 함께 가죽을 벗어버리고는 길 한옆에 우뚝 섰어요. 좀 보세요, 그 모습이 얼마나 흉악했겠어요!

피 뚝뚝 흐르는 가죽 벗겨진 벌건 몸통에
붉은 피부 드러난 휘어진 다리
활활 타는 듯한 양쪽 귀밑머리와 헝클어진 머리털에
곧게 곤두선 두 눈썹
오싹한 네 개의 흰 이빨과
번쩍이는 두 금빛 눈동자
기세등등 힘껏 포효하고
웅장하고 사나운 소리로 크게 울부짖는구나.

血津津的赤剝身軀　紅媸媸的彎環腿足
火焰焰的兩鬢蓬鬆　硬搠搠的雙眉的豎
白森森的四個鋼牙　光耀耀的一雙金眼
氣昂昂的努力大哮　雄糾糾的厲聲高喊

그 호랑이는 저팔계에게 이렇게 고함쳤어요.
"잠깐 멈춰라! 나는 바로 황풍대왕黃風大王의 부하인 호랑이 선봉장이다. 지금 대왕님의 명을 받고 산에서 순찰을 하며 인간 몇 놈을 붙잡아 술안주나 하려고 한다. 그런데 너는 어디서 온 중이기에 함부로 무기를 휘두르며 나한테 덤비는 거냐?"

황풍령에서 저팔계가 호랑이 선봉과 싸우다

저팔계가 욕설을 퍼부었어요.

"우리는 너같이 나쁜 놈들을 붙잡는 분이시다! 나를 모르느냐? 나는 길 가는 평범한 인간이 아니라 동녘 땅 위대한 당나라 황제의 아우님인 삼장법사의 제자이다. 명을 받아 서방으로 가 부처님을 뵙고 경전을 구하려고 한다. 네놈이 일찌감치 다른 곳으로 멀리 도망쳐 길을 크게 열고 우리 사부님을 놀라게 하지 않는다면 네 목숨은 살려주마. 만약에 좀 전처럼 사납게 날뛰면 이 쇠스랑으로 요절을 낼 것이다!"

그러나 그 요괴가 어찌 이 말을 듣겠어요? 그놈은 날쌔게 다가오더니 자세를 잡고 저팔계의 얼굴을 정면으로 할퀴었어요. 저팔계는 재빨리 피하고 쇠스랑을 휘두르며 찍으려 했지요. 요괴는 손에 무기가 없는 터라 몸을 돌려 달아났고 저팔계는 그 뒤를 쫓았어요. 요괴는 산비탈에 이르러서는 어지럽게 널린 돌담불 속에서 적동도赤銅刀 두 자루를 꺼내더니, 이를 휘두르며 방향을 돌려 맞서 싸웠어요. 둘은 산비탈 앞에서 나아갔다 물러섰다 엎치락뒤치락 싸웠지요.

한편 손오공은 삼장법사를 부축해 일으키며 말했어요.

"사부님, 두려워 마시고 여기 잠시 앉아계십시오. 제가 저팔계를 도와 저 요괴를 때려잡고 오겠습니다."

삼장법사는 겨우 앉아 벌벌 떨면서 입으로는 『반야바라밀다심경』을 외는데 그 얘기는 더 이상 하지 않겠어요.

손오공은 여의봉을 들고 "네놈을 잡으러 왔다!"고 소리쳤지요. 그러자 저팔계도 더욱 기운을 냈어요. 요괴가 달아나자, 손오공이 소리쳤어요.

"그놈을 용서치 말아라! 반드시 쫓아가야 한다!"

하나는 쇠스랑을 휘두르고 하나는 여의봉을 들고서 산 아래쪽으로 쫓아갔어요. 요괴는 당황하여 어쩔 줄 몰라 하다 '매미가 허물을 벗는 계책[金蟬脫殼計]'을 써서 재주를 한 번 넘더니, 다시 원래의 사나운 호랑이 모습으로 변했어요. 손오공과 저팔계가 어디 놓아주려 했겠어요? 그들은 호랑이를 뒤쫓아 반드시 끝장을 보려 했지요.

요괴는 그들이 아주 가까이까지 뒤쫓아 온 걸 보고 다시 발톱으로 가슴을 그어 가죽을 벗더니, 호랑이가 누워 있는 모양의 바위 위에다가 그것을 덮어씌웠어요. 그리고 진짜 몸은 빠져나가 일진광풍으로 변해 곧장 원래의 갈림길로 돌아왔어요. 그런데 그 갈림길에선 삼장법사가 『반야바라밀다심경』을 외고 있었지요. 삼장법사는 단박에 그놈한테 붙들렸고, 요괴는 바람을 몰아 어디론가 끌고 가 버렸어요. 불쌍한 삼장법사! 강류 스님에게는 수많은 고난이 운명적으로 예정되어 있었으니, 불문에서 공적을 이루기란 쉬운 일이 아니었어요. 그 요괴는 삼장법사를 붙잡아 동굴 입구에 도착해서는 광풍을 멈추고 문을 지키는 졸개에게 말했어요.

"가서 대왕님께 보고해라. 호랑이 선봉장이 중을 하나 붙잡아 와서 문밖에서 명을 기다리고 있다고."

동굴 주인이 명을 내렸어요.

"데리고 들어와라."

호랑이 선봉장은 허리에 두 자루 적동도를 비껴 차고, 두 손으로는 삼장법사를 받쳐 들고 앞으로 걸어오더니, 무릎을 꿇고 보고했어요.

"대왕님, 제가 명을 받들어 산에서 순찰을 돌다가 뜻밖에 중을 하나 만났습니다. 그는 동녘 땅 위대한 당나라 황제의 동생인 삼장법사라 하는데, 서방으로 가 부처를 뵙고 경전을 구한다 합니다. 대왕님께 바치오니, 그런 대로 한 끼 식사거리로 삼으십시오."

그 동굴 주인은 이 말을 듣더니 깜짝 놀라며 말했어요.

"내 전에 누가 하는 말을 들으니, 삼장법사는 위대한 당나라 황제의 명을 받고 경전을 구하려 하는 신령한 스님이라 하더라. 그의 밑에는 신통력이 대단하고 지력이 뛰어난 손오공이라는 제자가 있다던데, 네가 어떻게 그를 붙잡아 올 수 있었느냐?"

"그에게는 두 제자가 있었습니다. 먼저 싸운 놈은 아홉 날 쇠스랑을 사용했는데, 입은 길고 귀는 크게 생겼습니다. 또 한 놈은 금테를 두른 철봉을 사용했는데 불같은 눈에 금빛 눈동자였습니다. 저를 끝까지 쫓아오기에 제가 '매미가 허물을 벗는 계책'을 써서 몸을 빠져나와, 그 틈에 이 중을 붙잡았습니다. 대왕님께 바치오니 그런 대로 한 끼 식사거리로 삼으십시오."

"잠시 그를 먹지 않겠노라."

"대왕님, 먹을 것을 보고 먹지 않겠다고 하면, 고집 세다는 말을 듣습니다."

"너는 모른다. 그놈을 먹는 게 급한 게 아니야. 그 두 제자가 찾아와 소란을 피우면 편치 못할까 봐 그러는 게다. 잠시 그를 뒤뜰의 바람막이 말뚝에다가 묶어놓아라. 사나흘 지나도록 그 두 놈이 찾아와서 소란을 피우지 않으면, 그때 잡아먹도록 하자. 그러면 첫째, 그놈 몸이 깨끗해질 것이고, 둘째, 구설수가 생기지 않을 것이니 우리 마음대로 요리해 먹을 수 있지 않겠느냐? 그때 가서 불에 굽든지 찌든지 튀기든지 볶든지, 천천히 우리 마음대로 해 먹어도 늦지 않다."

호랑이 선봉장은 매우 기뻐하며 맞장구를 쳤어요.

"대왕님께서 먼 미래까지 내다보시고 일을 계획하시니, 그 말씀에 일리가 있습니다."

그리고 졸개들에게 명령을 내렸어요.

"얘들아, 데려가거라."

옆에 우르르 몰려 서 있던 포박을 맡은 졸개 칠팔 명이 매가 제비나 참새를 채 가듯 삼장법사를 붙잡아 가서 밧줄로 꽁꽁 묶어 놓았어요. 이곳에서 고된 운명을 겪는 강류 스님은 손오공을 그리워하고 저팔계를 생각하며 이렇게 중얼거렸어요.

"얘들아, 너희들은 어느 산에서 요괴를 붙잡고 어느 곳에서 요괴를 물리치고 있는 거냐? 나는 요괴한테 붙잡혀 와 이런 고난을 당하고 있는데. 언제나 다시 만날 수 있을까? 참으로 고통스럽구나! 너희들이 일찍 와준다면 내 목숨을 구할 수 있겠지만, 많이 늦어진다면 결코 목숨을 보존할 수 없을 거다."

삼장법사는 한탄을 하면서 비 오듯 눈물을 흘렸어요.

한편, 손오공과 저팔계는 그 호랑이를 뒤쫓아 산비탈로 내려왔어요. 그런데 호랑이가 펄쩍 뛰다가 언덕 앞에 엎어지는 것이었어요. 손오공이 여의봉을 들어 있는 힘껏 내려치니 저릿저릿 떨리며 자기 손만 아팠어요. 저팔계가 다시 쇠스랑으로 쪼개니 쇠스랑 날이 튕겨져 나왔어요. 알고 보니 그것은 호랑이 가죽이 엎드린 호랑이 모양의 바위에 씌워져 있는 것이었어요. 손오공은 깜짝 놀랐어요.

"큰일 났다! 큰일 났어! 그놈의 계책에 빠졌다!"

"무슨 계책에 빠졌다는 거요?"

"이것을 '매미가 허물을 벗는 계책'이라고 부른다. 그놈은 호랑이 가죽을 여기에 씌워놓고 달아나버린 거야. 원래 있던 곳으로 돌아가 보자. 사부님이 그놈의 술수에 당했을지도 몰라."

둘이 황급히 돌아와 보니, 이미 삼장법사의 모습은 보이지 않았어요.

손오공이 우레 같이 소리를 질렀어요.

"어쩌면 좋으냐! 사부님이 이미 그놈에게 잡혀갔구나!"

저팔계는 곧장 말을 끌고 오면서 눈물을 흘렸어요.

"하느님! 하느님! 이제 어디 가서 찾는단 말인가?"

손오공이 고개를 들더니 말했어요.

"울지 마라! 울지 마! 울면 기가 꺾이는 법. 어쨌든 이 산 어딘가에 있을 테니, 함께 찾아보자."

둘은 마침내 산속으로 들어가 언덕과 고개를 넘으며 한참을 찾아다녔어요. 그런데 문득 바위 절벽 아래에 동굴이 뚫려 있는 게 보였어요. 둘이 걸음을 멈추고 바라보니, 정말 험준했어요.

뾰족한 산봉우리 첩첩이 솟아 있고
오래된 길 산을 휘돌아 나 있네.
푸른 소나무, 대나무 한들거리고
녹색 빛깔 버드나무, 오동나무 부드럽게 늘어져 있네.
절벽 앞쪽에는 기이한 암석 쌍쌍이 있고
숲속에는 숨어 있는 짐승들 쌍쌍이구나.
계곡물 바위벽에 부딪치며 멀리까지 흘러가고
산의 샘물은 가는 물줄기로 모래언덕을 가득 적시네.
들에는 구름이 조각조각 떠 있고
기이한 요초들 무성하구나.
요상한 여우, 교활한 토끼 어지러이 내달리고
뿔 달린 사슴, 향기로운 노루 모두 용맹을 다투네.
깎아지른 절벽에는 비스듬히 만 년 묵은 등나무 매달려 있고 깊은 계곡에는 천 년 묵은 잣나무 반쯤 걸려 있네.
크고 높기는 서악화산西嶽華山을 능가하고
떨어지는 꽃과 우는 새들은 천태산에 비할 만하구나.

疊嶂尖峰　迴巒古道
青松翠竹依依　綠柳碧梧冉冉
崖前有怪石雙雙　林內有幽禽對對
澗水遠流衝石壁　山泉細滴漫沙堤
野雲片片　瑤草芊芊
妖狐狡兔亂攛梭　角鹿香獐齊鬭勇
劈崖斜掛萬年籐　深壑半懸千歲柏
奕奕巍巍欺華嶽　閑花啼鳥賽天台

손오공이 말했어요.

"아우야, 너는 짐을 어디 바람이 없는 으슥한 곳에 감춰놓고 말은 풀어놓고 돌아다니지 않게 잘 숨어 있어라. 나는 저 문 입구에 가서 그들과 싸우겠다. 기필코 요괴를 붙잡아 사부님을 구해낼 것이다."

"긴 얘기할 필요 없이 빨리 가보시오."

손오공은 승복을 단정히 하고, 호랑이가 죽 치마를 묶어 매고, 여의봉을 들고 문 앞으로 달려갔어요. 문 위에는 '황풍령 황풍동'이라는 여섯 글자가 큼지막하게 적혀 있었지요. 손오공은 고무래 정丁 자 모양으로 두 발을 떡하니 버티고 서서, 여의봉을 들고 큰 소리로 외쳤어요.

"요괴놈아! 빨리 우리 사부님을 내놓아라. 안 그러면 너의 소굴을 뒤엎고 네가 사는 곳을 짓밟아 평지로 만들어버리겠다!"

졸개 요괴들은 이 말을 듣고 모두 두려워 벌벌 떨며 안으로 들어가 보고했어요.

"대왕님, 큰일 났습니다."

황풍 요괴가 앉아 있다 무슨 일인지 묻자, 부하 요괴들이 대답했어요.

"동굴 문 밖에 벼락신 주둥이에 털북숭이 얼굴을 한 중이 찾아와, 커다란 철봉을 손에 들고 사부를 내놓으라고 합니다."

동굴 주인이 깜짝 놀라 즉시 호랑이 선봉장을 불러 말했어요.

"너보고 산을 순찰하며 들소나 산돼지, 살진 사슴이나 면양 따위를 잡아 오랬더니, 어째서 저 당나라 중을 잡아 온 것이냐? 그 제자놈이 찾아와 소란을 피우고 있으니, 이 일을 어쩐단 말이냐?"

"대왕님, 안심하십시오. 마음 푹 놓고 편히 계십시오. 제가 재주는 없지만 부하들 쉰 명을 데리고 가, 그 손오공인가 하는 놈을 붙잡아 올 테니, 같이 잡아먹도록 하지요."

"나한테는 크고 작은 두목 외에 오륙백 명의 부하들 있으니, 네 맘대로 골라 얼마든지 데리고 가라. 손오공을 붙잡아야 우리가 마음 편히 저 중의 고기 한 점이라도 먹을 수 있을 테니. 그렇게만 되면 내 너와 결의형제를 맺겠다. 그러나 그를 붙잡지도 못하고 도리어 네가 다치게 될까 봐 걱정이다. 그때 가서 나를 원망하지나 마라."

"안심하시오. 안심하세요. 다녀오겠습니다."

호랑이 선봉장은 건장한 정예 요괴 쉰 명을 선발해서, 북을 두드리고 깃발을 흔들게 하고, 자기는 적동도 두 자루를 차고 훌쩍 문을 나와 사납게 소리쳤지요.

"너는 어디서 온 원숭이 중놈이냐? 감히 이곳에 와서 시끄럽게 떠들며 뭐하는 거냐?"

"이 가죽을 잘도 벗는 못된 짐승아! 네놈이 무슨 허물을 벗는 술수를 써서 우리 사부님을 붙잡아 가놓고, 도리어 나한테 왜 왔냐고 해? 일찌감치 우리 사부님을 무사히 돌려보낸다면 네 목숨만은 살려주마."

"네 사부는 내가 잡아 왔다! 우리 대왕님 한 끼 식사나 하시라고 말이다! 사정을 알았으면 돌아가거라. 그렇지 않으면 너도 붙잡아 함께 먹어버릴 테다. 그게 바로 '하나를 사니 또 하나를 덤으로 얻는다(買一個 又饒一個)'는 게 아니겠냐?"

손오공이 이 말을 듣고서 화가 머리끝까지 났어요. 그는 뿌드득 이를 갈며 불같은 눈을 번쩍번쩍 부릅뜨고 여의봉을 휘두르며 소리쳤어요.

"네놈이 무슨 대단한 재주가 있다고 감히 그렇게 큰소리를 치는 거냐? 도망가지 말고 내 여의봉 맛이나 봐라!"

호랑이 선봉장은 급히 칼을 들고 막았어요. 이번 싸움은 정말로 대단했으니, 둘은 각각 위엄과 재능을 드러냈지요.

요괴가 진짜 거위 알이라면
손오공은 돌로 된 거위 알이라네.[3]
적동도로 멋진 원숭이 왕과 싸우는 것은
마치 달걀로 돌을 치는 격
까치가 어떻게 봉황과 싸울 수 있겠는가?
비둘기가 감히 새매를 대적할 수 있겠는가?
요괴가 바람과 재를 온 산 가득히 내뿜으면
손오공은 안개와 구름 토해내어 해를 가린다네.

3 '아란鵝卵'과 '아란석鵝卵石'이라는 단어를 절묘하게 대비시켜 말장난을 하고 있다. 중국어에서 원래 '아란'은 거위 알이라는 뜻이고 '아란석'은 자갈이라는 뜻이다.

서너 합을 겨루지 않았는데
호랑이 선봉은 허리가 풀려 완전히 무력해지는구나.
몸을 돌려 패하여 달아나려고 하니
오히려 손오공에게 죽음 직전까지 몰리게 되는구나.

那怪是個眞鵝卵　悟空是個鵝卵石
赤銅刀架美猴王　渾如壘卵來擊石
烏鵲怎與鳳凰爭　鵓鴿敢和鷹鷂敵
那怪噴風灰滿山　悟空吐霧雲迷日
來往不禁三五回　先鋒腰軟全無力
轉身敗了要逃生　卻被悟空抵死逼

호랑이 요괴는 손오공을 당해내지 못하고 몸을 돌려 달아났어요. 그는 처음에 동굴 주인 앞에서 한 말이 있었기 때문에 감히 동굴로 돌아가지는 못하고 곧장 산비탈 쪽으로 달아났어요. 그러나 손오공이 어디 놓아주겠어요? 여의봉을 들고 뒤쫓아가면서 계속해서 고함을 질렀어요. 바람이 없는 으슥한 곳까지 쫓아왔는데, 고개를 들어 보니 저팔계가 저쪽에서 말을 풀어놓고 있는 모습이 보였어요. 저팔계도 문득 고함치는 소리를 듣고서 고개를 돌려보니, 손오공이 도망치는 호랑이 요괴를 쫓고 있는 것이었어요. 저팔계는 말을 버려두고 쇠스랑을 들고 요괴의 머리를 향해 비스듬히 내려찍었어요. 가엾게도 호랑이 선봉장은 누런 고기잡이 그물을 벗어나 도망가려다 다시 어부에게 걸려든 꼴이 되고 말았어요. 저팔계가 쇠스랑으로 내리찍자 아홉 개의 구멍에서 붉은 피가 뿜어져 나왔고 뇌수까지 철철 흘러나왔어요. 이를 증명하는 시가 있어요.

이삼 년 전에 불문에 귀의하여
소식을 하고 진정한 공을 깨달았네.
정성껏 당나라 삼장법사를 보호하고자 하니
불문에 의지하여 처음으로 이런 공을 세웠다네.

三二年前歸正宗　持齋把素悟眞空
誠心要保唐三藏　初秉沙門立此功

그 멍텅구리는 한 발로 그놈의 등을 밟아 누르고 두 손으로 쇠스랑을 휘둘러 다시 내리찍었어요. 손오공이 이를 보고 매우 기뻐했어요.

"아우야, 바로 그거다! 그놈이 몇십 명의 부하들을 데리고 감히 나한테 싸움을 걸었지. 날 당해낼 수 없자 동굴로는 도망을 못 가고 이리로 온 건데, 죽을 데를 찾아온 셈이로구나. 네가 호응해서 싸워줬기에 망정이지 그렇지 않았더라면 또 놓칠 뻔했다."

"바람을 부려 사부님을 납치해 간 게 저놈이요?"

"그래, 맞아."

"사부님의 행방은 물어봤소?"

"이 요괴가 사부님을 동굴 속으로 붙잡아 가 무슨 지랄 같은 대왕의 식사거리로 삼으려 했단다. 이 손 어르신이 화가 나 그와 싸우다가 여기로 온 건데, 웬걸 너한테 목숨을 잃게 되었구나. 아우야, 이 공로는 네 것이다. 너는 다시 말과 짐을 지키고 있어라. 나는 이 죽은 요괴를 끌고 다시 그 동굴로 가서 싸움을 걸어야겠다. 기필코 요괴를 붙잡아 사부님을 구해낼 것이다."

"형님 말이 옳소. 얼른 가보시구려. 요괴 왕을 꼼짝 못 하게 만들어 다시 이곳으로 몰아오면 내가 길을 막고 있다 죽여버리겠어."

멋진 손오공! 그는 한 손에는 여의봉을 들고 한 손에는 죽은 호랑이 요괴를 끌며, 곧장 동굴 문 앞에 도착했어요. 이는 바로,

삼장법사가 요괴를 만나는 재난을 당하니
성정이 서로 화합해 어지러운 요괴를 항복시키는구나.

法師有難逢妖怪　情性相和伏亂魔

라는 것이었지요. 결국 이번에 요괴를 항복시키고 삼장법사를 구할 수 있었는지는 알 수 없으니, 이에 대해서는 다음 회를 들어보시라.

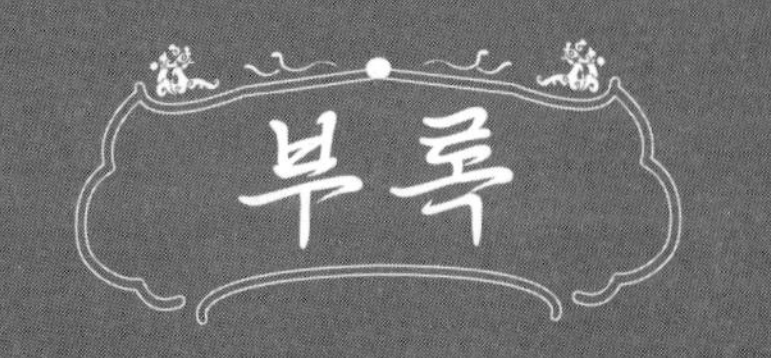

부록

현장법사의 서역 여행도

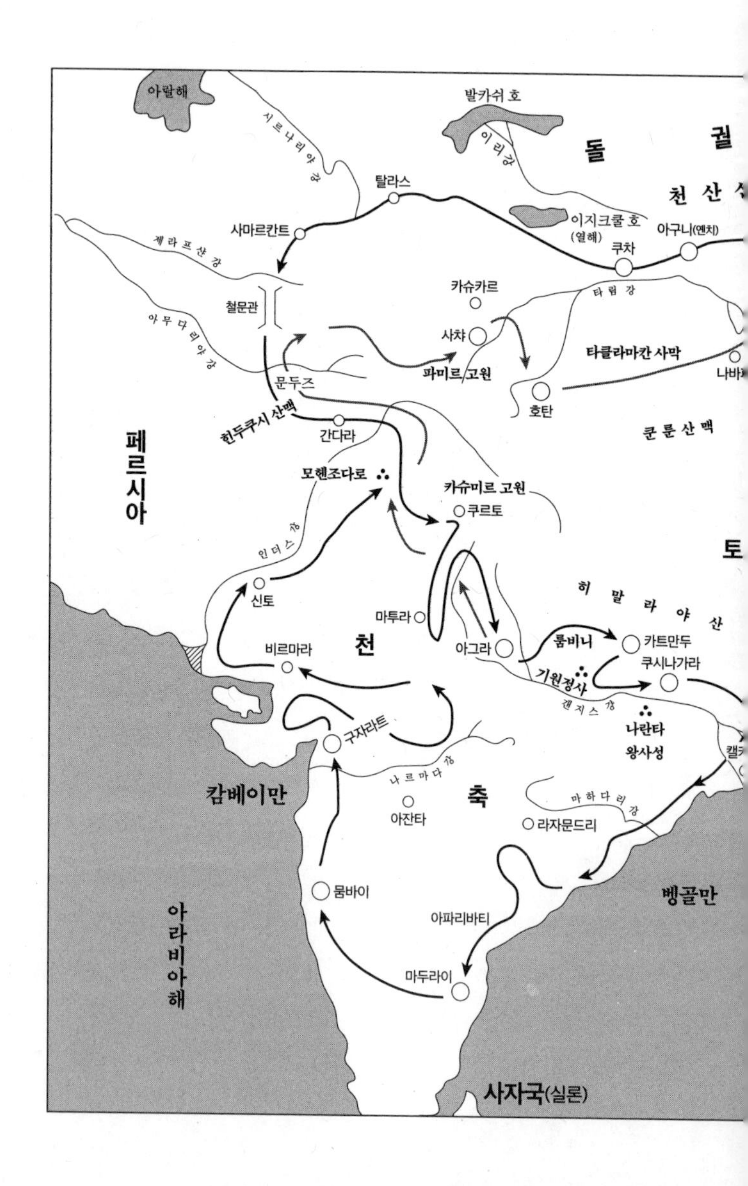

아랄해
시르다리야 강
발카쉬 호
이리강
돌
궐
탈라스
천 산
사마르칸트
이지크쿨 호
(열해)
아구니(연치)
쿠차
제라프샨 강
카슈카르
타림 강
철문관
아무다리야 강
사차
타클라마칸 사막
파미르 고원
문두즈
호탄
힌두쿠시 산맥
간다라
쿤룬 산맥
페르시아
모헨조다로
카슈미르 고원
쿠르토
인더스 강
토
신토
히말라야 산
마투라
룸비니
카트만두
천
아그라
비르마라
기원정사
쿠시나가라
갠지스 강
구자라트
나란타
왕사성
나르마다 강
캄베이만
축
아잔타
마하다리 강
라자문드리
뭄바이
벵골만
아파리바티
아라비아해
마두라이
사자국(실론)

: 여행 노선
: 귀국 노선

고비 사막
유사하
둔황
옥문관
가욕관
양주(량저우)
황허
난주(란저우)
장안(시안)
당
양쯔 강
나란타 사원 부근
나란타 사원
연못
신왕사성
취봉산
왕사성
부드가야

『서유기』 2권 등장인물

손오공

동승신주東勝神洲 오래국傲來國 화과산花果山의 돌에서 태어나 수보리조사須菩提祖師에게 도술을 배워 일흔두 가지 변신술을 익힌다. 반도대회를 망치고 도망쳐 화과산의 원숭이 무리를 이끌고 스스로 '제천대성齊天大聖'이라 칭하며 옥황상제에게 도전했다가, 석가여래에게 붙잡혀 오백 년 동안 오행산 아래 눌려 쇠구슬과 구리 녹인 쇳물로 허기를 때우며 벌을 받는다. 관음보살의 안배로 서천으로 불경을 가지러 가는 삼장법사의 제자가 되어 신통력과 기지로 온갖 요괴들을 물리친다.

삼장법사

장원급제한 수재 진악陳沂의 아들이자 승상 은개산殷開山의 외손자이다. 아버지는 부임지로 가던 도중 홍강洪江의 도적들에게 피살되고, 임신 중이던 어머니는 강제로 도적의 아내가 된다. 죽은 아버지의 직위를 사칭하던 유홍劉洪의 음모를 피해, 어머니는 그를 강물에 띄워 보낸다. 요행히 금산사金山寺의 법명화상法明和尙이 그를 구해 현장玄奘이라는 법명을 주었다. 그는 이후 불가의 수양에 뜻을 두고 수행하다가 관음보살의 배려로 불경을 찾아 서천으로 떠나도록 선발된다. 당태종은 그에게 삼장三藏이라는 법명을 준다.

저팔계

본래 하늘의 천봉원수天蓬元帥였으나 반도대회에서 항아를 희롱한 죄로 인간 세상으로 내쫓긴다. 어미의 태를 잘못 들어가 돼지의 모습으로 태어났으나, 서른여섯 가지 술법을 부리며 요괴가 되어 악행을 일삼다가 관음보살에게 감화되어 삼장법사의 제자로 안배된다. 이후, 오사장국烏斯藏國 고로장高老莊에서 데릴사위로 있었는데, 손오공을 만나 싸우다가 복릉산福陵山 운잔동雲棧洞으로 도망친다. 하지만 곧 굴복하여 삼장법사의 제자가 된다. 아홉 날 쇠스랑[九齒花]을 무기로 쓴다.

사오정

본래 하늘의 권렴대장군捲簾大將軍이었으나, 반도대회에서 실수로 옥파리玉渾璃를 깨뜨리는 바람에 아래 세상으로 내쫓긴다. 유사하流沙河에서 요괴 노릇을 하며 지내다가 관음보살에 의해 삼장법사의 제자로 안배된다. 훗날 유사하를 건너려던 삼장법사 일행을 몰라보고 손오공, 저팔계와 싸우지만, 관음보살이 자신의 큰제자인 목차木叉 혜안惠岸을 보내 오해를 풀어주어서, 결국 삼장법사의 셋째 제자가 된다. 무기로는 항요장降妖杖을 쓴다.

유백흠

쌍차령雙叉嶺의 사냥꾼으로 진산태보鎭山太保라고 불린다. 거느리고 있던 두 시종을 요괴들로 인해 잃고 고난에 처했다가 태백금성太白金星의 도움으로 풀려난 삼장법사를 도와주고, 손오공이 벌을 받고 있는 곳과 가까운 양계산兩界山까지 그를 안내한다.

흑대왕

흑풍산黑風山 흑풍동黑風洞에 살던 요괴로 곰의 정령이다. 관음선원觀音禪院의 주지가 삼장법사의 금란가사를 탐내어 불을 질렀을 때, 그 혼란을 틈타 금란가사를 훔쳐 도망친다. 손오공이 관음보살을 모셔 와 항복시키니, 선과善果로 귀의하여 남해 보타산普陀山을 지키는 수호신이 된다.

황풍 요괴

팔백리八百里 황풍령黃風嶺 황풍동黃風洞에 사는 요괴로, 불로장생을 위해 삼장법사를 잡아먹으려고 납치한다. 삼매신풍三昧神風이라는 무시무시한 바람을 일으키는 요괴에게 고전하던 손오공은 영길보살靈吉菩薩을 찾아가 도움을 청한다. 영길보살은 그 요괴가 본래 석가여래가 있는 영취산靈鷲山 아래에서 도를 닦던 쥐였는데, 유리잔 속의 청유淸油를 훔쳤다가 금강역사金剛力士들이 잡으러 올까 봐 무서워 도망쳐서는 요괴 노릇을 하고 있다고 알려주고, 바람을 잠재우는 정풍단定風丹을 준다.

불교 · 도교 용어 풀이

【ㄱ】

구전대환단九轉大還丹

도가에서 말하는 신선의 단약. '구전九轉'은 아홉 번 달였다는 뜻이다. 도가에서는 단약을 달이는 횟수가 많고 시간이 오래 될수록 복용한 후에 더 빨리 신선이 될 수 있다고 생각했다. "아홉 번 달인 단약은 복용한 후 사흘 안에 신선이 될 수 있다"는 말이 『포박자抱朴子』「금단金丹」에 보인다.

금련金蓮

원래는 '지용보살地湧菩薩'이라고 한다. 『법화경法華經』「용출품湧出品」에 의하면, 석가여래가 「적문迹門」—『법화경』은 「적문」과 「본문本門」으로 나뉜다—을 강의한 후 「본문」을 강의하려 하자, 석가여래의 교화를 입은 무량대보살無量大菩薩이 땅 밑에서 솟아올라 허공에 머물렀다고 한다. 부처와 보살은 모두 연꽃 자리에 앉아 있으므로 '지용금련地湧金蓮'이라 칭하기도 한다. 여기에선 수보리조사가 위대한 도의 오묘함을 강론했음을 비유한 것이다.

급고독장자給孤獨長者

중인도中印度 교살라국橋薩羅國 사위성舍衛城의 부유한 상인 수달다須達多의 별칭이다. 그는 자비와 선을 베풀기를 좋아해서 종종 외롭고 쓸쓸한 이들에게 먹을 것을 베풀어주었기 때문에 이런 별칭을 얻었다. 그는 왕사성王舍城에서 석가여래의 설법을 듣고 크게 감동하여 석가여래를 자기 나라로 초청했다. 그리고 태자 기다祇多의 정원을 사서 기원정사祇園精舍를 세워 석가여래에게 바치며 설법하는 장소로 쓰게 해주었다.

기원琪園

기원祇園, 즉 지원정사祇園精舍를 가리키는 듯하다. 인도의 불교 성지 중 하나이다. 코살라Kosala국 급고독장자給孤獨長者가 큰돈을 주고 파사닉왕태자波斯匿王太子 제타(Jeta, 祇陀)의 사위성舍衛城 남쪽의 화원花園인 기원을 사들여 정사精舍를 건축하여 석가가 사위국舍衛國에 머물며 설법하는 장소로 삼았다. 제타 태자는 화원을 팔았을 뿐만 아니라 화원에 있던 나무를 석가에게 바치고 두 사람의 이름을 따 이 정사를 기수급독고원祇樹給獨孤園이라고 불렀다. 기원은 약칭이다. 왕사성王舍城의 죽림정사竹林精舍와 함께 불교 최고最古의 두 정사로 알려져 있다. 당나라 현장법사가 인도를 찾았을 때 이 정사는 이미 붕괴되어 있었다.

【ㄴ】

"너는 열 가지 악한 죄를 범하였다."(제1권 5회 171쪽)

불교에서는 사람이 몸, 입, 생각으로 범하는 10가지 죄악으로 살생, 절도[偸盜], 음란[邪淫], 망령된 말[妄語], 일구이언[兩舌], 욕설[惡口], 거짓으로 꾸민 말[綺語], 탐욕, 격노[瞋迷], 사악한 생각[邪見]을 들고 있다. 십악대죄十惡大罪라고 하면 모반謀反, 모대역謀大逆, 모반謀叛, 악역惡逆, 부도不道, 대불경大不敬, 불효不孝, 불목不睦, 불의不義, 내란內亂을 가리킨다.

네 천제[四帝]

도교에서 떠받드는 네 명의 천신으로 사제四帝 또는 사어四御라고 불린다. 호천금궐지존옥황대제昊天金闕至尊玉皇大帝, 중천자미북극대제中天紫微北極大帝, 구진상천천황대제勾陳上天天皇大帝, 승천효법토황제지承天效法土皇帝祇를 가리킨다.

녹야원鹿野苑

석가모니가 도를 깨달은 후 처음으로 법륜法輪을 전하고 사체법四諦法을 이야기하였다는 곳으로 전해진다.

【ㄷ】

"다시 오천사백 년이 지나서 해회가 끝날 무렵에는 정貞의 덕이 하강하고 원元의 덕이 일어나면서 자회子會에 가까워지고……."(제1권 1회 27쪽)

여기서는 송나라 때의 소옹(1011~1077, 자字는 요부堯夫, 시호諡號는 강절선생康節先生)이 쓴 『황극경세皇極經世』에 들어 있는 천지의 개벽과 순환에 관한 설명을 빌려 쓰고 있다. 『주역』「건괘乾卦」의 괘를 풀어놓은 글에 '원형이정元亨利貞'이라는 표현이 들어 있는데, 흔히 이것을 건괘의 '네 가지 덕성[四德]'이라고 부르며, 그 하나하나가 네 계절과 짝을 이룬다고 설명하곤 한다. 그런 속설에 입각하면 "정의 덕이 하강하고 원의 덕이 일어난다"는 것은 겨울이 가고 봄이 오기 시작한다는 뜻이 된다.

대단大丹

도가 용어로 오랜 기간의 수련과 고행을 통해 얻어지는 내단內丹을 가리킨다.

대라천

도교에서 말하는 서른여섯 층의 하늘 중 가장 높은 곳에 위치한 하늘.

대승교법大乘教法

1세기 무렵에 형성된 불교의 교파로서, 대자대비한 마음으로 중생을 두루 제도하여 불국정토佛國淨土를 건립하는 것을 최고의 목표로 삼으면서, 개인적 자아 해탈을 추구하던 원시불교와 다른 교파를 '소승'이라고 비판했다. 대승불교에서는 삼세시방三世十方에 무수한 부처가 있다고 여기는 데 비해, 소승불교에서는 석가모니만을 섬긴다.

대천大千

'대천세계大千世界', '삼천대천세계三千大千世界'를 줄인 말로 석가모니의 교화가 미친 지역을 가리킨다. 불교에서는 수미산을 중심으로 하여 사대부주四大部洲의 일월이 비추는 곳을 합쳐서 하나의 소세계小世界로, 천 개의 소세계를 소천세계小千世界로, 천 개의 소천세계를 중천세계中千世界로, 천 개의 중천세계를 대천세계로 생각한다.

도솔천궁兜率天宮

도교 전설에서는 태상노군이 거주하는 곳이다. 불교에도 도솔천이 있는데, 욕계慾界의 육천六天 가운데 네 번째 하늘이다. 욕계의 정토로 미륵보살이 사는 곳이다.

동승신주東勝神洲 · 서우하주西牛賀洲 · 남섬부주南贍部洲 · 북구로주北俱蘆洲

여기에 언급된 4개 대륙은 불경에서 말하는, 수미산을 사방으로 둘러싼 염해海에 떠 있는 4개의 큰 대륙을 가리킨다. 다만 여기서는 그 명칭을 약간 바꾸어 사용하고 있다. '동승신주'는 원래 '동승신주東勝身洲'라고 되어 있는데, 이것은 반달 모양의 그 지역에 사는 사람들이 신체와 용모가 빼어나고 각종 질병을 앓지 않는다는 뜻이었다. 그리고 '서우하주'는 본래 '서우화주西牛貨洲'라고 되어 있는데, 이것은 보름달 모양의 그 지역에서는 소를 화폐로 사용했기 때문에 붙여진 명칭이라고 한다. 또 '남섬부주'의 명칭은 '염부閻浮'라는 나무의 이름을 뜻하는 '섬부贍部'라는 표현을 이용해서 만든 것인데, 수레의 윗부분에 얹은 상자처럼 생긴 이 대륙에 염부나무가 많이 자라기 때문에 붙여진 것이다. 마지막으로 '북구로주'는 '북구로주北拘盧洲'라고 쓰기도 하는데, 정사각형의 그릇 덮개 모양으로 생긴 이 땅에 사는 사람들은 천 년 동안 장수를 누리고, 다른 지역보다 평등하고 안락한 생활을 한다고 했다.

【ㅁ】

만겁의 세월

고대 인도에서는 세계가 일정한 시간이 지나면 멸망했다가 다시 시작된다고 믿었는데, 그 한 번의 주기를 하나의 '칼파kalpa'라고 불렀다. '겁'은 칼파를 음역한 것이다. 80차례의 작은 겁이 모이면 하나의 큰 겁이 되는데, 하나의 큰 겁에는 '성成', '주住', '괴壞', '공空'의 네 단계가 들어 있어서, 이것을 '사겁四劫'이라 부른다. '괴겁'의 때에 이르면 물과 불과 바람의 세 가지 재앙이 나타나 세상은 훼멸의 단계로 들어가기 시작한다고 하는데, 이 때문에 후세에는 '겁'을 '풀기 어려운 재난'의 뜻으로 사용하기도 했다.

"모든 것이 결국은 정과 기와 신이니……."(제1권 2회 72쪽)

정신력과 체력[精], 원기[氣], 정력[神]을 가리킨다. 도교에서는 이 세 가지를 조화롭게 키우고 수양하면 신선이 될 수 있다고 생각했다. 이는 주로 『황정경』의 주장을 인용한 것이다.

"무상문의 진정한 법주이시니……."(제1권 7회 224쪽)

무상문은 여기서 불문佛門을 범칭하는 것으로 쓰였다. 불교의 삼론종三論宗이 '모든 법이 모두 공'이란 사상을 종지로 삼기 때문에 무상종無相宗이라고 불린다. 법주法主는 불경에서 석가모니에 대한 칭호로 쓰인다. 설법주說法主라고 쓰기도 하며 교의를 선양하는 스승이란 의미를 갖는다.

문수보살文殊菩薩

대승불교의 보살 가운데 하나로, 지혜를 상징한다. 특히 보현보살과 함께 석가모니를 좌우에서 모시고 있는데, 일반적으로 석가모니의 왼쪽에서 머리에 큰 태양과 다섯 지혜를 상징하는 상투를 틀고, 손에는 칼을 쥔 채 푸른 사자를 탄 모습으로 묘사된다.

【ㅂ】

반야般若

범어 '푸라쥬나Prājuuňā'를 음역한 것으로 '포어루어[波若]'라고도 하며 '지혜'라는 뜻이다. 즉, '모든 사물을 여실히 이해하는 지혜'를 가리키는 것으로 일반적인 지혜와는 다르다.

법계法界

불법의 범위로 원시불교에서는 열두 인연[因緣], 대승에서는 만유의 본체인 진여眞如, 우주를 가리킨다. 또 불교도의 사회라는 의미도 가질 수 있는데, 여기서는 전자와 후자의 의미를 겸한다고 할 수 있다.

법상法相

모든 사물에 내재하거나 외재하는 표상을 통틀어 가리키는 말이다.

"별자리 밟으니……."(제5권 44회 117쪽)

본문의 '사강포두査勍佈斗'는 '답강포두踏勍佈斗', 즉 도교의 법사가 단을 세우고 의식을 치를 때 별자리를 따라 걷는 걸음걸이를 가리킨다. 이렇게 걸으면 신령을 불러낼 수 있다는 것인데, 이 걸음을 만들어낸 이가 우禹임금이라 해서 '우보禹步'라고도 부른다.

보타낙가산普陀落伽山

'흰 꽃이 피어 있는 작은 산' 또는 '꽃과 나무로 가득한 작은 산'이라는 뜻을 가진 범어 '포탈라카potalaka'의 음역이다. 지금의 저장성浙江省 포투어시앤普陀縣 동북쪽 바다 가운데 '보타도'라는 섬이 있다. 이 섬은 옛날에 산서山西의 오대산五臺山과 안휘安徽의 구화산九華山, 사천四川의 아미산峨眉山과 더불어 중국 불교의 4대 사찰이 자리 잡은 명산으로 꼽혔다.

복기服氣

도교에서는 선인仙人들이 여름에는 화성火星의 적기赤氣를, 겨울에는 화성의 흑기黑氣를 마시면 배고픔을 잊는다고 한다.

“불법은 본래 마음에서 생겨나고 또한 마음을 따라 사라진다네.”(제2권 20회 271쪽)

법은 범어 ‘다르마dharma’의 의역이다. 여기서는 모든 사물과 현상을 가리킨다. ‘심’이란 모든 정신 현상을 가리킨다. 불교에는 ‘만법일심설萬法一心說’이라는 것이 있다. 『반야경般若經』에 이런 기록이 있다. “모든 법과 마음을 잘 인도해야 한다. 마음을 안다면 모든 법을 다 알 수 있다. 세상의 모든 법은 다 마음에서 비롯된다.”

불이법문不二法門

불교 용어로, 모든 현상과 모순이 ‘분별이 없고’ 각종 차이를 초월해야 한다는 뜻이다. 이른바 언어나 문자를 떠난 ‘진여眞如’, ‘실상實相’의 깨달음으로, 그들은 서로 평등하며 서로 간에 구별도 없다. 보살이 이 ‘불이不二’의 이치를 깨달은 것을 ‘불이법문不二法門’에 들었다고 한다. 여기에서 불이법문은 ‘불문佛門’을 뜻한다.

【ㅅ】

사대천왕四大天王

불교에서는 33개 하늘의 군주를 제석이라고 부른다. 이들은 수미산 꼭대기 도리천 중앙의 희견성喜見城에 거주하고 있다. 이들 밑에 수미산의 사방을 지키는 외장外將이 있는데 이들을 사대천왕, 혹은 사대금강四大金剛이라고 부른다. 천하의 네 방위를 맡아 지키고 있기 때문에 호세사천왕護世四天王이라고도 불린다. 동방의 다라타多羅咤는 지국천왕持國天王으로 몸은 흰색이고 비파를 들고 있다. 남방의 비유리毗琉璃는 증장천왕增長天王으로 몸은 청색이고 보검을 쥐고 있다. 서방의 비류박차毗留博叉는 광목천왕廣目天王으로 몸은 붉은색이고 손에는 용이 똬리를 틀고 있다. 북방의 비사문毗沙門은 다문천왕多聞天王으로 몸은 녹색이고 오른손에는 우산을, 왼손에는 은 쥐를 쥐고 있다.

"사람이 죽어 삼칠 이십일 일 혹은 오칠 삼십오 일, 칠칠 사십구 일이 다 차면 이승의 죄를 다 씻어내고 환생할 수 있습니다."(제4권 38회 228쪽)

불교에서는 7일을 하나의 주기로 삼는다. 죽은 자의 영혼은 이 주기가 일곱 번 끝날 때까지 자신이 내세의 이승에 다시 태어날 곳을 찾을 수 있으며, 그것이 적절한 선택인지 여부는 저승의 판관들이 심사하여 결정한다. 만약 그가 스스로 마땅한 곳을 찾지 못했다면 저승의 판관이 다시 태어날 곳을 지정해 준다. 어쨌든 49일이 지난 후에는 모든 영혼이 반드시 윤회하여 이승의 어딘가에 태어나게 된다.

"사부님, 겁내지 마십시오. 저건 원래 사부님의 껍질이었습니다."(제10권 98회 228쪽)

이것은 본래 불교의 해탈 과정이라기보다는 육신을 버리고 우화등선羽化登仙하는 도교의 '시해尸解'에 가까운 묘사이다. '시해'에는 숯불에 몸을 던지는 '화해火解'와 물에 빠져 죽는 '수해水解', 칼로 목숨을 끊는 '검해劍解' 등 다양한 방법이 있다.

사상四相

불교 용어로, 아래와 같은 여러 가지 다른 의미를 가지고 있다. 첫째 인과사상因果四相이라 하여 생生, 노老, 병病, 사死를 가리킨다. 둘째 만물의 변화를 나타내는 네 가지 상, 곧 생상生相, 주상住相, 이상移相, 멸상滅相을 가리킨다. 셋째 중생이 실재實在라고 착각하는 네 가지 상, 곧 아상我相, 인상人相, 중생상衆生相, 수자상壽者相을 가리킨다.

사생四生

불교에서는 중생의 출생을 네 가지로 나눈다. 사람과 가축 같은 태생胎生, 날짐승과 길짐승 및 물고기 같은 난생卵生, 벌레와 같이 습기에 의지해 형체를 이루는 습생濕生, 의탁하는 것 없이 업력業力을 빌려 홀연히 출현하는 화생化生이 그것이다.

사인四忍

고통이나 모욕을 당해도 원망하는 마음이 없고 편안한 마음으로 불교의 교리를 믿고 지키며 동요되지 않는 것을 말한다. 지혜의 일부분으로 이인二忍, 삼인三忍, 사인四忍 등이 있다.

사위성舍衛城

사위[śrāvastī]는 원래 코살라국의 도성 이름이었는데, 남쪽에 있었던 또 하나의 코살라국과 구별하기 위하여 '사위舍衛'라는 도시 이름으로 국명을 대체하였다. 이곳에는 불교를 숭상하는 것으로 유명하던 파사닉왕波斯匿王이 살았는데, 성안에 급고독장자給孤獨長者가 보시한 기원정사祇園精舍가 있는데 유적이 아직도 남아 있다. 전하는 바에 따르면, 석가모니가 성불한 후 이곳에서 25년 살았다고 한다. 7세기에 당나라 현장법사가 이곳을 찾은 적이 있다.

사치공조四値功曹

도교에서 신봉하는 치년値年, 치월値月, 치일値日, 치시値時 네 신의 총칭으로 신들이 사는 천정天庭에 기도문을 전달하는 관직을 맡고 있다.

삼계三界

불교에서는 인간 세상을 세 단계로 나눈다. 욕계慾界는 온갖 욕망을 다 가지고 있는 중생의 세계이고, 색계色界는 욕계의 윗단계로서 욕망은 없으나 외형과 형태는 존재하는 세계이고, 무색계無色界는 다시 색계의 윗단계로서, 색상色相(사물의 형태와 외관)이 모두 사라지고 오로지 정신만이 정지 상태에 머무르는 중생계이다. 여기에선 인간세계에 대한 범칭으로 쓰였다. 감원坎源이란 수원水源을 의미한다. 『주역』「감괘坎卦」가 수에 속하므로 이렇게 일컫는 것이다.

삼공三空

불가 용어로, 삼해탈三解脫, 삼삼매三三昧라고도 한다. 아공我空, 법공法空, 아법구공我法俱空을 가리키기도 하고 삼공해탈三空解脫, 무상해탈無相解脫, 무원해탈無願解脫을 가리키기도 한다.

삼관

도교의 기氣 수련에 관련된 용어인데, 그에 대한 해설은 각각이다. 『회남자淮南子』「주술훈主術訓」에서는 귀, 눈, 입이라고 했고, 『황정경』에서는 손, 입, 발이라고 했다. 명당明堂, 가슴에 있는 동방洞房, 단전丹田의 셋이라고 하기도 하고(『원양자元陽子』), 머리 뒤쪽의 옥침玉枕, 녹로翁晤, 등뼈 끝부분의 미려尾閭의 셋이라고 하기도 한다(『제진현오집성諸眞玄奧集成』).

삼귀오계

삼귀는 '삼귀의三皐依'의 준말이다. 불교에 입문할 때 반드시 스승에게서 '삼귀의'를 전수받게 되니, 즉 부처[佛], 불법[法], 승려[僧]의 삼보三寶를 가리킨다. 오계五戒는 살생하지 말고, 도둑질하지 말고, 음란하고 사악한 짓을 말며, 망령된 말을 하지 말고, 술을 마시지 말라는, 불교도가 평생 지켜야 할 다섯 가지 계율이다. 도가에도 오계가 있으니, 살생하지 말고, 육식과 술을 하지 말며, 속 다르고 겉 다른 말을 말며, 도둑질하지 말고, 사악하고 음란한 짓을 하지 말라는 것이다.

삼단해회대신三壇海會大神

덕이 깊고 넓은 것이나 수량이 엄청난 것을 비유하여 쓰는 말이다. 『화엄현소華嚴玄疏』에 따르면, '바다가 모인다[海會]'고 말하는 것은 그 깊고 넓음 때문이다. 어짊이 두루 미쳐 중생들에게 골고루 퍼지고 덕이 깊어 불성佛性을 구하는 것이 헤아릴 수 없이 넓고 크기 때문에 '바다'라고 한 것이라고 했다.

삼도三塗

'삼악취三惡趣' 또는 '삼악도三惡道'라고도 하는데, 뜨거운 불로 몸을 태우는 지옥도地獄道와 서로 잡아먹는 축생도畜生道, 그리고 칼과 몽둥이로 핍박하는 아귀도餓鬼道를 가리킨다. 불교에서는 악행을 저지른 사람은 죽어서 반드시 이 셋 가운데 하나에 빠지게 된다고 한다.

삼매화三昧火

삼매란 범어 '사마디Samadhi'의 역어로서 '고정되다', '정해지다'의 뜻을 가지고 있다. 보통 한 가지에 집중하여 흩어짐이 없는 정신 상태를 가리킨다. 삼매화란 삼매의 수양을 쌓은 사람의 몸 안에서 돌고 있는 기운이며 진화眞火라고 부르기도 한다.

삼승三乘

승乘이란 물건을 실어 나르는 기구로서, 중생을 구제해 현실 세계인 차안此岸에서 깨달음의 세계인 피안彼岸에 도달함을 비유한 것이다. 불교에선 인간을 세 종류의 '근기根器'로 나눌 수 있다고 보므로, 수양에도 세 종류의 경로가 있게 되고, 수레로 실어 나르는 것의 비유에 따라 세 종류의 수행 방법을 '삼승'이라고 일컬으니, 성문승聲聞乘, 연각승緣覺乘, 보살승菩薩乘이 그것이다. 도가에도 '삼승'이 있는데, 동진부洞眞部가 대승, 동현부洞玄部가 중승中乘, 동신부洞神部가 소승이다.

삼시신三尸神

도교에서는 인간의 신체에 세 가지 벌레가 있다고 여기는데, 이를 삼충三蟲, 삼팽三彭, 삼시신三尸神이라 한다. 『태상삼시중경太上三尸中經』에 이르기를, "상시上尸는 팽거彭倨라 하는데 사람 수염 속에 있고, 중시中尸는 팽질彭質이라 하는데 사람 배 속에 있고, 하시下尸는 팽교彭矯라고 하는데 사람 발 속에 있다"고 한다. 송나라 때 섭몽득葉夢得이 쓴 『피서록화避暑錄話』에 따르면, 삼시신은 "인간의 잘못을 기억해 경신일庚申日에 사람이 잠든 틈을 타 상제께 그것을 일러바친다"고 한다.

삼원三元

도교 용어로 도교에서는 천天, 지地, 수水를 삼원三元 혹은 삼관三官이라고 한다.

삼재三災의 재앙

불교에는 큰 '삼재'와 작은 '삼재'가 있다. 전자는 한 겁이 끝날 무렵마다 나타나 세상 만물을 없애버리는 바람과 물과 불의 세 가지 재앙을 가리키고, 후자는 기근과 역병과 전쟁을 가리킨다. 여기서는 전자를 의미한다.

삼청三淸

도교에서 추앙하는 세 명의 최고신으로 옥청원시천존玉淸元始天尊(혹은 천보군天寶君), 상청영보천존上淸靈寶天尊(혹은 태상노군太上道君), 태청도덕천존太淸道德天尊(혹은 태상노군太上老君)을 말한다. 도교에서는 사람과 하늘 밖의 선경, 곧 삼청경三

淸境이라는 곳에 이들 세 신이 살고 있다고 생각한다.

"세 송이 꽃 정수리에 모여 근본으로 돌아갈 수 있었고……."(제2권 19회 240쪽)

도교의 연단술에서는 정情, 기氣, 신神을 세 송이 꽃 혹은 세 가지 보물이라고 부른다. 세 송이 꽃이 정수리에 모였다는 것은 신체가 영원히 훼손당하지 않는 경지에 이르렀다는 것을 뜻한다.

세 혼

도가에서는 사람에게 혼이 세 개가 있다고 여겼으니, 탈광脫光, 상령爽靈, 유정幽精이 그것이다. 『운급칠첨雲笈七籤』 54권 「혼신魂神」에 따르면, 도가에서는 그 세 개의 혼을 굳게 지키는 법술이 있다고 한다.

"손에 든 여의봉은 위로 서른세 곳의 하늘……."(제1권 3회 107쪽)

범어 '도리천瀟利天'의 의역이다. 『불지경론佛地經論』에 따르면, 이 명칭은 수미산 정상의 네 면에 각기 팔대천왕이 자리 잡고 있고, 가운데 제석帝釋이 살고 있다고 해서, 그 수에 맞춰서 붙여진 것이다.

수미산

인도의 전설에 나오는 산 이름이다. '수미須彌'는 '오묘하고 높다[妙高]'는 뜻을 가진 범어 '수메루sumeru'를 잘못 음역한 것이다. 불교에서는 이 산을 인간세계의 중심이자, 해와 달이 돌아서 뜨고 지는 곳이며, 삼계三界의 모든 하늘들을 지탱하는 기둥으로 여긴다.

수보리조사須菩提祖師

'수보리'는 본래 부처의 십대제자 가운데 하나이나, 여기서는 불교와 도교의 수련을 겸한 신선의 하나로 설정된 허구적 등장인물이다.

수중세계[下元]

도교에서는 하늘나라[天上]를 상원上元이라 하고, 육지를 중원中元, 물속을 하원下元이라 부른다.

"신묘한 거북과 삼족오三足烏의 정기 흡수했지."(제2권 19회 240쪽)

이 구절은 도가에서 물과 불을 조화롭게 하고 정精과 기氣가 서로 호응하는 연단술을 사용함을 나타내고 있다. '이離'와 '감坎'은 각각 팔괘의 하나로서, 이는 불이고 감은 물이다. 용과 호랑이는 도가에서 각각 물과 불, 납과 수은을 의미한다. 연단술에서 신묘한 거북은 신장 속의 검은 액체이다. '금오'는 신화 속의 '삼족오'로서 태양을 의미하고, 결국 심장을 뜻한다. '신령한 거북'과 '금오'는 연단술의 정과 기이다.

"신장腎臟의 물 두루 흘려 입속의 화지로 들어가게 하고……."(제2권 19회 240쪽)

도교에서는 혀 아래쪽에 있는 침샘을 화지華池라고 부른다. 여기서는 오행 가운데 물에 해당하는 신장腎臟에서 정화된 기운이 온몸에 흐른다는 관념을 엿볼 수 있다.

십지十地

불교 용어로 '십주十住'라고도 한다. 보살이 수행하는 열 가지 경계를 말한다. 『화엄경華嚴經』에 따르면, 이것은 환희지歡喜地, 이구지離垢地, 발광지發光地, 염승지聆勝地, 난승지難勝地, 현전지現前地, 원행지遠行地, 부동지不動地, 선혜지善彗地, 법운지法雲地를 가리킨다.

【ㅇ】

"아래로는 십팔 층 지옥……."(제1권 3회 107쪽)

지옥은 범어 '나락가那洛迦'의 의역이며, 불락不樂, 가염可厭, 고기苦器 등으로도 쓴다. 지하에는 팔한八寒, 팔열八熱, 무간無間 등이 있다. 불교에서는 사람이 생전에 악업을 지으면 사후에 지옥에 떨어져 각종 고통을 당한다고 한다. 『남사南史』「이맥전夷貊傳」에 따르면, 유살하劉薩何가 갑자기 병으로 죽었다가 나중에 다시 소생했는데, 스스로 십팔 층 지옥에 다녀온 적이 있다고 말했다는 기록이 있다.

아비지옥

불교에서 말하는 팔대지옥 중에서 여덟 번째 지옥으로서 거기에 떨어지면 영원히 벗어나지 못한다.

"아홉 등급 연화대가 있네."(제1권 7회 224쪽)

구품화九品花란 곧 구품 연화대蓮花台를 가리킨다. 불교 정토종淨土宗에서는 수행자의 공덕이 각기 다르므로 극락왕생해서 앉게 되는 연화대 또한 등급이 있게 된다고 본다. 상상上上, 상중上中, 상하上下, 중상中上, 중중中中, 중하中下, 하상下上, 하중下中, 하하下下 총 아홉 등급이다.

여산노모驪山老母

여자 신선의 이름이다. 전설에 따르면, 은나라와 주나라가 교체될 무렵에 천자가 된 여인이라고 한다. 당나라와 송나라 이후로 신선으로 받들어져서 '여산모驪山姆' 또는 '여산노모'라고 불렸다. 『집선전集仙傳』에 따르면, 당나라 때의 이전李筌이 신선의 도를 좋아했는데, 숭산嵩山 호구암虎口岩의 석벽에서 『황제음부경黃帝陰符經』을 얻고, 그것을 베껴 수천 번을 읽었으나 그 뜻을 이해할 수 없었다. 그러다가 여산에서 한 노파를 만났는데, 신령한 생김새가 예사롭지 않았다. 마침 길가에 불에 탄 나무가 있었는데, 노파가 "불은 나무에서 일어나지만 재앙은 반드시 극복된다(火生於木 禍發必剋)"고 중얼거렸다. 이전이 깜짝 놀라서 "그건 『황제음부경』의 비밀스러운 문장인데, 노파께서 어찌 알고 언급하시는 겁니까?" 하고 물었더니, 노파는 이전에게 그 경전의 오묘한 뜻을 풀어 설명해주고 보리밥을 대접해주고는 바람을 타고 사라져버렸다. 이전은 이때부터 밥을 먹지 않아도 배가 고프지 않아서, 그 참에 곡식을 끊고 도를 추구했다고 한다. 여산은 당나라 때 장안 부근(지금의 산시성陝西省 린둥시앤臨潼縣 동남쪽)에 있는 산이다. 당나라 현종玄宗은 이곳의 온천에 화청궁華淸宮을 지어 양귀비楊貴妃와 함께 놀았으며, 근처에는 진秦 시황제始皇帝의 무덤이 있다.

연등고불燃燈古佛

정광불錠光佛이라고도 한다. 『지도론智度論』의 기록에 따르면,

그가 태어났을 때 몸 주변의 빛이 등과 같아서 그런 이름이 붙여졌다고 한다. 석가모니가 부처가 되기 전에, 연등불燃燈佛은 그가 장래에 부처가 될 거라고 예언했다고 한다.

영대방촌산靈臺方寸山

'영대'는 도가에서 사람의 마음을 비유하는 표현이며 '영부靈府'라고도 한다. '방촌' 역시 사람의 마음을 나타내는 표현이다. 이런 표현 때문에 일반적으로 『서유기』는 사람이 마음을 수양하는 과정을 비유와 상징으로 묘사한 작품이라고 여겨지곤 한다.

"예로부터 연단술과 『역경易經』, 황로黃老 사상의 뜻을 하나로 합쳤으니……."(제10권 99회 258쪽)

동한의 방사方士 위백양魏伯陽은 『주역참동계周易參同契』를 지어 『주역』의 효상론爻象論을 통해 연단하여 신선을 이루는 법을 설명하면서, 연단술과 『주역』, 황로 사상을 합쳐 하나로 만들었다.

예수기고재預修寄庫齋

기고寄庫란 요나라에서 제사 의식을 이르던 말이다. 또 한편으로는 민간신앙의 하나로 생전에 지전을 사르며 불사를 행하여 저승 관리에게 미리 돈을 주어 사후에 쓸 수 있도록 준비하는 의식을 가리키기도 한다.

오방오로五方五老

도교에서는 동왕공東王公(동화제군東華帝君), 단령丹靈, 황노黃老, 호령皓靈, 현로玄老를 오방오로라고 한다.

오온五蘊

'오음五陰'이라고도 하며 색色, 수受, 상想, 행行, 식識의 다섯 가지를 가리킨다. 이것은 순서대로 형상形相, 기욕嗜慾, 의념意念, 업연業緣, 심령心靈을 의미한다. 불교에서는 일체의 중생이 다섯 가지에 의해 이루어진다고 여긴다.

옥국보좌玉局寶座

태상노군의 보좌를 가리킨다. 옥국玉局은 지명으로 현재 청뚜시成都市에 있다. 도교의 전적에 따르면, 동한東漢 환제桓帝 영수永壽 원년(155)에 태상노군이 장도릉張道陵과 함께 이곳에 도착했는데, 다리가 달린 옥 침상이 땅에서 솟아올라 태상노군이 보좌에 앉아 공중으로 올라가 장도릉에게 경전을 강설하였다고 한다. 그리고 그가 떠나자 침상은 사라지고 땅에는 구멍이 생겼는데, 후에 그것을 옥국화玉局化라고 불렀다 한다. 송나라 때는 이곳에 옥국관玉局觀이 설립되었다.

"우리는 정精을 기르고, 기氣를 단련하고, 신神을 보존해서 용과 호랑이를 조화롭게 만들고, 감坎으로부터 이離를 채워야 하니……."(제3권 26회 151쪽)

도교의 연단煉丹에 대한 설명이다. 용과 호랑이는 음양오행의 원리에 따라 내단內丹을 설명하는 말이다. 용은 양陽에 속해서 이離에서 생기는데, 이는 불에 속하기 때문에 "용은 불 속에서 나온다(龍從火裏出)"고 한다. 이에 비해 호랑이는 음陰에 속해서 감坎에서 생기는데, 감은 물에 속하기 때문에 "호랑이는 물가에서 태어난다(虎向水邊生)"고 한다. 이 두 가지를 합쳐서 '도의 근본[道本]'이라 하는 것이다. 인체의 경우 간肝은 용에 해당되고 신장腎臟은 호랑이에 해당한다. 용과 호랑이의 근본은 원래 '참된 하나[眞一]'에 있으니, 음양의 융합이란 곧 그 근본을 합쳐 하나가 되는 것을 가리킨다. 한편, 외단外丹에서도 용과 호랑이로 음양을 비유하며, 수은[汞]을 구워 약을 제련하는 것을 일컬어 "용과 호랑이를 만든다(爲龍虎)"라고 하는데, 이 또한 음양의 융합을 가리키는 말이다.

원신元神

도교에서는 인간의 영혼이 수련을 거친 경우에 그것을 '원신'이라고 부른다. 신선의 도를 터득한 사람은 원신이 육체를 떠나 자유자재로 다닐 수 있다.

원양元陽

원양지기元陽之氣를 가리킨다. 도교에서는 이것을 선천적으로 타고나는 것이자 후천적인 양생의 노력으로 키울 수 있다고 본다. 이 기운은 타고난 정기精氣가 변화된 것으로, 오장육부

등의 모든 기관과 조직의 활동을 추동하고, 생명 변화의 원천이 된다.

육도六道

불교 용어로 '육취六趣'라고도 한다. 불교에서는 중생의 세계를 여섯 가지, 즉 하늘, 사람, 아수라阿修羅, 아귀餓鬼, 축생畜生, 지옥地獄으로 나눈다. 『엄경楞嚴經』에 따르면, 불문에 귀의하지 않으면 영원히 이 여섯 세계 안에서 윤회를 거듭하고 해탈할 수 없다고 말한다.

육도윤회六道輪廻

불교에서는 중생이 선악의 업인業因에 따라 지옥과 아귀餓鬼, 축생, 수라修羅, 인간, 천상의 여섯 세계를 윤회한다고 여겼다.

육욕

여섯 가지 탐욕. 첫째는 색욕色慾으로 빛깔에 대한 탐욕이고, 둘째는 형모욕形貌慾으로 미모에 대한 탐욕, 셋째는 위의자태욕威儀姿態慾으로 걷고 앉고 웃고 하는 애교에 대한 탐욕, 넷째는 언어음성욕言語音聲慾으로 말소리, 음성, 노래에 대한 탐욕, 다섯째는 세활욕細滑慾으로 이성의 부드러운 살결에 대한 탐욕, 여섯째는 인상욕人相慾으로 남녀의 사랑스런 인상에 대한 탐욕을 가리킨다.

육정六丁과 육갑六甲

도교에서 받들고 있는 천제天帝가 부리는 신으로 바람과 우레를 일으킬 수 있고 귀신을 제압할 수 있다. 육정은 정묘丁卯, 정사丁巳, 정미丁未, 정유丁酉, 정해丁亥, 정축丁丑으로 음신陰神, 즉 여신이고, 육갑은 갑자甲子, 갑술甲戌, 갑신甲申, 갑오甲午, 갑신甲辰, 갑인甲寅으로 양신陽神, 즉 남신이다.

은혜

불교에서 말하는 "네 가지 크나큰 은혜[四重恩]"란 세상 사람들이 마땅히 갚아야 될 네 가지 은덕을 가리킨다. 『석씨요람釋氏要覽』 「권중卷中」에 따르면 두 가지 설이 있다. 하나는 부모의 은혜, 중생의 은혜, 임금의 은혜, 삼보三寶의 은혜를 말한다. 다른 하나는 부모의 은혜, 스승과 나이 많은 어른의 은혜, 임금의 은혜, 시주施主의 은혜를 말한다.

일곱 부처

불가에서는 비파시불毗婆尸佛, 시기불尸棄佛, 비사부불毗舍浮佛, 구류손불拘留孫佛, 구나함모니불拘那含牟尼佛, 가섭불迦葉佛, 석가모니불釋迦牟尼佛을 '과거의 칠불' 혹은 약칭으로 '칠불'이라 부른다.

입정入靜

불교에서 좌선을 하고 모든 잡념이 끊어진 고요한 상태에 들어가는 것을 일컫는 말이다.

【ㅈ】

작소관정鵲巢貫頂

석가여래가 참선을 하느라 나무 아래 앉아 있는데, 새 한 마리가 그런 석가여래를 나무인 줄 알고 머리에다 집을 짓고 알을 낳았다. 참선을 끝낸 석가여래는 머리 속에 알이 있는 줄 알고는 참선을 계속하여 그 알이 부화하여 새가 되어 날아간 다음에야 일어섰다는 이야기에서 유래한 표현이다.

장생제長生帝

도교에서 숭상하는 태산신泰山神을 가리킨다. 이 신이 인간의 생사를 주관한다는 전설이 있다. 그래서 '장생제'라고 부른다.

재동제군梓潼帝君

도교에서 공명功名과 녹위祿位를 주재한다고 여겨 모시는 신이다. 『명사明史』「예지禮志」와 『삼교원류수신대전三敎源流搜神大全』에 따르면, 그의 이름은 장아자張亞子이고 촉蜀 땅의 칠곡산七曲山(지금의 쓰촨성四川省 쯔통시앤梓潼縣 북쪽)에 살았다고 한다. 그는 진晉나라에서 벼슬살이를 하다가 전사했는데, 후세 사람들이 그를 위해 사당을 세워주었다. 당나라와 송나라 때 여러 차례 벼슬이 더해져서 '영현왕英顯王'에까지 봉해졌다. 도교에서는 그가 문창부文昌府의 일과 인간 세상의 벼슬살이를 관장한다고 여겼기 때문에, 원나라 인종仁宗 연우延佑 3년(1316)에는 '보원개화문창사록굉인제군輔元開化文昌司祿宏仁帝君'에 봉해져서 흔히 '문창제군文昌帝君'으로 불렸다.

"절로 거북과 뱀이 얽히게 되리라."(제1권 2회 73쪽)

모두 도교에서 내단內丹을 수련함을 의미하는 용어이다. 옥토끼는 달에서 약을 찧고 있다는 신화 속의 동물이고, 까마귀는 해에 산다는 다리 셋 달린 새로서 보통 금조金烏라고 부른다. 여기에선 이것들로 인체 내의 정, 기, 신, 음양이 서로 어울려 조화되는 이치를 비유하고 있다. 거북과 뱀이 뒤얽혀 있다는 것은, 도교에서 떠받드는 북방의 신 현무玄武로서 거북과 뱀이 합체된 모습을 하고 있다. 북방 현무가 수水에 속한 것을 가지고 중의中醫에서는 오행 가운데 수에 속하는 콩팥[腎臟]을 비유하고 있는데, 콩팥은 타고난 원양 진기眞氣를 보존하는 곳이다.

"제호醍醐를 정수리에 들이부은 듯……."(제4권 31회 16쪽)

불교 용어로 지혜를 불어 넣어 깨닫게 한다는 뜻이다. 제호醍醐란 치즈[峯酪]에서 추출한 정화로, 불가에서 최고의 불법을 비유하는 말이다.

좌관坐觀

자기 몸 하나가 들어갈 만한 작은 방에 들어가 외부와 일체의 교섭을 단절한 채 수행하는 것으로 90일이 한 단위가 된다.

지장왕보살地藏王菩薩

불교의 대승보살大乘菩薩 가운데 하나로, 범어 '걸차저얼파乞叉底蘖婆'의 의역이다. 그는 "대지처럼 편안히 참아내는 부동심을 갖고 있고, 비장의 보물처럼 고요하게 생각에 잠겨 깊고 은밀한 성품을 나타낸다(安忍不動如大地 靜慮深密如秘藏)"(『지장십륜경地藏十輪經』)는 데서 '지장'이라는 이름을 갖게 되었다. 불교에서는 그가 석가모니가 사라지고 미륵彌勒이 세상에 나타나기 전에 육도六道에 현신하여 천상에서 지옥에 이르기까지 모든 중생의 고난을 구제해주는 보살이라고 한다.

진언眞言

불교 밀종의 경전을 진언이라고 하니, 범어 '만다라mandala'의 의역으로서 망령되지 않고 진실된 말이란 의미이다. 또 승려나 도사가 귀신을 항복시키고 사악한 기운을 쫓기 위해 암송하는 구결을 진언이라고 하기도 했다. 여기서는 후자에 해당한다.

진여

'진眞'은 허망하지 않고 진실한 것을 가리키며, '여如'는 '여상如常', 즉 항상 변하지 않는 것을 가리킨다. 이런 경지는 투철한 깨달음을 통해서 도달할 수 있는 것이라고 한다.

【ㅊ】

천강성天勍星

도교에서는 북두성 주변에 있는 36개의 별을 지칭하여 천강성天勍星이라 한다.

천화天花

양나라 무제 때 운광雲光법사가 경전을 강의하자 하늘이 감동하여 천화가 떨어져 내렸다는 말이 양나라 혜교慧皎의 『고승전高僧傳』에 실려 있다. 또 『법화경』「서품序品」에 의하면, 부처가 『법화경』 강론을 끝내자 하늘에서 만다라화, 마하만다라화, 만수사화와 마하만수사화가 부처와 청중들 몸으로 어지러이 떨어져 내렸다고 한다. 여기서는 이 두 가지 의미를 함께 가지고 있다.

칠보七寶

불교 용어로 『법화경法華經』에 따르면 금, 은, 유리, 거거硨磲(인도에서 나는 보석), 마노瑪瑙, 진주, 매괴玫瑰(붉은빛의 옥)를 칠보라 한다.

【ㅌ】

탈태환골

도교의 연단煉丹에서는 어미의 몸에 태胎가 생기는 것으로 정精, 기氣, 신神이 뭉쳐 내단內丹을 이루는 것을 비유한다. 이런 경지에 이르면 보통 인간의 육신을 벗어던지고 신선의 몸으로 탈바꿈한다는 것인데, 이것을 일컬어 '탈태환골'이라 한다. 오대五代 무렵의 진박陳樸이 편찬한 『내단담內丹談』에 따르면, 도가의 수련은 아홉 단계를 거쳐 연단하게 되는데, 그 과정은 다음과 같다. 첫 번째 단계를 지나면 생기가 유통하고 음양이 화합하면서 내단이 단전丹田을 향해 내려오기 시작하고, 두 번째 단계를 지나면 참된 정기가 단약처럼 둥글게 뭉쳐 단전으로 갈무리되고, 세 번째 단계를 거치면 신선의 태가 어린애 같은 모양을 갖추고, 네 번째 단계를 거치면 신선의 태와 정신이 넉넉해져서 혼백이 모두 갖춰지고, 다섯 번째 단계를 거치면 신선의 태가 자라면서 마음대로 신통력을 부릴 수 있게 되고, 여섯 번째 단계가 지나면 신체 안팎의 음양이 모두 넉넉해져서 신선의 태와 정신이 인간의 육체와 하나로 합쳐지고, 일곱 번째 단계가 지나면 오장五臟의 타고난 기운이 모두 신선의 그것으로 바뀌고, 여덟 번째 단계가 지나면 어린애에게 탯줄[臍帶]이 있는 것처럼 배꼽 가운데 '지대地帶'가 생겨서 태식胎息, 즉 코와 입을 쓰지 않는 호흡을 통해 기운을 온몸에 두루 흐르게 할 수 있으며, 최후의 아홉 번째 단계에 이르면 육신이 도와 하나가 되어 지대가 저절로 떨어지고 발아래 구름이 생겨 하늘로 날아오를 수 있다고 한다.

태상노군급급여율령봉칙太上老君急急如律令奉敕

'급급여율령急急如律令'이란 도교에서 사용하는 일상적 주문이다. 원래 한나라 때의 공문서에 '여율령'이라는 표현이 자주 쓰였는데, 나중에 도교에서 '신을 부르고 귀신을 잡는[召神拘鬼]' 주문의 말미에 종종 이 표현을 모방해서 썼다. 이것은 율법의 명령과 같이 반드시 긴급하게 집행해야 한다는 뜻을 나타낸 것이다.

태을太乙

태일太一이라고도 한다. 여기서는 하늘과 땅이 나뉘지 않고 혼돈된 상태로 있을 때의 원기元氣를 의미한다. 도가에서도 텅 비어 있는 '도道'의 별칭으로 쓴다.

태을천선太乙天仙

천선이란 도교에서 승천升天한 신선을 가리키는 말이다. 『포박자抱朴子』「논선論仙」에 따르면, "『선경仙經』에 이르기를, '상사上士'는 육신을 이끌고 허공으로 올라가니 천선天仙이라 하고, 중사中士는 명산에서 노니니 이를 지선地仙이라 하고, 하사下士는 죽은 후에야 육신의 허물을 벗으니, 이를 시해선尸解仙이라 한다'고 하였다"고 한다.

【ㅍ】

팔난八難

팔난이란 부처님을 만나고 불법을 구하기 어려운 여덟 가지 상황을 말하는 것이다. 즉 지옥, 축생, 아귀, 장수천長壽天, 북울단월北鬱單越, 맹롱음아盲聾瘖啞, 세지변총世智辯聰, 불전불후佛前佛後이다.

팔대금강八大金剛

팔대금강명왕八大金剛明王의 약칭으로 금강수보살金剛手菩薩, 묘길상보살妙吉祥菩薩, 허공장보살虛空藏菩薩, 자씨보살慈氏菩薩, 관자재보살觀自在菩薩, 지장보살地藏菩薩, 제개장보살除蓋障菩薩, 보현보살普賢菩薩을 가리킨다.

【ㅎ】

현무玄武

도교의 사방신四方神 가운데 북방의 신을 가리킨다. 그 모습은 대체로 거북과 뱀이 합쳐진 모양으로 묘사된다. 송나라 대중상부(大中祥符, 1008~1016) 연간에는 휘諱를 피하기 위해 '진무眞武'라고 칭했다. 송나라 진종眞宗 때는 '진천진무령응우성제군鎭天眞武靈應祐聖帝君'으로 추존되어 '진무제군'으로 불리기 시작했다. 도교 사당에 조각상이 모셔진 경우가 많은데, 그 모습은 검은 옷을 입고 머리를 풀어헤친 채, 손에 칼을 짚고 발로 거북과 뱀이 합쳐진 괴물을 밟고 있으며, 그 하인은 검은 깃발을 들고 있는 것으로 묘사된다.

현장玄奘

당나라의 실존했던 고승으로, 속세의 성명은 진위(陳褘, 602~664)이며, 낙천洛川 구씨柳氏(지금의 허난성河南省 이앤스시앤偃師縣 꺼우스쩐柳氏鎭) 사람이다. 어려서 출가하여 불교 경전을 연구했고, 천축天竺, 즉 인도에 유학하여 17년 동안 공부하고 장안으로 돌아와 불경의 번역에 힘써서, 중국 불교 법상종法相宗의 창시자 가운데 하나가 되었다. 『서유기』에서는 비록 이 인물을 모델로 삼았지만, 오랫동안 민간에서 전설로 전해지면서 실제 역사에 나타난 것과는 많은 차이가 생기게 되었다.

현제玄帝

노자老子를 가리킨다. 당나라 고종高宗 건봉乾封 원년(666)에 노자를 태상현원황제太上玄元皇帝로 추존하였는데, 간략히 현제라고도 불린다.

화생化生

『유가론瑜迦論』에 따르면, 껍질에 의지해서 나는 것을 난생卵生, 암수 교합을 통해 몸에 담고 있다가 낳은 것을 태생胎生, 습기를 빌려 나는 것을 습생傀生, 아무것도 없는 상태에서 변화하여 생겨난 것을 화생化生이라 한다고 했다.

『황정경黃庭經』

도가의 경전 가운데 하나로, 원래는 『태상황정내경경太上黃庭內景經』과 『태상황정외경경太上黃庭外景經』이라는 두 권의 책으로 되어 있다. 이 책에 담긴 내용은 주로 양생수련養生修練의 방법들이라고 한다.

"할멈과 어린아이는 본래 다름이 없다네."(제3권 23회 63쪽)

시에서 '할멈'은 도교에서 신봉하는 비장脾臟의 신이다. 비장은 오행 가운데 토土에 속하고, 그 색은 황색이기 때문에 이런 명칭이 붙었다. 『서유기』에서 황파는 종종 사오정의 별칭으로 쓰인다. '어린아이'는 심장의 신으로, '적성동자赤城童子'라고도 한다. 심장을 상징하는 색은 적색이기 때문에 이런 명칭이 붙었다.

서유기 2

1판 1쇄 발행　2019년 11월 15일
1판 3쇄 발행　2024년 3월 29일

지은이　오승은
옮긴이　홍상훈 외
펴낸이　임양묵
펴낸곳　솔출판사

주소　서울시 마포구 와우산로29가길 80(서교동)
전화　02-332-1526
팩스　02-332-1529
블로그　blog.naver.com/sol_book
이메일　solbook@solbook.co.kr
출판등록　1990년 9월 15일 제10-420호

ISBN　979-11-6020-106-2　(04820)
　979-11-6020-104-8　(세트)